Xiron Poetry Club

磨 铁 读 诗 会

沈浩波　主编

汉语先锋·第二辑

向平庸宣战

内蒙古人民出版社

目录

磨铁诗歌奖·2020年度诗人

磨铁诗歌奖·2020年度汉语十佳诗人

磨铁诗歌奖·2020年度汉语十佳诗人专访

汉语先锋 · 2020年度汉语最佳诗歌100首

3

2020年度汉语先锋诗歌资料

磨铁诗歌奖
2020年度诗人

从容

磨铁诗歌奖
2020年度诗人

从容，国家一级编剧、诗人。毕业于上海戏剧学院，1999年在国内率先开始诗歌与剧场的跨界探索，是"创意剧场""中国诗剧场"和"第一朗读者"的创办人，也是"现代女性心灵禅诗"的首创者。著有《隐秘的莲花》《从容剧作选》《我真心爱过一个人，叫：》等。

授奖词

　　每届"磨铁诗歌奖·年度诗人大奖"的抉择，都是一件颇费思量的事情。因为我们并不是要从这一年度写作实绩非常优异的十位诗人中再去做一个推优选佳的决定。"磨铁诗歌奖"的年度诗人，取决于我们在这一年度更想放大和彰显哪一位诗人所体现出的写作价值，我们想彰显的是诗歌背后的某些价值。

　　2020年，对于这个地球上的每个人来说，都是人生中重要的一年，席卷全球的新冠肺炎疫情改变和重新塑造了世界。悲观主义者甚至认为，当下的每个"这一年"都将是未来时代中最好的一年。混乱、迷茫和焦虑弥漫在不同肤色的人群中，病毒准确地命中了人类的自私和贪婪。面对如此汹涌的疫情，人类依然没有能力，甚至依然毫无意愿凝聚为一个有力量的整体，恰恰相反，它还急剧地放大了人类的撕裂——国家之间的撕裂、民族之间的撕裂、人种之间的撕裂、观念和立场之间的撕裂，每一个撕裂，都是血淋淋的巨大的伤口。"二战"以来，人类在丢失了无数生命后所形成的文明共识正在被抛弃，而面对这场疫情所造成的巨大灾难，迄今为止，还根本看不到人类形成新的文明共识的可能。疫情是对这一切积重难返之丑陋的呈现和放大，它像照妖镜一样冷冷地盯着这个世界。

　　这个世界会好吗？诗人无法回答这个问题，诗人从来都没有回答问题的责任。这应该由知识分子来回答，但知识分子们都正在忙着干别的事情。

　　诗人不回答这个问题，但诗人必须面对这个世界。诗人活在其中，戴着口罩在其中呼吸，闭门不出但仍有火热的心跳。疫情期间的诗歌写作当然也就构成了一种现象，而诗人从容的《洛杉矶日记》则是这一现象中的杰作。

在这组由108首诗组成的诗歌日记中，从容扮演着双重角色：首先是作为一个普通人——被迫生活在疫情中、滞留于异国他乡的普通人，普通的居家女性；其次才是作为诗人的从容。这使得整组诗的视角既不是知识分子式的傲慢审视，也不是文人式的悲情吁告，而是在真实的生活细节和生命现场中的心灵体验，是富有感知力的真切心灵与混乱突变的世界发生的撞击。从容写出了这场撞击里所有或巨大或细微的内心声音。

从容的《洛杉矶日记》是一个作为普通人的诗人对疫情发生以来的世界做出的回答，她的回答再次证明了生而为人，无论多么易碎，都仍拥有时代和灾难所不能剥夺的尊严。这种尊严，乃是由感知的能力和充沛的情感组成的，是由对生活的爱意组成的。人当然是脆弱的，但这脆弱中，也蕴含着强大的人性力量。

2020年度的十佳诗人都是在各自美学向度上写出了杰出作品的诗人。王小龙写出了非常重要的小长诗《博罗曼》；韩东的3首杰作充分体现了其思考之深刻和情感之深邃；劳淑珍的诗歌体现了强大的先锋性和美学创新，为汉语诗歌增添了新的嗓音。但最终，"磨铁诗歌奖·2020年度诗人大奖"，我们还是决定颁发给诗人从容。在疫情时代，她的创作意义重大，这是汉语诗歌对这场意味深长之灾难的一次回答。

磨铁读诗会

沈浩波执笔

洛杉矶日记：第七天

古代中国的闺阁生活
不就是这样吗？
大门不出二门不迈
这是女儿历史上最长时间的禁足
我们这么快就回到了几百年前

网络这个丫鬟
每天给我们通风报信
可我们还是想目睹
洛杉矶

从窗户望出去
还有人不顾一切地跑步
没有防护
除了送快递的
在用口罩丈量病毒

美国的演员们都猫在家里
他们在同一个视频里

自由歌唱:
明天就是审判
明天就能参透
老天将如何安排
新的黎明
新的一天

洛杉矶日记：第十天

一声惨叫，凌晨三点
一扇门被撞开
又一声号叫
连续不断的捶门声
伴随一连串模糊的英文
我在《沉睡的谋杀案》现场?

晃动着
爬上潮湿的洗手间浴缸
透过推拉窗
看见一个男人的头被夹在门缝底下
他好像跪着在呼救
我想到即将爆发的枪声
需要拨911吗?

通亮的庭院，事不关己，无人

男人的头被拽进门

门嘭地关上

所有窗户都黑着灯

再无声息

我一夜未睡

第二天问女儿

她说那是通往二楼的门

诡异，是谋杀？概率不大

是新冠病毒的中招者？很像

被同伴制止，垂危的呐喊

回荡在16世纪

阿兹特克帝国的上空？

瘟疫正消灭着大量居民

你看，举着尖顶的玛雅都灭亡了

洛杉矶日记：第十七天

洛杉矶快递员叩门声很重

像窗外突然号叫的救护车

第一步：吹开医用手套

在门外拆解纸箱

像开膛破肚

第二步：小心取出物品

取出内脏

第三步：蘸酒精擦拭物品

把肺拿出来清洗

第四步：合上纸箱

关闭胸腔

手术基本完成

第五步：擦净门锁、洗手

打扫最后的战场

我们就是这样变成外科医生

清洗比吃饭的次数多——

西班牙演员用歌声教导人们洗手

贫穷地区的家庭正在学习洗手

当30亿人翻过来倒过去洗手时

还有30亿人找不到自来水和肥皂

数年前，一位女演员跷着兰花指

隔着纸片摁下电灯开关

隔着纸巾冲马桶，被人们说成洁癖

2020年你要是没有洁癖

100%会被死亡盯梢

中国男人老老实实地站在家门口

等待女人为他消毒

洛杉矶日记：第十九天

一个女人
为了去target超市买
一棵白菜
和五个西红柿
不敢露出眼耳鼻舌身

她穿着雪白的防护服
戴着护目镜和口罩，如同
世界末日电影中
身穿防护衣的那个人
在四处寻找食物
并且不敢接触空气

因为共同犯下同谋罪
我们没有指认那个——
拔出象牙的人
杀掉海豚的人
掏出熊胆的人
敲开猴子脑壳的人
吃掉鱼翅的人
红烧狗肉的人
杀死野牦牛的人
涮蛇肉的人
肆意啃噬他们的身体

来干杯——
红唇下凶残的咬肌
蜂拥的蝙蝠
从四面八方打着喷嚏来了
把你逼进一块方形的盒子

洛杉矶日记：第二十二天

豆腐、魔芋、花菜
把冰箱里能吃的
所有，一个不漏
都放进一个锅里煮
今晚熬制酸汤鱼火锅
每一顿饭
都做成最后的晚餐

安迪·沃霍尔需要美人
伊蒂需要爱的毒品
我需要活着
撕掉一片
发黄的洋葱皮
它与另一片洋葱皮
生生被活剥分离
没人永远不分开

就像我们将戴着口罩

隔着屏幕相爱

这个夜晚

猫咬掉了一粒佛珠

"Amitabha"

和娜咪的喵喵声混合在房间

好像在说，

它必蹉跎，它必成佛

洛杉矶日记：第三十三天

黄昏，从超市到住处798步

第一次注视经过的树木：

白千层树——

叶子治疗感冒发热……

棕榈——

降血压，预防中风……

红房子旁的桉树——

主治腹胀、疟疾、皮炎、癣疮……

车里的男人挠着头好奇地看我

奔驰旁的梧桐——

净化空气

其根用于治疗人类风湿骨痛

还可以制成乐器……

蓝房子外的樟树——

煮出的水解毒消肿；

漱口，减去口臭口疮……

一对韩国母女咳嗽了一声

我们彼此都屏住呼吸经过

远处的水杉——

清新空气，有活化石之称……

长椅旁的幌伞枫——

外用治痈疖肿毒、淋巴结炎、

骨折、烧烫伤……

踩着滑板包扎手臂的美少年

和我一起在等红绿灯

他身旁的这棵罗汉松——

从叶到根到果浆均可入药

具有止咳、止血的功效……

十字路口的朴树——没错，

音乐人朴树正是取此树名

外敷治水火烫伤、荨麻疹……

工业用途：可做绳索……

抬头，就有惊喜——

日月像天使的两个翅膀

高悬如灯，没有人在意

活着，真有点不好意思啊——

小于，一棵树的作用……

Hi，开门！

洛杉矶日记：第三十七天

我在每天死亡人数最多的美国

在人民游行不想隔离的美国

在2300万人失业的美国

在4万人涌向南加州海滩

挡都挡不住的美国

在百万人确诊的美国

在你提心吊胆的美国：

你还在地狱的跳台？

你不要命了？

是的，

我在练习乌鸦的啊，啊，啊

对着天空张开嘴——

像婴儿发出离开娘胎的啊啊啊……

在练习猜一只花园里黑猫的心事

在练习一整周的止语

练习清扫满地的黄檀叶

夸奖一朵野雏菊

练习倾听自己的喘息……

我在细细咀嚼一块面包

倾听它被咽下去……

洛杉矶日记：第六十二天——包法利式幻觉

这一生，我一直在失去

裤子在华山路 630 号被偷走

钥匙丢在常熟路的一家小店

红丝绒日记本在安福路被烧掉

两瓶安眠药遗落在华侨城宿舍

信被父母截获在峨影厂收发室

所有失去起始于十二岁遇见

你——

穿着军绿色外套，蓝色裤子

戴着眼镜，一位哲学系学生

坐在小板凳上每天凝视我

如果我们就这样

一生待在一个地方喝茶

一生在一条小路上散步

会幸福吗？

因为十二岁的失去

注定这一生——

活在十九世纪的法国巴黎

穿着绸缎长裙嫁给莫泊桑

坐在马车里前往沙龙聚会

每年上演的一次求婚

他们都是你

磨铁诗歌奖
2020年度
汉语十佳诗人

从容

磨铁诗歌奖

2020年度汉语十佳诗人

从容，国家一级编剧、诗人。毕业于上海戏剧学院，首创"现代女性心灵禅诗"，1999年在国内率先开始诗歌与剧场的跨界探索，是"创意剧场""中国诗剧场"和"第一朗读者"的创办人。著有《隐秘的莲花》《从容剧作选》《我真心爱过一个人，叫：》等。

授奖词

2020年，对于深圳女诗人从容的诗歌创作来说，是近乎疯狂的、开了挂的一年。由108首短诗构成《洛杉矶日记》组诗，是汉语诗歌在疫情时代最重要的一部主题诗著。

2020年1月，从容赴美国看望女儿，原计划过完年就回国，没想到遭遇疫情，不得不困守洛杉矶，直到2020年8月才得以回国。2020年3月20日，从容开始写作《洛杉矶日记》，一天一首，一直写到7月15日。

疫情是一场巨大的意外，而从容的《洛杉矶日记》便是与这场意外碰撞时发出的生命巨响。这不是设计出来的诗，不是蓄谋已久的诗，是个人生活与时代意外的直接撞击。如果疫情暴发时，从容仍然待在深圳，待在她熟悉的地方，可能这碰撞远不会如此强烈。恰恰因为她被困异国，心灵尤其敏感，碰撞便更为激烈。生活与疫情的碰撞，中国与美国的碰撞，习惯与陌生的碰撞，孤独心灵与纷乱世界的碰撞……在这混杂的、不安的、焦虑的碰撞中，心灵的火花不断迸发涌溅，各种感受、思考、追问、冥想、质疑……纷至沓来，和困守宅居的日常生活交织在一起。从容把这一切全都写成了诗。在巨大的时代意外中，诞生了这组规模宏大的重要诗篇。

这也是汉语诗歌史上有着非常鲜明写作特点的一组诗。节奏快，情绪跳跃而流动，包容量大，信息丰富，内涵广泛，这些特点在整部《洛杉矶日记》中强烈而醒目地存在，构成了一种整体的美学。从容从生活最庸常也最具个人生命质感的细节出发，抵达心灵最末梢的战栗体验，中间流淌的是时代奔流湍急的大河，生长的是世界布满泥沼雾霾的森林，无数感知和追问，像精灵般在其中不断闪烁飞翔。唯一美中不足的是，《洛杉矶日记》的后半部分，写嗨了的从容有些过于追求形式上的实验感，试图制造某种奇特的断句间离效果，反而对整体美学形态有所破坏。

但无论如何，《洛杉矶日记》都是汉语诗歌贡献给世界的一部珍贵文本。

为此，我们评选从容女士为"磨铁诗歌奖·2020年度汉语十佳诗人"。

磨铁读诗会

沈浩波执笔

从容受奖词

当我收到里所告知我获奖的信息，我很开心。这可能是疫情以来我听到的最好的消息：在我人生半百的时候，获得了第一个纯粹的诗人奖。

我是一个生性散漫的人，童年写过的诗，被母亲一张一张找到才得以留存。最早是普希金的诗开启了我诗歌的按钮。11岁那一年登峨眉山，和小卉姐姐一行，写下第一首诗。写诗对我来说就是一个冥想的过程，在这个状态下，万事万物彼此连接，如此美妙，我就是你，你就是我。

想感谢的人很多：我在家族诗《如梦令》中已经写到的我的奶奶，一个每天天不亮就起床照顾我们的回族女人；我的姥爷，对我唱诵《红楼梦》诗句的数学家，他的手稿还保存在我的柜子里，至今没有发表；我的父亲，从译制片演员到电影导演，曾为印度电影《流浪者》里的拉兹配音，是个有着拉兹般率真性情的男人；还有我才华卓越的母亲，年轻时她总带着我去配音，童年玩耍着和她一起站在话筒前，语言的神奇魔力，至今都在我的脑海里盘旋。他们每个人，这一生都在做一个好人，一个对社会有贡献的人。但我更懂得，作为一名诗人，首先要做一个真人，一个不八面玲珑的人。也因此，我为了这个真，一路伤痕累累。我深知，对我来说，没有伤痕，哪里会有诗？

如果说我曾为获得过的荣誉感到欣喜，最让我自喜的却是这个民间的奖项。我的妹妹如果还活着，一定会手舞足蹈，为我高兴。我曾经也期待荣誉，然而世事沧桑，我不再以一种肤浅的方式看待它们，它们的到来不是一种功名。

　　已经走过半生的人，这次获奖如同老来得子。在一个充满欲望和关系的社会，再因为我的懒散，不投稿，不喜竞争，我早已不抱获奖的梦想。但今天我出现在这里，只能说诗歌之神真的在头顶，我以敬畏之心接受了她的到来。感谢"磨铁读诗会"把如此重要的奖项颁给我，希望每一个人健康，祝福大家！

2021.10.20

于深圳

从容2020年度作品选见第6～16页。

方闲海

磨铁诗歌奖
2020年度汉语十佳诗人

方闲海，1971年11月出生于浙江舟山。毕业于中国美术学院版画系。现居杭州。2008年与跨界平面设计师卢涛创立非营利的"黑哨诗歌出版计划"，任主编。已出版有个人诗集《今天已死》《在线流质媒体和他来敲门文件共享》《肛检》。

授奖词

　　杭州诗人方闲海以《最危险的时候要来了》《在模范监狱》《在海岛》3首诗歌满额入选"汉语先锋·2020年度汉语最佳诗歌100首"。

　　出生于1971年的方闲海，世纪初以"口猪"为笔名，纵横于BBS时代中国先锋诗歌的第一现场"诗江湖"论坛，颇为引人注目。方闲海与"下半身诗歌运动"的同人们年龄相近，又几乎同时活跃于诗江湖论坛，写作理念上亦同声相应，同气相求。其时的"口猪"，诗歌风格精确、清晰、有力，身体感强。我曾经在一篇文章中写道，如果《下半身》杂志有第三期，那么口猪一定会被邀请加入。可惜《下半身》两期即成绝唱。

　　后来方闲海弃用"口猪"之名，用本名写诗，我一度有些担忧，觉得"口猪"更有先锋感，恢复成"方闲海"，是不是老方要回归传统了？结果方闲海不但没有回归传统，反而成了一个在我看来有些过于激进的先锋实验派。一方面创立"黑哨诗歌出版计划"，推广各种观念激进的地下诗歌；另一方面，他自己的写作几乎铤而走险般地去中心、去意义、去结构、去章法，打破通常的语言节奏，刻意支离破碎。从某种意义上来说，"黑哨诗歌"和方闲海的个人创作，如同一场一直延续的行为艺术，共同塑造了"方闲海"这一诗歌现象。作为老友，我很欣赏方闲海在先锋向度和观念突破上的所有行为和创作，但也对其具体的诗歌文本略有不满，觉得过于刻意了，反而不太自然。不过因为方闲海固执地至今不使用微信，所以其写作的真实全貌我也无从详究，只是个大概印象。

我们在编选"汉语先锋·2020年度汉语最佳诗歌100首"时，特意找方闲海约稿，试图读得更真切些，这一约竟约出了意外和惊喜。我们在方闲海2020年的诗歌中读到了一些当代诗歌中越来越罕见的品质，比如纯正而精确的意象能力，比如通过语言和意象营造意境的能力，比如一种更本质的富有洞察力的修辞能力。在这些方面，方闲海显然储备已久，来自西方现代诗歌的抽象与具象的融合，以及来自中国古典诗歌的意象与意境的融合，老方均得心应手，且更具备当代情感和先锋意志。而那些才华横溢的诗句，更昭示着诗人方闲海的无限可能。

为此，我们评选方闲海先生为"磨铁诗歌奖·2020年度汉语十佳诗人"。

磨铁读诗会

沈浩波执笔

方闲海受奖词

当拿到一张大合影时，我会先找自己的面孔，然后再看他人，对不感兴趣的人，往往一扫而过。大合影是印证人类彼此关切的一种缩影。每一个诗人都包含在诗歌的大合影里。我深知，自己还没能从自恋的泥沼中跋涉出来。我在诗歌里所投射的爱，依然有着极大的缺陷。有时候，这份爱仅仅是出于我的一种空想，形同虚无主义的阴影笼罩在无尽的语言之上。

现在，我的面孔就处在最新的一张大合影里。

我难以想象，令人压抑的2020年居然给我留下了一份礼物，让我人生中第一次获得了诗歌奖。真的难以想象。因为年轻时，我曾对关乎诗歌的一切奖项嗤之以鼻。这诗歌奖在旁人看来也许是殊荣，但对于中年的我来讲，实在是充满了一种隐性的自我讽刺。毕竟在我看来，它依旧只是一根棒棒糖。无意冒犯。于是，我不得不迅速地调和这个诗歌奖的现实意义，将它搁置到游戏的语境。至少在我看来，如此，才不显得那么功利，甚至过于严肃。

我看到在获奖的十佳名单里，有躺在成都病床上每天写诗的杨黎，以及静坐在南京工作室数年如一日写作的韩东。我想，跟我所认识的这两位昔日的天才、现今的大师相比，在写作意义上，我自己的面孔显得多么平庸。

好在，我能依稀认识到自己目前还处在貌似年轻化的写作阶段，从未成熟。平心而论，这也是我一度热衷于推崇荷尔蒙写作而留下的后遗症，并使自己常年徘徊于业余写作的危险边缘。但或许这也是唯一的机会，让我对自己保留一点好奇并获取内在的写作动力，同时也让我对写作所拓展的边界一直保持质疑精神。

以上是我在这个深秋最想表达的、关于自己的诗歌写作的一些真话。

非常感谢磨铁读诗会抬爱！也非常感谢诗人沈浩波对我的入选诗歌做出一道道闪电似的点评！让我平庸的面孔在这张大合影里沾染了一点诗歌的光彩。

2021.10.14
于杭州

在海岛

初中时我先后

参加过两个同班同学的葬礼

女同学喜欢唱歌跳舞

男同学会鲤鱼打挺和劈砖

都因风

落海水而亡

因此

当我面对一根乏味的海平线时

偶尔

心里会浮现

一间漂浮的教室

里面似海浪欢声笑语

外面似黑礁石绷着忧伤的风

给自己搭建一个十字架

念
天
地
之
悠
悠
朱门酒肉臭　路有冻死骨
独
怆
然
而
涕
下

安眠药

久违的星空
悬在孤寂的秋夜
遥不可及
那是我一直想要得到的
一瓶安眠药

我查了资料

一颗星星

助我入睡

五十颗星星

就可以

助我长眠

白色的脑浆

一段消亡的爱终于被我表达出来了

用流动的词

黏稠的状语

以及头骨般碎裂的句号

直到今天我才懂得

我应该如何爱

那时的你

风在森林吹响黄昏

而少年们不该留下谜一样的空白

借

从借一块橡皮

到

借一块钱

是童年跨越到少年

从借一辆自行车

到

借宿一夜

是少年跨越到青年

从借一本禁书

到

借一步说话

是青年跨越到中年

多年前

有一个人客气地

问我

能否借一点时间

一起吃个饭

这是一个重要转折

那人是温州人

做大生意的

他让我突然摸到了自己

空荡荡的身上

其实

还剩了点什么

韩东

磨铁诗歌奖
2020年度汉语十佳诗人

韩东，诗人、小说家、剧作家、导演。1961年生，曾提出"诗到语言为止"的诗歌革命性纲领。著有诗集《白色的石头》《爸爸在天上看我》《重新做人》《他们》《你见过大海》《我因此爱你》《奇迹》等，言论集《五万言》。另有其他作品四十余种。新近出版的重要小说集有"年代三部曲"：《扎根》《小城好汉之英特迈往》《知青变形记》。荣获包括第一届"先锋书店诗歌奖·先锋诗歌奖""金凤凰奖章"在内的多种诗歌和文学奖项。

授奖词

　　诗人韩东以《疫区之夜》《解除隔离》《隧道里的猫》3首诗歌满额入选"汉语先锋·2020年度汉语最佳诗歌100首"。

　　韩东是当代汉语诗歌中最具经典性的诗人。何为经典？我以为至少包含了以下几点：一是对人类永恒的情感价值和精神价值的坚守和确证；二是在现代与传统之间达到了最精确的平衡，用现代意识对传统价值重新进行诠释和确认；三是精湛的诗歌技艺和炉火纯青的语言艺术。

　　韩东的经典性是一种不断追寻、不断锻造、不断生长的经典性。事实上，出生于1961年的诗人韩东，近几年的写作，不但仍在生长，而且生长势头比10年前、20年前更为迅猛。为何更为迅捷？因为岁月使思考者愈加成熟，因为观念稳定、信念坚定之后的写作再无旁骛。

　　年少成名，开一代诗风之先河的韩东，当然具备多方面的过人天赋。而其近年的写作，则更让我们得以目睹一个诗人是如何发展自己的天赋的：如何淬炼技艺，如何修炼心性，如何以诚实节制野心，如何使情感与语言水乳交融。

　　韩东近年的写作，尤其是2020年的写作，在情感向度上的挖掘尤为引人注目。他在自己的心灵里寻找属于人类的所有美好情感，那些寂寞、热望、期待、缅怀、爱、温暖、同情……所有这些情感，都美且难以名状。而韩东，用语言给这些美好的情感勾勒曲线，涂抹色彩，塑造形状。

　　韩东是一个富有情感的诗人，但不是一个浪漫主义的抒情诗人。他克制、冷静、朴素，像一段做成家具的木头，温润而坚固。

　　为此，我们评选韩东先生为"磨铁诗歌奖·2020年度汉语十佳诗人"。

磨铁读诗会

沈浩波执笔

韩东受奖词

感谢"磨铁读诗会"颁给我"磨铁诗歌奖·2020年度汉语十佳诗人",感谢沈浩波专业且充满善意的精彩的授奖词!我受之有愧,但还是必须感谢。

能得到这样的一个奖,我深感荣幸,这是因为,这便是我所理解的诗人在办诗歌的事。不仅因为诗人最了解诗歌、对诗歌之事最为热忱,更因为这是一项重大的责任。沈浩波,包括本次一并获奖的,无论是杨黎还是伊沙,都会明白我在说什么。一个自觉的诗人不仅需要写诗、思考诗、判别真伪,也需要为优异的同行呼吁发声,有力量和勇气者,还应该为之开辟园地、空间以及平台,这一传统从北岛的《今天》始,这就是我说的诗人在办诗歌的事。

让我感到欣慰的还有,"磨铁读诗会"虽有鲜明的倾向性,但并非一个党同伐异的诗歌流派。比如把奖颁给我,即说明了你们的视野或者某种"时空意识"。我和杨黎、王小龙都是从20世纪80年代开始写作的,是名副其实的"老一辈",这是时间;我的写作以及主张、思考与在座的也不尽相同,这是空间。虽说此奖我受之有愧,但作为某种异样因素进入磨铁诗歌的框架,不免令人振奋和感动!

我从来不相信诗歌写作的"正确方式",不相信在此方式下的写作就高人一等。更不相信其后的观念阐释。我始终认为诗歌语言事大,但精神层面的追索乃是核心。诗歌,是人和语言的相遇,具体生命与形式构造的合作共舞。杨黎认为好诗都是一样的，我于是说，只有不一样才是好诗，才具有价值。你们也看出来了，我这里的思考和说法是在老杨的昭告下被激发出来的。

窃以为，永远应该这样，君子和而不同。诗人更应如此，把朋友变成对手，把对手变成朋友。

多说一句，只有向平庸宣战才是正当的，尤其是自身的平庸。

2021.10.16
于南京

疫区之夜

疫区之夜，我看见一条狗
翻过垃圾箱后，沿一条直路跑下去。
那么轻松，富于节奏，目中无人。
那狗就像是灰色的风勾勒出来的
奔驰在为它专门开辟的道路上。
我们很孤单是因为没有其他人和我们在一起
它很孤单因为没有人也没有狗和它在一起。
如果我们愉悦，也是因为没有人
它的愉悦大概是双倍的。
风是灰色的，星星闪亮。

解除隔离

终于回家了，随后就开始想念
那个我们一心要离开的地方
那小城里面的酒店客房。
似乎被隔离的日子仍在继续

仍有灰头土脸的人生活在那里。

就像我抛下了她那么难过——

不对呀，此刻她就在我身边

高速路上的风吹动她俩月未剪的头发。

应该是我们抛弃了他们

而他们是一些影子

两个月的走动、睡眠和发梦积起来的影子。

他们会交谈吗，会争吵吗，

或者只是默默地进食？

那张塌陷下去的床正渐渐复原

因为影子没有分量。

会有人从窗口看见远处鲜亮的油菜花吗？

当房间暗下去的时候，外面依然很亮。

每一天，这世界都不是一下子就黑的

渐次昏暗，渐次光明

就像我的记忆渐次消失和更新

那房间里的恐惧和爱情也将淡出无踪。

隧道里的猫

猫不可能出现在隧道里

如果在隧道里就不是一只猫。

一些痕迹或花纹

你凭什么说那是一只猫？

没有体积、运动，平整如镜
凭什么你倒是说呀。然后
我看见了她脸上的泪珠
里面有一只猫并拱起脊背。
也许是猫的灵魂
一枚琥珀
被我抽出一张纸巾很温柔地擦掉了。

安魂小调

下雨了。
雨是休息。
我们在雨帘后面，他们在雨水之中。
我们终于可以缩进沙发
看一部庸俗电视剧。他们终于摆脱了死味儿
闻起来只有雨味儿。

沙沙，哗哗……

通常每天晚上我们互道晚安
但在这个雨夜，我们对他们说：
安息。

回到工作室

经过一段时间
我又回到原来的地方
无论经历何种可怕或者狂喜
都无法撼动这里的平静。

阳光透过密密的竹林
把光影投在大片玻璃上
我斜靠在沙发上可以踏实睡了。
一本没有读完的书被再次捡起。

现在，这本书遮着我的脸
而我的身体不用覆盖。
如果我没有从那儿回来呢？
这里也不会有任何不同。

桌椅无人搬动
盆栽缺水已经枯死
细腻的灰土上有一串鞋印
一个闯入者梦见一个无家可归的人。

时空

四十岁到六十岁
这中间有二十年不知去向。
无法回想我五十岁的时候
在干什么，是何模样
甚至没有呼啦一下掠过去的声音。
一觉醒来已经抵达
华灯初上，而主客俱老。那一年

我的一个朋友在外地车站给我打电话
他被那列开往北方的火车抛下。
我问他在哪里？地名或者标志
他说不知道。看着四下陌生的荒野
男人和女人，或许还有一头乡下骡子
他又说，只知道在中间……
电话里传出一阵紧似一阵的朔风哨音
和朋友绝望的哭泣。我说
回家吧，你们已经结束。

甚至这件事也发生在我四十岁
他三十多岁那年。

怜悯苍蝇

冬天，他怜悯几只苍蝇
在一所有暖气的房子里。
甲虫一样在桌面爬行
但没有那么硬的壳
苍蝇飞起来，没有声音。
灰尘似的飘落，又努力向上
最后还是落到了地上。
不是夏天的那种大个儿的绿头苍蝇
闪着漆光，更多的时候一动不动
他完全不会受到打扰。
"怜悯"一词也许不准确
只是没能激起他心中的杀机。
相处的时间长了，也有所适应
甚至欣慰。他们
都尽量待得离散热片更近一些。
冬天的苍蝇，诗人的暮年。

磨铁诗歌奖
2020年度汉语十佳诗人

黄平子

黄平子，男，70后，诗人、教师。有诗作入选
"新世纪诗典"、"磨铁读诗会"、《诗快报》。认
为写作是一种编码的过程，阅读是一种解码的
过程。

授奖词

　　江西诗人黄平子以《眼疖子》《小萝卜头》《煤油灯》3首诗歌满额入选"汉语先锋·2020年度汉语最佳诗歌100首"。

　　2020年，黄平子的诗歌通过投稿，出现在"磨铁读诗会"公众号的一些栏目时，我们对这个诗人还很陌生。出生于20世纪70年代的黄平子，从日常来稿看，似乎并不是一个已经成熟的诗坛老手。所以当"汉语先锋·2020年度汉语最佳诗歌100首"经过反复甄选删除，到最后一轮，黄平子仍然有3首诗顽强存活并满额入选时，我们知道，本年度最大的意外和黑马诞生了。

　　黄平子入选的3首诗，不但写得有特点，还具备内容的含金量和人文意义。他似乎正在致力于用诗歌的方式，还原已经渐渐湮灭的乡村民间记忆和历史中的生活记忆。

　　其中《眼疖子》一诗写得尤其精彩，在这首诗中，黄平子采用了一种高度民间化、乡野化的口语，鲜活地再现了某种原始、神秘、野蛮的乡村生活记忆——不仅仅是生活，还是文化。俚俗口语和乡野经验在这首诗中达到了完美的契合。这样的诗歌，其实具备了丰富的文学性。

　　而《煤油灯》还原了一代人的乡村童年记忆，《小萝卜头》则用一种更纯粹的、接近纯诗的方式，写活了黄瓜生长的细节和情景，让一个黄瓜在诗歌中获得了心跳。

　　黄平子入选的3首诗，体现了他的语言敏感，尤其是口语运用方面的天赋；亦体现了他还原情景、刻画细节的能力。更重要的是，他的写作所致力的对于乡村生活、乡村历史记忆、乡村民间生活的复原和重新塑造，具有重要的文学意义——他是有能力创造这一文学现象的诗人。

为此，我们评选黄平子先生为"磨铁诗歌奖·2020年度汉语十佳诗人"。

磨铁读诗会
沈浩波执笔

黄平子受奖词

谢谢沈浩波，谢谢里所，谢谢"磨铁读诗会"把"2020年度汉语十佳诗人"这么一个大奖颁发给了我。沈浩波说我是"本年度最大的意外和黑马"。对此，我深有同感，因为我是2020年才知道"磨铁读诗会"这个机构的。我也是从2020年才开始通过邮箱向"磨铁读诗会"投稿的。

我生于1974年，1989年考入赣州师范后开始接触文学，开始写诗。我已经记不得我写的第一首诗是什么样子，也记不得我写第一首诗的具体时间了。但我已经有30多年的诗龄，这是肯定的。这30多年来，我一直坚持写诗，这也是肯定的。我的诗一开始写在日记本上，后来也会写在书的扉页上，再后来写在电脑上、手机上，发在微博，发在QQ空间，发在朋友圈。

在写诗的最初日子里，我也热衷投稿，但是我的诗和主流诗歌不合，投得多，用得少。出来工作后，我订过很长一段时间的《诗刊》《诗潮》《诗歌报》等，但是里面的诗让我越读越失望。我有段时间不再看中国的现当代诗。我关起门写自己的诗，自娱自乐。这种情形一直持续到去年，新冠肺炎疫情暴发。在疫情最紧张的那个超长寒假里，我的诗歌创作也有了一次火山般的爆发。原来我十天半个月才写一首诗，但在疫情期间，我一天就能写好几首。我白天写，晚上写，吃饭的时候写，上厕所的时候写，坐车的时候写，走路的时候写。有时在河里游着泳，也会突然冒出诗句来。

有一天我的好友天岩说，你的诗和"磨铁读诗会"和"新世纪诗典"的诗很相像，你可以读读他们的诗，拓宽一下自己的路子，也可以去投投稿。我抱着试试看的心理关注了"磨铁读诗会"，关注了"新世纪诗典"……结果如你们所见，我像一匹避世的马，冲出了自己建造的笼厩，冲向了我所向往的诗歌新天地。

我这个人没什么天赋，学东西、做事全靠一股死磕劲。这个奖无疑是对我多年坚持的一个肯定。我知道，一切都刚刚开始。

2021.10.15
于赣州

煤油灯

用完了的墨水瓶

也舍不得

丢掉

塑料瓶盖上

敲一个小孔

套一个铝皮牙膏头

通一根棉绳

就是一盏

方方的

圆圆的

小煤油灯

夜是黑色的

墨水瓶是绿色的

牙膏皮头是白色的

火是暗黄色的

写作业

凑得太前

吱的一声

头发就烧焦了

我的鼻孔

是两个小小的

烟囱

眼疖子

看了狗牯打巴

眼睛

发了一个疖子

用姐姐的长头发

通了几次

还是张不开

母亲就带你去

找嫂子

剥扣子

掀衣服

你像孩子一样

把头凑上去

眼皮扒开

朦胧中的乳房

又白又圆

紫红色的奶头

像一颗熟透了的蛇泡子

恍惚间

奶水箭一样射了过来
你的眼睛一眨
脸上就流下了
白色的泪

小萝卜头

马路边
绿色的瓜蔓
贴着红墙往上爬
穿过铁丝网
钻进了
一个积满灰尘的
排气扇
待得太久
一不小心
结了一个大黄瓜
想出
却出不来了

海上生明月

女儿用一只白瓷碗

往天空上一罩

然后用一把

粗排刷

沾了不同的水粉

小心翼翼地

一遍又一遍地

往画纸上

刮甩

天渐渐地

就黑了

夜空里

布满了大大小小

形状各异的

星星

当天黑透了的时候

女儿将斑驳的白瓷碗

一揭

深蓝色的大海上

就升起了

一轮

圆月

洋油

天天打赤脚

经常会扎到

小瓦片

小石子

小玻璃碎

小图钉

或者

一枚生锈的

洋铁钉

最可怕的

是木质的小刺

一扎进去

就断了

脚底老茧太韧

缝衣针

都挑不出来

一瘸一拐

疼痛难忍

晚上睡觉的时候

拧下灯盏头

用蛔虫一样的灯绳

往脚板上

滴几滴洋油

过几天

红肿的伤口

就会沤出

一根霉烂了的

刺

烟膏子

夏天的日头太毒

疯多了

又没有洗

头上

就长出了疖子

隔壁打铁的

高佬阿公

有一管长烟枪

拔下瓷烟斗

用一根

撕干净了衣子的稻草

一搅

就有一挂

黑乎乎的

烟膏子

辣眼呛鼻

清凉解毒

红肿发亮的大疖子

抹几回

就收脓了

望月

只有一个人在家
老太太
揣一块月饼
兜一条矮凳子
到院子里
看月亮

老太太的牙
早已经
没了
老太太的眼睛
早已经
花了

劣质的果仁饼
太硬
老太太啃了老半夜
只把西山的圆月
濡湿了
小小的
一角

劳淑珍

劳淑珍（Sidse Laugesen），丹麦人。翻译家、诗人。1975年生于丹麦奥胡斯。毕业于奥胡斯大学比较文学专业，在校主修中国当代诗歌。余华、残雪、王小波、孙频等小说家的丹麦语译者，也翻译了很多中国当代诗歌作品。

授奖词

　　丹麦诗人劳淑珍以《盛夏之神话》《原子弹》《当天晚上真有暴雨》3首诗歌满额入选"汉语先锋·2020年度汉语最佳诗歌100首"。

　　事实上，这一年劳淑珍贡献的杰作远不止这些。《丹麦的夜晚》《译者的颂歌》《愤怒和性欲》都写得非常精彩，各具特色。

　　近些年来，外国诗人用中文写诗已经成为一个特别有意思的现象。奥地利诗人维马丁，既用德文写，也用中文写，但主要还是用德文写得多；秘鲁诗人莫沫，直接用中文写诗写小说，不过她这两年更多精力还是用在翻译工作上。而丹麦诗人劳淑珍，则从2020年开始爆发，大规模地用中文写诗，只用中文写诗，写了几百首诗。维马丁、莫沫、劳淑珍，都是非常杰出的翻译家。劳淑珍此前几乎只是一个翻译家，但到了2019年12月，事情发生了变化，这位资深的小说和诗歌翻译家开始用中文写诗，这对于她的生命来说，几乎是天翻地覆的变化。

　　正如劳淑珍所说，"很奇怪，我在逃避用自己的母语表达内心，故意用一个我说得不太流利的语言写诗。而我的理想、我所渴望写出的诗歌，都来自中国"。正因为她逃避在母语中袒露内心，汉语就成了她通往真实内心的自由彼岸，她可以在汉语里毫无顾忌，可以在完全不用考虑所有社会压力的情况下，自由释放。所以她在汉语中的写作，带有非常强烈的自由感、真实感，有着浓烈的生命色彩！躲进汉语写作，竟成了她通往内心自由的优势。她酣畅淋漓地写，泥沙俱下地写，几乎想把所有的内心意志，全部挥洒出来。

所以她当然会选择身体感极强的诗歌美学！她几乎是"下半身诗歌"在丹麦的一次强烈绽放。她对身体感、对写出身体与世界碰撞时的生命体验非常坚决，比我坚决。读她的诗，我常常觉得她比我具备更本能、更彻底的身体性。这大概正是因为她躲进了无拘无束的汉语桃花源吧。

身体感和生命意志是劳淑珍诗歌最强烈的特征，她发展了当代诗歌身体美学的更多可能。但在具体写作中，往往是她那些不完全尽情释放的、稍稍回收、结构严谨、留有空间和余味的诗歌，更容易成为杰作。比如我上文中提到的那些。

为此，我们评选劳淑珍女士为"磨铁诗歌奖·2020年度汉语十佳诗人"。

磨铁读诗会

沈浩波执笔

劳淑珍受奖词

（别想，只写）

到底是什么使一个原来发誓永远不再要写一句话的女人突然爆发？我这个所谓温柔的母亲、善良的妻子、乖乖的女儿、勤劳的翻译家，为什么突然像疯狂的野马开始奔跑，忽略别人的警告，逃离母语，把自己的裸体扔进了汉语里，撕破自己的尊严，到处抛洒结巴的句子？不知道。或，如果真需要给出答案，那么，可能与自由有关。当你突然发现自己像被驯服的马站在语言的棚子里吃干草，当你意识到你很长时间没有说一句发自内心的话，当你发现你只能吐出一些干巴巴的句子，你会很难过。而那就是两年前的我。也就是在那时，出现了两个人，推动我去改变。

一个是我的老朋友，几十年没见的他，突然站在我前面，喝醉了，说："劳淑珍，你知道我一直很尊重你爸，但我觉得你现在终于找到了自己的声音。"他其实差不多只说了这句话，转身就走了。而我感到莫名其妙，他怎么会知道我找到了自己的声音？我那些年只是偶尔写几句话。

第二个人是沈浩波。他也是很突然地从非常遥远的地方露头问："你本来是一个诗人？"我立刻回答说："不是。或者，如果我算是一个诗人，也只是沉默的那种。"不过他并没有放弃，他继续说："要不现在变成一个写诗的诗人吧。"

其实应该说，我本来是一个一直写诗的人。我是被诗歌养大的，从小也知道该怎么写一首诗。后来我是故意选择不写，因为不信诗，也不信写作。不过，因为这两个男人，我又非常犹豫地提笔，重新写出一首诗。结果令我惊讶。我没意识到我的声音，沉默了那么多年，竟然有了巨大的变化。而且，因为我那么用力地压迫了它，我的诗歌就像不可靠的榴弹在手里爆炸了。爱、恨、疼、性、暴力——被混合在一起，我无法分辨，无法控制。我看着自己所写的句子，心里想：天啊，这可不行。如果非要重新写，那么需要一个空间。于是我逃避了，开始用汉语写诗。我的汉语非常差，我真的只能结结巴巴地说几句话。但不通顺的语言也有好处，我再也无法用文雅的句子包裹身体所喷出的话。

我在汉语里开始寻找各种边界。身体的边界，语言的边界，诗歌的边界。嗅来嗅去，寻找裂缝，试图从裂缝里取出一种原本丢失的——自己。别想，只写。这是沈浩波的一句话，也差不多成了我这两年的副歌。当我不知所措，我就低着头，闭着眼睛，让手替我说话。别想，只写，对我来说就是撕破语言，走到底，重新找到一种能容纳自己身体和声音的空间。

关于"磨铁读诗会"，首先要说，我本来不知道这个世界里有那么活泼而热烈的诗歌环境。刚刚看完2020年度最佳汉语诗歌100首，看到自己的诗歌被放在其中，放在我非常欣赏的那些诗歌的旁边，我感到非常荣幸，充满感激。谢谢大家那么热烈地欢迎我这个外来的汉语诗人，谢谢你们让我这些愤怒而逃避的诗在这里找到一个美丽的庇护。

2021.10.19

于丹麦西尔克堡

盛夏之神话

3

阿婆罗坐在公园里梳长发，

英俊达佛涅

无辜地散步在果树之后。

阿婆罗感到其乳头变硬

那个秀丽的身体挑起她的性欲

她控制不了这种炎热的欲火，她扔掉梳子

以轻盈的舞步走近小白脸，说：

达佛涅，让我拥抱你！

达佛涅惊恐地仰头看狂躁的阿婆罗

他知道他没法躲避这位狂女的暴欲

他立刻往旷阔的河流奔跑，但

他来不及，阿婆罗的激情好像给了她翅膀

她追上去，当她的气息吹在达佛涅金黄的卷发时

达佛涅吼叫：亲爱的母亲河，用你的神秘之力量

把我的美妙身体变态！

阿婆罗已经握住他的手，帅达佛涅往河水跳去

他感到其身体变形，脚趾扎进土，伸开的手指触到前面的水

卷头发像无数的金珠流进涟漪的镜

他变成柳树，或者什么植物都行，神话说不清
满身性欲的阿婆罗浪女拥抱着粗皮男达佛涅柳树，泪下如雨。

2
夜晚布满胳膊
波浪叹息
火焰滋滋
烂醉的少男
光溜溜躺在
明亮的桌子上
他的呻吟声在
黑暗中波动

1
少年的她
躺在炎热的夏夜
从自己淫贱的身体
给家长酿出纯净的诗

原子弹

坐在曾祖的坟墓前
喝汽水，看飞蚂蚁涌出来
笨拙地爬上墓石

投身到空中，颠簸飞行。

好可爱。

儿子说，妈，如果今天
有人在这里投下原子弹
你要不要跑？

我要不要跑？

小子，如果今天有人
向这座小教堂投下原子弹
好像没法逃跑。如果那样
还是继续坐在你旁边
静静看蚂蚁
努力飞行

当天晚上真有暴雨

我们坐进你的绿色跑车
慢慢爬行。很好玩
雷电不时划过天空
闪现你沧桑的脸
大笑着开一辆老车

多么活泼
已经六十多岁
年老的小孩
突然沉默，问我
是不是觉得你是个色眯眯的老男人
已经快七十岁而最近找了一个
不到三十岁的女朋友
我说这样的事
我不管。然后你瞪着马路嘟哝
不过她想要一个孩子
而我真不想再来一个。

到底为什么跟我
说这样的话？
我们并不算那么熟。

然后你重新大笑
告诉我怎么
烤鸡、烤甜椒、烤西红柿
说得口水直流

又过了几天
你爬上城市最高的楼房
走到楼顶
把自己的身体
投了下去。

据说你实在受不了
太想念去世的妻子

丹麦的夜晚

这些死在夜晚的小动物
是老鼠？天鹅？兔子？乌鸦？猫？
每一个靠近死亡的尖叫
慢慢流尽或者突然中断

我和小狗在床上端坐
一动不动
听狐狸
抓他活生生的乐器
挤出离奇曲折的悲歌

然后我的狗就急得
变成一匹狼

译者的颂歌

让我借你的目光
侵犯你的世界
看到另一个风景
变成男人，去发泄
让我
吞掉你
撕破你
揭开你美妙诗句
让我捧着你心啊
让一切变空虚

让我用你的语言
让文字字母化
拔出来你的比喻
在我树上悬挂
让我
模仿你
拥有你
抢掉你每个思想
让我忧伤失败地
误解你的词

让我割你的舌头
让我唱你的歌

融化体内的白雪

从你心杯狂喝

让我

兴奋地

渴望地

尽力地拿到一切

让我占据你灵魂

把诗歌曲解

(Leaving the Table, Leonard Cohen)

优秀钢琴家

生活压力

让他崩溃

狠狠吸烟，吃药

再没法爱妻子和儿女

孤身游走世界

我看着他痛苦的目光说：

你弹得非常好

你的音乐让我

看到连我自己都不知道的内心世界

很认真地朝他笑

为了让他沉重的心平静下来

我确实不撒谎

每个拍，每个音

滴进我的心

但他却认为我

是那种来自市郊的孤独家庭主妇

有钱而缺乏爱

夜晚打扮跑进城市

渴望睡一个艺术家

所以他的目光多么垂涎

所以他的拥抱过分亲密

但为了艺术，我还在笑

绝对不要伤害真正的天才

绝对不要踩灭脆弱的灵魂

我微笑，我忍受，

为了这个完全崩溃了的

放弃了家庭的男性自尊

阮文略

磨铁诗歌奖

2020年度汉语十佳诗人

阮文略,笔名荧惑,80后。香港中文大学生物化学哲学博士,曾任大学吐露诗社社长。著有包括《菀彼桑柔》在内的诗集6本,曾获香港艺术发展奖和中文文学奖等奖项。

授奖词

　　阮文略以《无题》《没事》《赶路者》3首诗歌满额入选"汉语先锋·2020年度汉语最佳诗歌100首"。

　　非常高兴能有香港诗人如此耀眼地进入我们的评选。虽然我们对此并无预设，在一轮一轮选诗中，阮文略的诗歌在每一轮都经受住了我们挑剔的阅读，当最终结果呈现时，还是感到非常欣喜。对于香港诗歌，我们确实隔膜已久。

　　事实上直到前几天，我才得知阮文略是一位年轻的诗人，出生于1986年。他的诗歌比他的年龄更有一种历经世事的成熟心智。我在2019年才关注到这位诗人，对他的一些诗印象很好，遂向他约稿，邀他参选，想集中读一读，没想到竟约出了一个惊喜。

　　除了入选"2020年度汉语最佳诗歌100首"的3首诗，阮文略在2020年还有更多佳作，《预感》《字母的声音》等都令我们印象深刻。

　　香港诗歌与内地的发展阶段完全不同，没有经历过像内地这样各种潮流性的、革命性的现代主义和后现代主义运动。所以阮文略的诗歌，看起来观念性不强，并不是某种强烈诗歌理念下的产物，更有一种传统与现代自然融汇的感觉。他的诗歌根基扎得很深——心灵根基和语言根基。

　　阮文略的诗中有强烈的心跳，对世界有敏感的思考和尖锐的态度。他是一个忠实于真实心灵和真挚情感的诗人，是一个用心灵丈量世界的诗人，其心灵的深度和温度共同构成了诗歌的底座。这样的诗人在我看来尤其值得信赖。

阮文略显然拥有训练有素的现代诗歌语言，这是受西方现代主义意象诗学深刻洗礼过的语言。虽然可能因为香港当代诗歌对现代主义和后现代主义的理论强调和观念讨论并不充分，阮文略的一些诗歌中糅杂了不少更古早的浪漫主义和象征主义的部分。但他写得最好的诗中，使用现代意象的准确度、密度和深度，比绝大部分以意象见长的内地诗人显得更有心智和才能。

为此，我们评选阮文略先生为"磨铁诗歌奖·2020年度汉语十佳诗人"。

磨铁读诗会

沈浩波执笔

阮文略受奖词

感谢"磨铁读诗会"和评审们颁发这个奖给我，更加感谢他们办这个诗歌奖的决心和准则——以诗歌本身为唯一的评审标准，开诚布公地说明每首诗为什么值得被选上。即使有人不认同磨铁的选诗标准，也不能否定他们的专业和洞见。这实在是弥足珍贵的，对汉语诗歌的发展有很大意义。

必须承认，2020年以后的世界已经和先前不一样了。有位文学前辈告诉我："我们已经写够了2020年以前的诗歌，往后就要想想我们应该为未来的读者书写什么。"对啊，我们的孩子甚至没有疫情发生以前的记忆，将来如何向他们解释……譬如说，在街上不戴口罩曾不是一件羞耻的事？

站在疫情和后疫情时代交界处的诗人，我们活了下来并且继续书写，这样的象征意义还不足够强大吗？无论书写什么、以什么方式去写、在哪里写、写成什么样子都好，最重要的是保持书写。保持书写的话，写的就是2021年、2022年的诗歌，以及更多写于未来、为未来而写的诗歌。

当这生死疲劳的世界，以其残酷游说你"书写无用"，我们不妨继续从键盘里敲出一个又一个汉字。

2021.10.17
于香港

无题

我只有这么一双手
掌中的笔你随时可以夺去

我也只有这么一颗灵魂
那是一枚你永远无法催熟的梨

没事

没事。世界一定不会有事的对吧
转角那间酒吧不会忽然爆炸
你的好友不会忽然自杀
爱不会忽然剥落，太阳不会拒绝升起
没事。潮水依然涨退有度
女儿长大了依然
爱你。亲爱的，不管我怎样疲乏
你总会为我蹉跎剩下的岁月
街上没事，海上也没事。

我多么渴望这一切都成真

我幸福，世上每一个曾受压迫的人都幸福

每一个曾施暴的人都幸福

这样的祈祷或者连上帝都只会轻蔑地笑

哈哈哈

不要紧的，上帝

在你手中我有无限的时间，上帝

我来，我看见，我要说服你。

赶路者

灯光碎落。

我想象车行在巨大的模型中

塑胶马路，木制桥梁和隧道口

火车站诡异地闪着白炽灯的光辉

今日我教到骨头的结构和成分

提起鬼火的原理

车停在大榄，我该转车了

矮墙外是树，树外是林。

秋虫为这模型世界报丧

地狱在远方庆祝凉冬将至

这模型像我所活着的世界
有其独一无二的编号和出厂证明
排在前面的男人往马路边的渠口吐痰
往下坠落就直接抵达末日
哀哉，时间像一条歪七扭八的脊椎

每一节都以各自的方式
在剧烈疼痛
像一串挂在青马桥上的发光头颅
秋后了，天阴雾湿
新鬼们嘈切够了没有。

灯光凝固吧
化作齑粉，蝴蝶是唯一的液态
不要阻路，我们犹有千里孤坟未及打扫
就回头，把面包打碎
用加倍的沉默
静静地喂食这群厌世的蟋蟀。

预感

一切正在碎落。
你看见的是窗外的风景：

石围角，大窝口，大河道，海傍
怎么没注意玻璃上的裂纹正在增加？
是的，你看不见
你正在与邻座的朋友闲聊
我穿过你们看向外面
有车，有人，寻常的午后街景
但车窗正在碎裂，悄悄地
慢慢地，窗外的世界终将面目全非

字母的声音

孩子把拼字游戏积木装进瓶子
摇晃着，塑胶粒在里面彼此撞击
她说："听，这是字母的声音！"

若我无法说话了
无法用熟悉的字母组织成言语
若一切组织皆被禁绝——

我应该向孩子学习：
她把瓶中字母倾向更大的盒子
客厅里变得更嘈吵了

那些野蛮的元音和辅音
正在以最原始的方式咆哮

年终曲

年复一年我们无助地老去
死掉，或仅仅是逐寸失去人的模样
来吧，一年到晚了
我们勠力擦亮最后一根花火，然后
让它漫天璀璨——
即使无法理解那些剥落与拾得
若果有神，宁愿他永远闭目
永远别过脸去，不留半分慈悲
宁愿他任凭这世界崩塌
像无数永远沉下深海的城邦
和陪葬的人：青年男女、壮汉、
妇女、外邦囚徒、小孩和老人
祭司说：我们同死，殉葬给这天地
这永恒的山脉、这无名的花——
年复一年我始终无法理解
他的一只眼睛为什么总是睁开
他的食指为什么指向苍天
暴雨与雷电之上有什么？
地震与洪水之下是什么？
然而我们连诞生之后与死亡以前的事情
也一窍不通
我们毕生膜拜箴言与记忆
相信明日和真相
在梦的边陲跳舞唱歌，招昨日之魂

我们是谁，曾经有谁

寄住在我们的躯体之内

谁是这永恒之城的守城人，企在

更楼风雪中吹响绝望的号角？

当神拉着大衣衣领走过自己的遗迹

罗马柱一根挨着一根倾轧

他是否同样不解这一切

若他必须为自己创造身体

这不朽之身里，洪荒之河的流域

是否正在滋生出新的蜉蝣？

这些蜉蝣是否一如我们

终生诘问神的存在，以及苦难，

以及这万物逆旅是如何更替成废墟？

年终之日了，让我们的灵魂粉身碎骨

祈祷岁月会重组我们

以神的形象，时间是树

终究会开花结果

在最深的冬季

将世上的空气凝聚成新一圈年轮

终究会让枝叶浮于海

让花回到神的手里

来吧，让我们记住物竞天择

记住所有愧疚与哀戚

为此让我们沿着赤地的石头逐颗敲凿

直至敲出鲜血或者花蜜

神说：我就是荆棘中的火

我就是庞贝

然而我也是老旧电器铺里

一千台播放着同一画面的电视机

我也是黑夜的废墟

是雾雨中伽蓝传出的木鱼声

是你们那失去的一只眼睛

也是那无法闭上的另一只眼睛

我就是你的老去，也是你的失败

就像那棵时间之树

我从剧痛中生出了嫩芽

我也是把它打落的那一根雨箭

你是谁，我是谁，我们

就是谁——

我就是庞贝，你的灵魂既埋在岩石里

也是那埋葬的岩石本身

让我们成为花火吧

在这失去的一年将尽之际

让万物回归洪荒，连箴言与记忆

都还给他的食指所示的方向

那不是天堂，不是地狱

一片花瓣将溶于水中

若探身向沉默的镜里观照

那是神以同我一样不解的眼神

看着我尚能睁开并坚持睁开的一只眼睛

并且触碰彼此的指尖，微笑。

王小龙

磨铁诗歌奖
2020年度汉语十佳诗人

王小龙，1954年8月生，海南琼海人。诗人，纪录片工作者。1968年开始诗歌写作。出版过诗集《男人也要生一次孩子》《每个年代都有它的表情》《我的老吉普》《每一首都是情歌》。个人纪录片作品有《一个叫做家的地方》《莎士比亚长什么样》等。曾获"磨铁诗歌奖·2018年度汉语十佳诗人"、首届"中国口语诗奖·金舌奖"等。现居上海。

授奖词

　　王小龙以《博罗曼》《我身体就是他们的坟》两首诗歌入选"汉语先锋·2020年度汉语最佳诗歌100首"。

　　虽然并未以满额3首入选，但这两首都是重量级的、意义重大的好诗。尤其是《博罗曼》，我认为是2020年最重要的单首诗歌杰作。

　　《博罗曼》和《我身体就是他们的坟》都是主题强大，内容和情感非常丰富的诗。这种诗对诗人的诗歌观念及诗歌能力要求都很高，因为太容易陷入传统的现实主义和浪漫主义的窠臼。如何在现代的、前沿的诗歌观念上，容纳如此鲜明的主题，以及巨大的、具体的、丰沛的内容和情感？这是当代诗人面临的重要课题，而王小龙给出了精彩的答案。

　　在对待内容和情感的态度上，现代主义以来的诗人们无非是在两个向度上前行。一是去内容，去情感，追求纯粹的诗意，或者进行各种形式主义的语言探索；二是通过对语言和表达形式的革新，容纳更丰富的内容和情感。王小龙近年的写作，无疑行进在第二条道路上。

　　从这个意义上回看王小龙作为当代口语诗歌肇始者的身份，显得尤其意味深长。因为中国当代口语诗的发展，正是诗歌语言革新的重要表现，而语言革新之后，发展到今天才最终形成了当代汉语诗歌强大的肠胃，诗歌具备了包含一切内容的可能。

　　我在《博罗曼》和《我身体就是他们的坟》中读到了惠特曼的某些声音、桑德堡的某些声音、金斯堡的某些声音，但最终只能是王小龙的声音。因为无论是惠特曼的、桑德堡的，还是金斯堡的语言系统，都不可能容纳王小龙诗歌里所容纳的内容和情感。王小龙采用了一种高度综合的语言方式，来完成他的表达，口语的、意象的、修辞的、抒情的，各种语言形态在同一首诗的金色大厅中，如同交响乐团的不同乐器组，精确分工，密切配合，彼此融汇，流淌起伏。

为此，我们评选王小龙先生为"磨铁诗歌奖·2020年度汉语十佳诗人"。令我们自己都难以置信的是，王小龙竟然3年蝉联这一荣誉，"磨铁诗歌奖"历史并不长，这种现象超出了我们的想象。这位出生于1954年的诗人，正在展现出越来越强大的创造力和战斗力。

磨铁读诗会
沈浩波执笔

王小龙受奖词

年度十佳，连续3年，王小龙你也好意思。就把它看作是宽容和鼓励之意吧，既然来日无多，写得动就写，想怎么写就怎么写好了。老而不死是为贼，我肯定窃取了哪位年轻人的荣誉，很对不起，我已经是影子长长地拖着支离破碎的一生，而你，你们，正呼啸而过，是一支没时间停下脚步收集战利品的军队。

假如人生真能分为自在、自为和自由3个阶段，写到今天还束手束脚，也太不像话了。

我知道有的诗人专门写给写诗的人看，这很好，很了不起。我写给不写诗的人看，不想让人们读得一头雾水。

博尔赫斯引用布拉德利的话，说诗歌的一个作用就是能给我们印象。不是发现什么新东西，而是回忆起遗忘了的东西。在我们读一首好诗的时候，我们会想，这个我们也写得出，这首诗早就存在于我们脑中。

看一首诗好不好，我的经验是看它是死的还是活的，和去菜市场买鱼差不多吧。好诗让人感觉活在人间，活在街头巷尾的亲朋好友之间，而不是活在文人堆里。

诗是我生命的防腐剂。布罗茨基说，没有任何人能借助写作而变得更年轻。这是事实。

2021.10.20
于上海

博罗曼[1]

只要想看，他就能看到远处的人工湖

冬季，谁派出了白鹭低空侦察

双翼倾斜着自信地掠过苇尖

晨雾散去，当柳树抽枝

雁群的翅膀会来覆盖湖面

岛礁被先到的白鹳抢占

丹顶鹤在浅滩吹响申诉的长号

天鹅出巡，它们负责优雅的准则

以倒影遮掩水下的忙乱

而芸芸鸭类是假期中的孩子们

总是不讲究节拍地大声赞叹

隔着玻璃，他观察人工湖上的动静

从清晨到黄昏，能看上一整天

请允许我用人称的"他"

1　博罗曼，灵长目人科人亚科大猩猩属类人猿，1973年出生在非洲西部低地大猩猩的自然栖息地之一喀麦隆，不满一岁时家族遭到盗猎者屠杀，他被劫出热带雨林，后幸遇动物保护组织营救，被送往鹿特丹动物园，1994年作为友好城市的礼物，从鹿特丹来到上海动物园，2017年11月27日上午9:40因生命衰竭救治无效去世，享年44岁，相当于人类的90岁。

而不是人以外的"它"

无非是数百万年前的一场选择

你们从树上下来，走出丛林，走出非洲

毛发越来越少

穿着越来越多

脑袋越来越小

胃口越来越大

而他们留在造物主赐予的领地

从未越过单纯、善良和敏感的边界

从未伤害过你们

虽然被叫作泰山

他们能轻易折断胳膊粗的树枝

可不会拆毁人家的房屋和村庄

他们的食物是树叶和水果

偶尔吃肉，但不吃人肉

谁要能举出一例

这首诗不必读完

他们在树干和石壁上留下必要的符号

你们进化得可以，创造出费解的文字和论断

那些文字里隐藏了怎样的罪恶，去翻翻

太多的野心、阴谋、出卖和背叛

数百万年过去，他们仍然会和你们意外照面

会危险地被望远镜和准星发现

那些潜入雨林的直立者

已经会熟练地使用屠刀和自动步枪

想象一下历史上所有的杀戮现场

想象不满周岁的博罗曼

被铁链拽上走私快船的甲板

那天起，连奔跑的自由都只在梦中

忍受是活下去的条件

每一根毛发都有记忆，二十年

浑浑噩噩的一天又一天

品名：大猩猩　　发货：鹿特丹动物园

收件：上海动物园　　日期：1993年

醒来，你会不会问自己

我是谁，我在哪里，我从哪里来

没人会告诉你，因为

没人知道如何解释这个世界

我去西郊看你

你在玻璃墙里面

身躯伟岸

银背凛然

尽管囚禁

拒绝表演

这么单纯、善良和敏感的龙哥

居然被限制在四面碰壁的透明空间

一天又一天

又是二十年

这世界依然没给你公民的身份

同样，这城市也没给你市民的权利

你被人类判处终身监禁

一名好吃好喝供养起来的囚犯

我最后一次去看你，五年前

你靠墙端坐，像刚来的第一天

两眼正视，目空一切

老了，记忆会冒出来替换眼前

只要想看，你就能看到远处的邦尼湾

看到无边的雨林和高耸的火山

看到家人栖息，像游击队张罗宿营

看到玩耍时影子的躲闪

那片土地与你同在，喀麦隆

最美好的非洲与你同在

你呼啸起飞，从一棵树到下一棵树

在空中辨认熟悉的呼唤

这么自以为是一意孤行的龙哥

居然也会来日无多彳亍而行

他走了过来，真难以置信

走向挤在前排的孩子们

伸出左手，用一个指头

在大玻璃上慢吞吞地画着

山的倔强，水的柔软

红的有明有暗

绿的有浓有淡

紫色的浆果在枝叶中眨眼

蓝色的鹦鹉啰里啰唆

太阳在海上的反光一闪

照亮了露珠和这世界不配拥有的秘境

孩子们不讲究节拍地大声赞叹

他画着，只要想看
他就能看到生命的全部安排
无限可能
无限不堪
无限渺小
无限荒诞

午后有梦

他们都泡在水里
有的在浅水打闹
鼓出胸大肌
挺直红脖子
普列维尔咬着烟斗
金斯伯格挥舞酒瓶
有的在深水
脑袋举出水面
布罗茨基和米沃什
眼珠子转来转去
岸上还有几个
奥登，策兰
特朗斯特罗姆
一个个面目不清
像拷贝了一千次的照片

是的，一个游泳池

横卧在午后梦中

而池水蔚蓝

像葛饰北斋打翻了颜料

我坐在卡车轮子的内胎上

费力地用手划水

我的工作是打捞漂浮的落叶

永远能看见远处的下一片

为了节省时间

我在水下小便

听着这些家伙叽里咕噜

吐出一串串水泡

而池水蔚蓝

像葛饰北斋

一切都不一样了

冬日午后，走进街角的咖啡馆

一切照旧，木桌椅，铜台灯

打着蝴蝶结的酒水单

连不多几个的客人都面熟陌生

各自独坐一角，告密者似的

把脸藏在笔记本电脑后边

一切照旧，一切都不一样了

没有烟缸，没有人抽烟

没有感人肺腑的各种烟味

温暖的阳光斜照进来

没有烟雾在暧昧地聚散

一切都不一样了啊，甚至

没有了独坐咖啡馆的理由

想想吧，加缪靠窗坐着

他手放在哪里好呢

还有杜拉斯，也独自一人

让她抠一下午鼻子吗

好怀念从前的咖啡馆

而现在，你们在浪费浓郁的咖啡

浪费冬日午后独处的好时光

浪费一场比电影更动人的白日梦

没有烟味的咖啡馆

那是太平间

好怀念从前的咖啡馆啊

还有酒吧，一想到酒吧也禁烟

梧桐叶便落满了街沿

假如没有后来

挟着一卷旧草席

我在马路上乱转

把席子铺在树下

铺在对面的工厂门边

下半夜了，哪里都没风

哪里的地面都烫人

甚至黄沙堆上

白天潮湿的沙子

晚上会呼呼冒出热气

不知道为什么

会记得这个夜晚

我挟着一卷旧草席

溜出家门去找

一处可以睡觉的地方

大概只是为了证明

从前也这么热过

好像比现在还热

谁要说气候变暖

我总是半信半疑

其实，这个夜晚没什么意思

大概只能证明

一个人的一生

就这么无趣

假如没有后来

那些刻骨铭心

用光影写诗

忘了哪年

忘了哪个饭局

有人说起刚上映的一部电影

因为该片摄影师在座

我们有些期待

等他咽下食物

他没说这电影怎么拍的

却大老远扯来学院

说老师的第一课

摄影——

是用光影写诗

这应该算是警句

可以当作论文题目

可以写进获奖感言

我想了想看过的那部电影

明白了

你们说的诗

大概就是

——啊

奥古斯特街

出门，我们找人打听

那处艺术家集体占领的地盘

看来缪斯并没包打天下

查拉图斯特拉[1]们如是耸耸肩

汽车旅馆门前的空地上

一排锃亮的黑色摩托

排气管一律夸张地翘起

这大功率的动静

你去想吧。这时

隔壁酒吧摇出若干光头壮汉

皮衣皮裤皮靴镶嵌着金属饰件

他们会点英语

愿意带我们去

说到那里接着喝

请他们一杯就行

我们骑上后座，坦克似的

碾过圣诞前的冬夜

一家废弃的工厂

隐身在城市边缘

啤酒馆是原来的车间

音响吵得只有枪炮不见玫瑰

酒架、吧台和灯具

1　查拉图斯特拉，尼采虚构的人物。

无一不是工业废料

看上去锈迹斑斑

摸一把倒很干净

大杯的黑啤酒芳香可口

咖喱香肠妙不可言

我着迷于在场的桌椅们

没有一条腿是直的

它们扭曲地站立

却都摆得很平

也许时代的真相就是些腿和腿

不可思议地提供着支撑

它们站得很稳

可以当作各种学说的象征

对了那些光头骑手

我知道他们身上的标签

其实是些还没熟透的男人

反正没你想象的凶狠

他们优雅地碰杯

眼神如夜色温存

西娃

磨铁诗歌奖
2020年度汉语十佳诗人

西娃，70后，生于西藏，长于李白故里，现居北京，玄学爱好者。著有诗集《我把自己分成碎片发给你》，长篇小说《过了天堂是上海》《北京把你弄哭了》等。获评"NPC李白诗歌奖·新世纪中国十大诗人奖"、2014年《诗潮》年度诗歌奖、2015年"骆一禾诗歌奖"，首届《诗刊》"中国好诗歌"奖、"磨铁诗歌奖·2017年度汉语十佳诗人"等。诗歌被翻译成德语、英语、西班牙语、俄语等外语。

授奖词

西娃以《释放》《上帝的味道》《古董商》3首诗歌满额入选"汉语先锋·2020年度汉语最佳诗歌100首"。

一个好的诗人是如何成长和发展自我的？一个优秀的诗人是如何走向成熟和杰出的？答案无他：写出来和活出来。两者并重，稳步向前者，西娃是也。

从一个传统意义上的抒情诗人，到现代意识不断上升，单首佳作频出的优秀诗人，再到成为一名成熟稳定、有鲜明诗歌风貌和典型诗歌个性的诗人。这便是我在过去十多年里所看到的诗人西娃的成长和发展轨迹。

而西娃的写作，正是那种"活出来"的写作。所谓写"活出来"的诗，绝不是说诗歌的主题都是日常生活，这也太表面了。而是说其诗歌中有一种"活出来"的生命心智，有一颗敢于袒露、敢于直面自我和生命的真实心灵。西娃的诗歌，始终在追求一种心灵真实的力量。那种生命真实感，构成了其诗歌的切肤之感，即一种充满生命质地的、有年轮的身体感。

西娃的写作所指向的，并非生活经验，而是生命经验。这种坦陈的、赤裸的、真实的生命经验，又不完全是自白派的那种，比起自白派过于用力的夸张式袒露和高度放纵感性的浪漫主义表达，西娃的方式更加节制、理性，更趋近真实和现代，所呈现的是活出来的智慧和人生沉淀的情感，而不是尖锐的情绪。

在上一年度，也就是2019年度的评选中，西娃就差点满额3首入选，是我们在最后一轮删诗时，觉得她的3首诗写作特点过于接近，写得好的地方好法太像，略显单调，遂删去一首。而西娃2020年满额入选的这3首诗，则在其基本诗歌美学特点的基础上，各自都充满了自身的特点，远近高低各不同，体现了一个成熟诗人内心的丰富地貌。

为此，我们评选西娃女士为"磨铁诗歌奖·2020年度汉语十佳诗人"。

磨铁读诗会
沈浩波执笔

西娃受奖词

　　创造就像摸黑走夜路，你并不知道自己走到了哪里，如果有个只尊重诗歌本身又有辨识力的诗歌奖，它发出的声音能让你知道自己身处哪里，这是幸运的。这些年，"磨铁诗歌奖"无疑让我感受到了这一点。

　　感谢"磨铁读诗会"又一次把十佳诗人奖颁给我，与其说我在2020年写得好，还不如说磨铁在以磨铁的方式，让我在自己的诗歌写作道路上继续磨铁，把自己磨成针还是磨成锤子，只有靠我的造化了。"磨铁诗歌奖"给了我极大的肯定和荣誉，我希望自己能够配得上它。

　　诚如沈浩波在评价《上帝的味道》时所说，写作养不活诗人，做芳疗师的确耗费着我的心力和时间。虽然我写了很多有关精油的诗歌，但也有大量感受因为时间问题没能变成文字，这都留给我内心极大的焦虑和空洞。

　　"某一天，你提着LV包，穿着昂贵的衣服，我们会说，这个人曾经写过诗歌。"这是我刚做精油时，我的画家朋友说的一句话，这话让我恐惧，我怕变成这样的人，但我又必须生存下去。

　　几乎有两年时间我都在痛苦中挣扎，甚至觉得自己废了。

　　好在诗歌是个这样的东西：它在每一处，在生命的每份折腾里。痛苦、欢乐、无聊、焦虑等一切生命状态，都在孕育诗歌，只要你用心体会它们。我这几年浸泡在精油里，它们也打开了我，让我不断遇到陌生的自己，然后我有了这样的，而不是那样的诗歌。

"体悟到哪里写到哪里"，依然是我的创作信念。我必须真实面对自己的内心和现实，不回避任何碰撞，光华和灰烬都在为我的生命烙上诗句。

再次感谢沈浩波推力十足的授奖词，这面光洁的镜子让我看到自己脸上和心里的晒斑，我以为自己不需要奖励了，看到授奖词那一刻我却是高兴和感动的；感谢极负责任的里所一而再再而三地约稿和催稿，不然我会与这次的奖失之交臂……

2021.10.21
于北京

释放

每次出远门前
我会把屋子彻底收拾干净
从未穿过的一双双绣花鞋
摆在最明显的位置
看过一遍又一遍的圣贤书
拜过一次又一次的佛像与佛经
收藏在箱子里
落地窗帘拉得严严实实

我把空间全让给你们
那些因我在，因圣贤在，因佛经佛像在，因光在
而躲在我屋子里的生灵们
你们需要自由伸展的空间

就如每月必须有一个夜晚
我故意把自己灌醉
那些因理性在，因圣贤在，因佛经佛牌在，因光在
而不敢肆意冒出的堕落、厌倦、颓丧……
必须在大醉中
获得啤酒泡沫一样的空间

上帝的味道

我带着五个六到十五岁的孩子
玩精油，他们每人
画了一幅想象中
上帝的肖像
我说，展开想象力
上帝是什么味道
把与之对应的精油
滴在画上

一个孩子滴了檀香
他说上帝像爸爸：高大，可靠
一个小胖子滴了
生姜、茴香、黑胡椒……
他说上帝是一道卤菜

一个小女孩滴了
玫瑰、天竺葵、罗马洋甘菊……
"上帝就是一座花园，好闻极了"
一个戴眼镜的男孩
滴了百里香、茶树、麦卢卡
"就是这样，上帝
有皮鞋的味道"

患轻度抑郁症的孩子

皱眉闻着
绰号为希特勒精油的牛至
她附在我耳边轻声说：
"我经常在梦里闻到
尸体味道，跟这差不多"
她把它滴在了
上帝的肖像上

古董商

又一个收藏古董的男人
说爱上了我

不了，不了……

我最长久的爱情，跟一个
收藏西藏佛像与古钱币的
最短的，跟收藏破窗朽木烂砖的……

不知我什么样的
朽落气味，吸引了这类人
抑或我在某一刻
有意无意诱惑过他们——
"收藏我，我有一颗老魂灵……"

而最终，我像一个被做旧的
假货，不那么轻易
又轻易地被识破

他们，和想象中的女诗人

他们，拖家带口
吃尽周边的草
赏尽眼力所及的花
某一天
知道这人世间
存在"女诗人"这一物种
以各种名义进入你朋友圈

夜半或凌晨
他们从你私微里冒出来
有各种看似美妙说辞——

"……你长得可像三毛了
她是我少年时代女神
如果可以，我带你去
大沙漠，所有费用我出……"

"几年前就跟踪读你诗歌
你一定很浪漫，很超脱
会像诗人那样接受，我邀请……"

"……关键是，我发现了你
喜欢了你，找到了你
我虽然有家庭，但情人
是汉语里最动人的词……"

仿佛：女诗人都是草原上
野生的花或草，他们是
随意经过你的羊
想叼一口，就能叼一口

嗯哼……

叽哚——死神的气味儿

摩托车刺耳刹车声
把马路拉开一道伤口
我们捂着嘴
看着这个横穿马路的小孩
在空中划出一道弧线
被抛掷在了马路中央

鲜嫩的血流出身体……

半小时前
这个还在珀斯粉红湖边
蹚水的白人小孩
扬起粉嘟嘟脸蛋
欢快笑声像他鲜嫩的血

可，我在他身上闻到一股
跟他年龄与眼下情景
没法匹配的味道

这味道悲伤又熟悉

在逝去外婆身上
在自杀女友身上
在暴亡舅舅身上
我一一闻到过

几年后我学习芳疗
知道这味道叫——
吲哚：百合花、茉莉、白玫瑰
……一切白色花朵里
都隐藏着它

上帝的眼泪

你躺在深夜
满是褶皱的紫色床单上
青春美丽的身体
像一条嫩白而无力的线条
初恋失败的痛苦、悸动
使你，翻过来，又翻过去

我还能怎么办，女儿？

下午，我们围着奥科勒
一圈圈走到天黑
我用完了全部失恋经验
开导你宽慰你，我嘴唇起泡
而你用散掉的眼神望着我
不变和仅有的一句——
"妈，就是一只小狗
跟我生活了7个月
我也要把它找回来……"

无助灌满我双腿，女儿
处理失恋上
我就是再失败100次
也是永远的生手
父母没教过我如何面对

学校也不曾教过我······

我还能怎么办，女儿？

我像一个散魂
影子碎在墙壁上
把乳香、檀香、岩兰草、洋甘菊······
滴，滴，滴，滴满你身体
一遍一遍涂抹在
你脚板、脊背、头顶上······

你该安宁了

你慢慢安宁了······

孤独

酒后，我们狂舞
在草原的篝火旁

一个舞跳得极好的男生
在我追问下
道出了好舞蹈的来源

他从小一直跟羊群在一起

滩羊是他唯一的伙伴

每年，有一些羊

总会发羊癫疯

他抱着发病的羊

它们的抽搐

都如电流一样

经过，并停留在他身上

杨黎

磨铁诗歌奖
2020年度汉语十佳诗人

杨黎，男，1962年8月3日生于成都。20世纪80年代开始写作，曾与万夏、于坚、李亚伟、韩东等开创"第三代诗歌运动"，是这个运动的发言人和主要代表诗人之一。"废话理论"提出人。著有诗集《我写，故我不在》《五个红苹果》《小杨和玛丽》《废话》《找王菊花》《祝福少女们》等。

授奖词

    杨黎以《认真听狼格说狼格的遗憾》《北郊火葬场》《2020的洪水》3首诗歌满额入选"汉语先锋·2020年度汉语最佳诗歌100首"。

    我将杨黎2020年入选最佳诗歌100首的这3首诗，包括写得同样好，甚至更能令人印象深刻的《我和上帝》《人将至死12》等诗，又放在一起读了一遍，再次被这些诗里的情感打动。

    我不禁有些恍惚，因为此前我很少注意到杨黎诗歌里的情感。到底是杨黎此前的诗歌并没有这么集中地体现过他的情感，还是因为我总是过多地关注他的诗歌观念了呢？当这些被我们选出来的杨黎创作于2020年的诗歌，如此集中地展现出其中的情感力量时，多少有些刷新了我对杨黎诗歌的认识。

    这是我第一次不想谈论杨黎的诗歌观念（他是一个那么强调观念的诗人），也不太想强调杨黎的诗歌语言（他的语言是我们时代的一个诗歌现象），这一次我更想强调杨黎诗歌中的情感。那些细腻的、柔软的、滋味复杂的情感才是这些诗歌里真正的礁石。

    杨黎诗歌中的情感不是刻意地"表达"出来的，而是自然地"呈现"出来的。杨黎几乎是在用一种动作幅度最小的、最温柔的方式呈现他的情感。只有用心读，才能听到其中强烈的心灵风暴。情感越是真实，越无须大声抒发。真正的诗人，当视真实如生命，而抵达真实，又何其艰难，有时诗人一生的努力也不过是为了抵达真实。杨黎诗歌中的情感，正是那种抵达了真实的情感。

写诗这件事，有人写得硬朗，有人写得柔软，杨黎写得柔软，因为他有一颗柔软的心；有人写得深刻，有人写得舒缓，杨黎写得舒缓，因为他有一颗舒展的心；有人写得尖锐，有人写得迂回，杨黎写得迂回，因为他有一颗细腻的心。没有哪个诗人的写作，能大过自己的心灵，而最好的心灵必然拥有动人的情感。

为此，我们评选杨黎先生为"磨铁诗歌奖·2020年度汉语十佳诗人"。杨黎这两年病魔缠身而诗如泉涌，我们在此祝他早日恢复健康，永远诗如泉涌。

磨铁读诗会

沈浩波执笔

杨黎受奖词

我外婆是一个孤人，反正我从来没有听到她谈论过她的家人和过去。我一认识她，她就只是我的外婆。

我外婆的这个习惯，好像也传染给了我妈。也就是说，我妈也是一个孤人。我没有舅舅，当然也没有表妹，我妈到死也没有说起过她娘家的一点一滴。

到了我，我也是一个孤人。我生于英雄妈妈的时代，但我却连一个兄弟姐妹都没有。去年我病了，感叹地说了一句名言："朋友多亲人少（很动情）。"当然，我不是在感叹世界，只是在感叹我们这个特殊的家。

这是我为"诺贝尔文学奖"准备的答谢词，今天把它拿出来献给"磨铁读诗会"，献给汉语诗歌，以感谢他们对我的动情赞美，主要还是感谢评奖人对我准确的肯定。是的，我的确是一个抒情诗人。

我曾经说过，我从旧时代来，我的身上带着许多旧时代的毛病。比如抒情，就是我的毛病之一。我不可能，其实我也不喜欢，总是沿着正确的道路往前走，就像我也想谈恋爱一样，有时候我会选择错误的路，出去抒发一下自己的感情。当我想到，我外婆死了，我妈也死了，而且她们死了还啥子都没有说，我就很伤感。这伤感我又不知道对谁表达。

这就是我心灵的宽度吧？作为一个废话主义者，我明白事理，却随时都有脾气。我想，这脾气就是一个诗人的神经。神经偶尔冒失，诗意随之而来。不然太麻木了不对，太神经了也不对，关键是你有多大的苦难，你又要给别人看好多？

2021.10.19
于成都

认真听狼格说狼格的遗憾

今年春天，狼格的母亲去世了
狼格说，他要办一个最热闹的葬礼
彝族人就是要把丧事办热闹
他要邀请他认识的朋友
都穿着彝族服装出席（他买了三百件查尔瓦）
他还要请最好的毕摩来做法事
（不是一个，是一群）
他还要请全世界的彝人歌手，请他们
来唱歌，一首一首把彝族五千年
的歌，一首一首从头唱到现在
但因为新冠肺炎，他的想法落空了

北郊火葬场

1985年，春天
我外婆从这里走的
2000年秋天

我爸也从这里走了
2020冬天刚到
我妈来了，我和杨又黎
在这个阴冷的凌晨
在一扇玻璃门外
一会儿，我们捧着一盒白骨
默默地回到市区
大街上已经开始很堵车

2020的洪水

一个泸州的小姐姐
半夜被大水冲走
冲到了重庆，直到早晨
东方已经发亮
她终于被岸边的人捞起来
一上岸她就放声大哭
哭得救她的
几个男人也忍不住哭，滚滚
而去的大水啊
继续滚滚而去

我和上帝

上帝按他的样子造了我
我和他长得一模一样
在茫茫人海中
我看见我自己就是
看见他
阿门，当我已软了
我父，他还依然硬着

人将至死12

在我养病的日子
我每天至少
要看着窗外一两个小时
我很想有人问我
你在看啥子
但杨又黎不问
不识北也
不会问。窗外渐暗
我看见宇宙的阴道微微张开

远的诗

我想了一下
然后停了一下
才又想起
他们说的某一下
那些一下
和一下之间
我等着
重新开始的一下
并在一下后
出去看了一下

我呼唤一个鸡蛋

它快掉下来了
它从鸡屁股
到地面，有三十个
鸡蛋那么高
我为它害怕，担心
它一掉下来就会
摔得粉碎
只是有什么办法

我在拼写"碎"

的时候，它已经掉下来了

我的呼唤

立即成了女人的尖叫

磨铁诗歌奖
2020年度汉语十佳诗人

伊沙

伊沙，原名吴文健，以诗名世。1966年生于四川成都，1989年毕业于北京师范大学中文系，毕业后于西安外国语大学任教至今。现已出版著、译、编作品一百余部。获国内外数十项诗歌奖及其他文学类奖项。应邀出席国内外众多诗歌节、文学节和其他交流活动。代表性诗集有《车过黄河》《鸽子》《蓝灯》《无题》《唐》《白雪乌鸦》等。

授奖词

伊沙以《张爱玲的晚年》《送诗人任洪渊》《数字与细节——再送洪烛》3首诗歌满额入选"汉语先锋·2020年度汉语最佳诗歌100首"。

伊沙同样是身上盖满了戳儿的诗人，各种绕不开的观念和符号覆盖了人们对其诗歌的认知。强大的诗学观念和成为符号的美学意义，固然奠定了伊沙作为当代最重要诗人的基本面，但只有深入每一首诗，才能听到诗人真正的心跳，触摸到诗人具体的体温。只有看到不同的局部和切面，才能真正理解一个诗人。

伊沙在不同的创作阶段，为中国当代诗歌带来过，并且至今还在不断带来新的美学意义，其中的很多意义，并不在任何标签和符号所能涵盖的范围内，而这些被遮蔽的局部和切片，才更能呈现一个真实的伊沙。

伊沙入选本年度最佳诗歌100首的3首诗，碰巧构成了一个小主题联展。3首诗的写作对象分别是3位已故作家和诗人：张爱玲、任洪渊、洪烛。一首是纪念，两首是悼亡。这组诗充分展现了伊沙对文学与人生的理解。既是对文学的理解，也是对人生的理解，更是对文学与人生之间关系的理解。这几乎是一个写作者所面对的终极命题。

他对张爱玲的总结，有知音之感，"将年轻时选的路/跑到死"，其中的倔强、凛冽、严肃，正是文学与人生的本意。任洪渊是伊沙的老师，这首悼诗既是对恩师的赞叹，更是对自我的期许："活着的人/写秋天的诗/行冬天的路/去往春天"，同样是那么严肃、冷峻和凛冽。洪烛是伊沙青春时期的朋友，是另一个价值观向度上的写作者，更追求文学的成功学，追求世俗成功，所以他当然不是张爱玲和任洪渊式的人物，伊沙用一个强大的细节，展现了另一种文学人生，他对此并未做价值评价，但读者自可读出其中三昧。

3首诗，一颗滚烫而冷峻的文学之心。

为此，我们评选伊沙先生为"磨铁诗歌奖·2020年度汉语十佳诗人"。在"磨铁诗歌奖"设置之初，选诗范围更多集中在"磨铁读诗会"的日常选用诗歌和伊沙主持的"新世纪诗典"，所以我们原本制定的规则是我本人和伊沙均不参与最终的评奖角逐。从本届开始，我们决定改变这一规则，他当然也就获奖了。

磨铁读诗会

沈浩波执笔

伊沙受奖词

（我需要肯定）

还是有点突然，因为本来我是沈浩波宣布这个奖的颁奖礼的固定特邀现场主持，我也做好了一直做下去的思想准备。过去的4届，我还算精彩地主持过两届（第一届和第三届），另外两届由于不可控的因素未能赴会。

据我所知，此项"磨铁诗歌奖"是由民营出版机构所创设的中国诗坛目前唯一现存的年度十佳奖，是"诗人沈浩波个人诗学意志的极端体现"（首届颁奖礼上我的主持人语），它强调的是汉语诗歌的先锋性，奖励的是诗林中的先锋诗人，我终于跃上获奖者的光荣榜，应该是符合诗理逻辑的。

浩波和磨铁给了我太多，新授的十佳奖我依然看重，因为评的是2020年的十佳汉语诗人。2020，大疫初年，全人类共同经历着一场浩劫和苦难；作为个人，我也步入多事之秋：各方面都在承受着巨大的考验，包括我的写作。最终我承受住了，完成了这次命中注定的修行，此时获得"磨铁诗歌奖"，正是对我所度过的这特殊一年的巨大肯定——我需要肯定。

朋友周知，我对奖项一贯的态度是：不申奖、不谋奖、不跑奖，但也不拒奖，随遇而安，诗比奖大。我发现，越是体育男，越能摆清荣誉与诗人的关系，20世纪80年代有一部表现女排精神的电影叫《沙鸥》，其中有句台词成了时代的名言："爱荣誉胜过爱生命"——用在写诗上，此话差矣！我心目中的顺位当如是哉：一、生命；二、诗歌；三、荣誉。

本省疫情又紧，撰写这则小小的受奖词时，我还不能肯定能否亲临现场领奖，即使到不了，本文将带去我的谢意：感谢浩波！感谢磨铁！感谢里所、后乞等为此奖和"磨铁读诗会"日常运转做了大量工作的人们。

　　我的写作将一如既往，如同呼吸；对于这项大奖，既然从此有资格参评了，我也将以今后更优异的年度表现，追求高水平的蝉联联联联联！谢谢！

2021.10.21

于西安少陵塬

张爱玲的晚年

27万美金

加300万港币的存款

真有点对不住

豆瓣文青谓之的"潦倒"

对于重新红起来这件事

保持高贵的无感

对老乡夏志清

近乎夸张的吹捧

也有点儿听不明白

依然是从一家旅馆

到另一家旅馆地

逃蚤子

逃离人

最完美的一生

就是将年轻时选的路

跑到死

送诗人任洪渊

传送恩师疐耗的雨

让长安滚入秋天

大疫阻绝

无法亲送

先生一路走好

在天国

步入众神之列

活着的人

写秋天的诗

行冬天的路

去往春天

数字与细节——再送洪烛

1988年冬至1989年夏

半年之间

王军同学5次进京

其中4次借宿于我的床板

带着一堆发表作品复印件

跑了50多个单位

最后一个礚成了

他从派出所办理好

北京户口的那天

老天爷哭了

他手一哆嗦

户口簿掉泥水里

所以我平生所见

唯一的北京市户口簿

上面有一抹擦不掉的泥印子

还是进步了

卅年前

我们在死亡崇拜

（实为自杀暴红）

面前选择：

前进还是后退？

廿年前

我们在道路论争

（实为真伪之争）

面前选择：

前进还是后退？

如今

我们在诺贝尔之软

（实为世界之弱）
面前选择：
前进还是后退？

泡汤

在绵阳罗浮山温泉
泡汤时与两位
60后大爷忆儿时
在泳池中偷窥女人

那粗鄙的难看的
老式泳装
也不能把女人的性感
扼杀殆尽

鸡儿肿了怎么办
那确是一件丢人的事
等待——耐心地等待
等到肿消再出水面

安娜死了

1

小说人物与小说家
也不是
"君让臣死臣不得不死"
的关系
专制在任何地方
都是保守落后腐朽反动的

2

确定安娜活不了了
托翁哭了一夜

磨铁诗歌奖
2020年度
汉语十佳诗人
专访

"磨铁诗歌奖·2020年度汉语十佳诗人"获奖名单揭晓之后，为了进一步向读者们介绍这10位诗人的创作面貌，我以即兴访谈的形式，分别与十佳诗人做了交流。10篇访谈按照当时采访的时间顺序结集在这里。

里所

杨黎访谈

我是一个矛盾的人

里所 你觉得自己是个幽默的人吗?

杨黎 我很想做一个幽默的人。但是面对现实,我笑不起来。我不知道该咋办?

里所 2021年10月19日,杨黎说:"是的,我的确是一个抒情诗人。"哈哈,我在引用你的受奖词。这简直可以成为文学八卦小报的一个头条了:提出"废话诗学"多年之后,杨黎承认自己其实是抒情诗人。当然你随后紧接着说:"有时候我会选择错误的路,出去抒发一下自己的感情。"你在《找王菊花》的跋中也写到了这种矛盾:你的整个写作都在汉语实验中,但你的抒情和伤感让你写了许多违背废话要求的诗。这种矛盾一直存在于你的创作中吗?这种"废话"与情感的矛盾、理论与具体一首诗的矛盾。

杨黎 也就是说,我是一个矛盾的人,我喜欢。另一方面我认识到,只有矛盾的人,才真实可信。

里所 今时今日而言,你写诗的时候,"废话理论"依然会像个闹钟设在你大脑里吗?还是说这一套由你创立并践行多年的理论,已经被自己超越或忽略?

杨黎 说到我,还有说到诗歌,我说了很多遍了:我是一个从传统中过来的人。也就是说，当我认识到废话的厉害时，诗歌抒情的功能、任务，以及幽默，也早就深入我的身体了。我改不了，不是因为正确或者错误，而是习惯。特别是到了后来，我已经进入无所谓的废话层，随便出入，就更不惧怕抒情不抒情。换句话说，由我创建的理论，已经日常化、身体化和习惯化了。

里所　废话理论影响过好几波年轻诗人，一直到今天，我们依然能看见很多带有明显废话倾向的年轻诗人渐次出现，你觉得"废话"为何如此吸引跟随者？当然有时他们也难免真的只是写了一堆废话。你怎么看待这种影响？

杨黎　说到废话理论，那的确是很洋气的理论，它对许多阳光、善良和追求上进的年轻人，充满魅力。你想嘛，承认语言为第一性、世界为第二性，那对人类的价值观是多大的颠覆？如果一个年轻人，这也不懂，也不敢试一试，那这个年轻人该多衰？你说呢？

里所　确实，年轻人要多尝试新事物。但就今天的各种诗歌观念来看，语言的、情感的、身体的、修辞的、形式的等，几乎个个方向都被提出和实践过了，你觉得年轻诗人在这种情况下，应该如何发出新的自己的声音？换句话说，如果你现在20岁，面对这样的诗歌环境，你可能会重新从哪些角度去写诗、探索诗？

杨黎　我如果才20岁，我就把《高处》再写一遍，它肯定是一首好诗。可惜我已经老了，再写就滑稽了一点。这个世界不是说你是年轻人就必须开创什么什么，这是一种误会。能够开创的是有开创能力的人，他们不一定年轻。认真理解这个问题，一个诗人才可以成熟。

里所　你的诗中经常出现一些女性的形象，哪怕年龄不明确，也总有种天真单纯的感觉，你的新诗集名字也叫《祝福少女们》，对你来说少女的形象意味着什么呢？女性和爱情亦是你诗歌里常见的主题，写了大半生，你感觉自己懂得她们了吗？

杨黎　少女就是少女，不是象征，也不是比喻。我曾经说过，她就是指19岁的女人，几乎个个都那么美丽。所以我的诗歌必须赞美这样的女人，不然我就是瓜娃子。而与这样的女人谈恋爱，真的是神仙。我一生很荣幸，知道爱并能够被爱，我感谢少女。但有一句说一句，我对女人一点也不懂，也不想懂。我所谓写了一生，属于自我吹捧。我只是在个别时候，多写了几句和少女有关的诗篇。

我病后的淡定是生命和诗歌共同的淡定

里所　现在日常的写作状态是什么样的？诗歌占了全部生活多大比重？以前你说最怕孤独，现在平时孤独吗？

杨黎　我从《远飞》开始，就是职业化的写作。虽然没人买单，但它的确很职业化。我现在病了，除了看病，其他时间都用在写诗和思考诗歌上。我希望我有很好的精力，完成我的《声音的发现》。说到孤独，那是天意。

里所　《远飞》当然被我们关注和看见啦！那时就多多少少感觉到了你的某些变化，包括你持续写作的专注力。《远飞》到最后一共写了多少首？这个系列目前还在继续吗？写的时候你想远飞到哪里去？

杨黎　《远飞》一共写了4680首，70746行，历时1461天。这些数据还是挺迷人的，当然最迷人的是它的每次写作都很有规律：一杯咖啡。也就是说，它的深度不可能超过一杯咖啡。大家也许不喜欢，不过我认为它是我的方向。那4年的写作，我很满意。

里所　"它的每次写作都很有规律：一杯咖啡。"这里的意思是？

杨黎　我写《远飞》，大多是在南京写的。在南京，我下午都要喝咖啡。最爱去的是一家叫享咖啡的咖啡店和一家叫忆十年的咖啡店。我一般坐两三个小时，喝两杯美式，写几首诗。完了，我回到人间，去买菜，做饭。晚上喝点小酒。

里所　生病期间，你又继续写了那么多诗，并且从中总能读到你的淡定、豁达，也有一如既往对世界的热情和爱意，还是很杨黎。这场考验给你的写作和思考增添了什么新的向度吗？

杨黎　《远飞》后我就病了，我的写作沿着《远飞》自然发展而已。以完成一首诗为己任，而不是强调一首好诗。说句实话，作为一个写过那么多好诗的诗人，如果还以好坏论诗歌，真的有点笑人了。我病后的淡定，是生命和诗歌共同的淡定。我想把这种淡定献给我的许多朋友，对于他们而言，写一首诗比写好诗更重要。

里所　前面你提到《声音的发现》具体是什么？

杨黎　《声音的发现》是我1986年就开始写的一本小书，1988年在《非非》理论专号上发过一部分，后来一直没动。主要是自己文化太差，几乎不懂解析几何。

里所　这本书为什么和解析几何有关？

杨黎　声音的本质是数学，语言的本质也是数学，我没有文化，所以写不出来。很多人都没文化，他们只是不自知。

里所　为啥子最近在诗中常常写到"阿门"？

杨黎　我常常说到阿门，是我想信上帝。

里所　"想信"，那就是还处在"将信未信"的阶段？你对信上帝还有所犹豫？

杨黎　是，一如我是一个传统的人，而且还是一个传统的中国人，恶习多，人不纯，要真的信仰，有难度。不过我最终会信，坚决信。

方闲海访谈

诗性即人的天性

里所　上次在杭州聊天，你忽然宣布自己已经50岁了，我们都感到不可思议，因为你身上的少年气息让我完全没有意识到你的年龄。那是一种很通透、明亮的气息，就像你在《白色的脑浆》中所写下的句子"风在森林吹响黄昏 / 而少年们不该留下谜一样的空白"，这都给我一种清澈的感受。你如何看待自己身上的这种单纯？单纯、从未成熟和复杂，又如何共同作用于你的诗歌？

方闲海　谢谢你引用我的诗句，但我看不清楚自己单纯不单纯。我如果揣摩你对单纯的理解，我想单纯即是一个人的品质呈现为真和善，如此说来，我都还远远不够。我想诗歌的主要问题就如诗人而戈所说的"遭遇以及事实"。诗性即人的天性，一个因境遇而不断被重塑的社会人，必须跟诗性或自己的天性进行有效谈判。我想这也是每个真诚的诗人要面对的写作困境。

里所　真和善，是我所指的"单纯"的基底，我可能还想说一种朝气、不油腻的少年气。嗯，"谈判"这个比喻很形象，并且要在谈判中去做质疑和防御。那当你意识到这个写作困境（或说写作者的人生困境）的时候，你是如何做的？在这一困境面前，你已经能从容应对了吗？

方闲海　或许是吧，如果介入的社会人际关系不是很复杂，也不想建功立业，我想每个人多少都会留存你所说的"少年气"，但少年气是很孱弱的。当遭遇写作困境，关键在于创作者内心的光芒是否能长久留存。换一个角度看，写作困境应是命运的问题，甚至是性格的问题。因为我们已经见识到了许多优秀的写作者正是因处在生活困境这一肥料堆里才汲取了丰富的写作营养，当然更多人停滞不前了。顺势而为并坚持为自己的爱好，尽可能地割舍其他，无疑是一个理性的态度，我一直提醒自己要这么做。我现在已经学会了拒绝应酬。若隔几天没做写作或画画这类的精神按摩活动，我会焦虑不安。当然，我不想刻意指出，最大的写作困境在于一个热爱写作的人突然意识到自己才华的严重欠缺。

里所 你说获得这次的诗歌奖，就像得到一个棒棒糖，让你充满警惕，一丝惊喜之后，又令你迅速反思它可能产生的问题。我能感觉到你非常害怕诗歌之外的东西绑架你的诗歌。这里也会生发出一个问题，你的诗歌需要获得关注和来自任何读者的反馈吗？毕竟"磨铁诗歌奖"也好比一个读者。

方闲海 不好意思，我认为"磨铁读诗会"才是给其他读者分享诗歌的"读者"，而"磨铁诗歌奖"不是"读者"，而是一个生产棒棒糖和招引作者及读者的媒介（哈哈，所幸你们生产的是可爱的猫）。任何时代，诗歌奖所带来的"夸大其词"的现象比比皆是。我是一个非常怀疑自己诗歌价值的写作者，因此，抵触奖项是出自本能。因此，也谈不上惊喜，不以奖喜，不以奖悲，这份定力还是要有的。但一个写诗者被高质量的同行所认可，能有效地缓释一种来自孤独的压力，心里无疑是充满喜悦的。这也是我要感谢这个奖项的重要原因。平时我还是会在意一些读者的关注和反馈的，因为不同读者会自带时代的信息，这对于信息相对闭塞的我有一定的吸引力，别人的思考值得我去思考。而且，诗歌的共鸣诉求，在我的写作意识里，一直是存在的。

里所　"不以奖喜，不以奖悲"，我赞同这个态度。再进一步说说与读者的关系，写作的时候，你会不会考虑读者？心里偶尔会闪念一下谁谁谁可能怎么看待这些诗吗？谈这个问题我也许是想知道，你在创作时，是否完全是只朝向自我的？以及是否已经有了写什么都无所畏惧、都责任自负的勇气？

方闲海　写作的时候，我从不会去考虑别人的感受或臆想别人对我的评价，但偶尔会有干扰，有走神的时刻。我一般只考虑"作者"，一些我所喜欢的作者。我会拿自己的作品跟他们的作品去比较，我最在乎的读者是我自己。从这个意义上讲，我在创作时确实是朝向自我的，但似乎还不够贴切，应该说，我的内心里有自认的一个创作谱系传统，但随时也在变化。至于写作的勇气，我认为是一个复杂的问题，也是关乎试探写作道德边界的问题，我目前还保持前进的态势，但不明朗，时常会有胆怯。譬如，我还不敢像诗人西风野渡写他父亲这般地去写我的父亲。如果用诗去写我们目力所及的另一种庞然大物呢？我也会犹疑。显然，我在世界观和价值观上都还没有做好充分的准备，从而去挑战自己的写作。

我更赞赏激进的实验精神

里所　我知道你一直坚持不用微信、不用朋友圈这种社交方式，但是我也看见你在微博上算是活跃的，对于不那么熟悉的人，好像你反而能更从容地分享自己的作品。更公开的平台会更令你松弛吗？也许在公开的地方说话，反而意味着我们在对着一整片无人的旷野说话？

方闲海　尽管我不清楚微信及朋友圈的社交方式，但我可以想象朋友圈所充斥的诸多的虚伪面目，为此我还写过诗。人性之美体现于人和人之间保持最恰当的距离。个性使然，我确实不希望认识太多的人，或做频繁的交流。我觉得诗歌要远离虚伪，这也是对一个好诗人的基本要求。确实，我比较能接受微博，微博也是我目前获取有限的社会信息的最重要的媒介。但偶尔我也会强行休博一段时间，主要是为了让自己清醒一下，重新回到自己的腔调说话。因为随着粉丝量的增加，一个人会不自觉地给自己装备高音喇叭，这经常会让我讨厌自己。在个人微博上，我关闭了评论功能，主要也是出于对交流的厌倦。每个读者都是他们自己的主体，我一般不用邀请功能，他们来看我的作品是出于自愿。我从不把微博当成一种私有财产，它哪一天说没就没了。因此，即使有人骂我，我也从未启用过拉黑功能。荒谬感从未远离我们的生活。

里所 社交生活对自我的侵蚀，确实是一种普遍的现代生活困境。好像一下子所有人都在一张网中。这个网编织得越完备，有时反而越令人不安。我知道在论坛时代，你与其他诗人们之间的交往相对还是比较活跃的，有没有什么事件或原因，让现在的你看似更加朝向自我了？

方闲海 我挺讨厌80年代遗留下来的诗友交往方式，有一种浪漫主义的腐朽。只要你是个写诗的，好像就可以理直气壮地跑到另一个诗人的家门口去咚咚咚地敲门。多年前，一个陌生的诗友抵达了杭州，吃过晚饭之后我又请他去酒吧喝酒，之后他问我，哪里能找小姐？他可能从我的诗里把我误读成了这方面的行家。我目送他在夜色中消失的背影……那是一种活该萎靡的诗歌想象力。其实我不像你所说的活跃，这么多年，我跟诗人的交往非常非常少。这个时代，广义上的诗人普遍胸襟狭窄，文人相轻也是普遍现象。在"诗江湖"时期，我仅跟沈浩波以及其他3位成员有交往，朵渔、巫昂等还是过了很多年之后才见面的。南人至今还没见过。当初，我还认识杨黎、张羞等几个橡皮论坛的写作者，他们喝酒爽快。我不属于主动交友型人格。我现在终于对"时间"有了一点紧迫感，更喜欢自己待着来享受一天的时光。我曾在微博里说过这么一段话："经过多年的自律之后，酒肉朋友基本上都已离弃。接下来，相互间并不真正关心彼此生活或创作的朋友，也可以一一离弃了。如此，人生中的至交，才会被自己发明出来。"

里所　这一两年，你日常的写作状态是什么样的？你保持着哪些诗歌写作的习惯吗？

方闲海　争取每天能写诗，入静，或在微醺状态，头脑里的一股抽象感袅袅升起，让我很享受。即使在难受的时刻，我也努力振作起来，并通过写作来治愈、抵抗现实。我的写作时间主要在晚上至凌晨，因为可以与喝酒同步，只要不打瞌睡，灵感一般都会降临，但需要一点运气。有的诗就是靠干坐几个小时喝点酒等来的，但写的时间往往只需要几分钟。有的写作习惯也依靠自我训练或实验，譬如我有一首长诗《三十个清晨所重复曝光的一张彩色底片》，就是我分别坐在30个清晨里即兴抒写的，跟偶发的情绪同在，有点接近绘画里的现场写生。又譬如我至今还没结束的一大组诗《爬山》，已历经春夏秋冬，我是为了写诗才去爬山而不是相反。疫情发生之后，我偶尔在上午也能写诗了，这让我感到挺意外。

里所　感觉酒在你的写作中扮演着很重要的作用？你并没有依赖它对吧，看似它只是一种催化剂？

方闲海　是的，酒对于我的写作来说很重要，我的很多诗都是在喝酒中或酒后写的。所幸我还没有到酗酒的地步。我爸是渔村里酒量最好的酒鬼。我的一位姑丈也是渔民，他每天凌晨3点起床就开始喝酒。记得我6岁时就在大人们围观下，跟生日小我一天的表弟比喝酒，我们都干了一大杯黄酒，表弟直接喝倒了。我从小的生活环境，一直弥漫着酒精，我的外婆，每天也要喝上一杯。算起来，年轻时，喝酒差点要过我3次命。细想起来挺恐怖。前几年，我喝酒又出过一件大事。我也感谢这几次经历，让我终于能逐渐地控制住了酒劲。现在，我喜欢一个人或跟两三个朋友一起喝酒。区别在于，只有一个人喝酒时，我一定会写点东西，尽管有时我也会把自己喝迷糊。但我知道不喝酒时，也能写出让自己较满意的东西。

里所 你也提到疫情，这场持续了近两年的疫情对你产生了哪些比较深的影响？

方闲海 我正在观察。我们遭遇了一个大时代的变迁，从地缘政治到意识形态以及经济文化，一切有待重塑。全球化的受阻和大数据监控的全面覆盖，让我对"自由"重新进行思考，身心还是受到震荡的，犹如坐在一条在大海颠簸的船上。我再次确认了自己的悲观主义和虚无主义。热力学第二定律依然生效。如此，我唯有依靠写诗等创作活动，让自己的心灵努力地安顿下来。

里所 如沈浩波在授奖词中所说，一方面你在早年持有更多去中心、去意义、去章法的相对激进的诗歌态度；一方面你的近作又呈现出一种纯正而精确的意象能力，一种富有洞察力的修辞能力。我们是否可以理解为，现在的你在纠正当年的某些偏颇？还是说你各种形态的诗歌实验依然在持续进行中？基于自己的写作，你如何看待激进实验的诗歌与经典诗歌这两种诗歌形态的意义？

方闲海 在写作的意义上，我肯定站在激进的实验一边，因为实验是进行时。在诗歌的先锋主义越被贬抑的时代，我就更赞赏激进的实验精神。我经常被一些经典诗歌所吸引的原因，在于这些诗歌若被重新投射到当年的时代背景，都属于激进的写作实验之产物。这并不矛盾。譬如，当重读韩东的《有关大雁塔》，我能强烈地感受到其既是经典，也属于激进的实验。当于坚提出"拒绝隐喻"时，我能理解到那种亢奋的实验精神的弥漫。杨黎提出"废话"时，一定是给后代铺设了一个可引爆的诗歌装置。当然，艺术或诗歌上的实验是现代主义的说辞。根本上，实验一定暗合了时代的变革潮流，不是独属于某一个创作圈子的孤立现象。而我当下的写作，还处于学习和吸收的不成熟阶段，因此，我不会轻易站到某种特定的立场去写作。即使我认同杨黎说修辞并不是诗歌写作的最高阶段，我还是喜欢修辞，包括对中国古典诗歌意象的强烈好感。对于很多人的误解，我想强调，越实验的越包含对传统的理解和尊重。譬如，先锋的杨黎诗歌对"声音"的重视，这可远远追溯到中国古典诗歌。尽管一直标榜反传统的杨黎自己不会认可我的这个说法，但我还是想说出我的这个误读。

里所 想听你谈谈你目前在诗歌语言层面所秉持的观念。

方闲海 一个诗人的气质主要呈现在诗歌语言上。因为诗歌的原材料就是普通民众天天打交道的语言，注定了诗歌在广义的任何艺术层面是最特殊的存在，这也注定了在任何年代，诗歌对于当权者都是一种潜在的危险，因为诗歌语言永远朝向开放和自由，将承载时代变动的思想。诗人布罗茨基说的"语言比国家更古老"是一个常识。诗歌语言当随时代，任何诗歌语言都会过时，而诗歌语言通向形而上的精神实质永远不会变，也就是说，正是诗歌让语言有了灵魂的质感。人民是语言的源泉，而天才诗人可以由着性子来创造。但有人说诗人但丁奠基了意大利语，我怀疑是文化层面的吹牛。我写作的诗歌语言观是偏保守的，靠近中国古典诗的本质：以少胜多。精练、浅白、准确、冷峻，是我喜欢的基调。我不喜欢西方诗歌传统里絮絮叨叨的叙事那一路，以及绕道哲学思辨层面的那一路。另外，我也不太关心中国诗坛流行的"口语诗"，对于一个连普通话都说不准、而方言里几乎没有具体对应文字的诗人来讲，我属于这个汉语世界里的另一群孤魂野鬼。我就做一个小诗人吧。司空图《二十四诗品》里的《疏野》对我有较大的影响——"惟性所宅，真取弗羁。控物自富，与率为期。筑室松下，脱帽看诗。但知旦暮，不辨何时。倘然自适，岂必有为。若其天放，如是得之。"

里所 现在是否有了真正的信心，称呼自己为一个专业的诗人了？

方闲海 自从中学时期写诗以来，我从未怀疑过自己将会成为一个诗人。至于专业不专业，真的，几乎没认真考虑过。那都是别人扯淡的问题，有时看个热闹。但我知道业余的诗人，主要体现为懒惰。

里所 韩东在《五万言》里就早已探讨过诗人"怎么写"和"写什么"的问题，我想这也是到今天为止，诗歌写作的基本命题之二了，对你而言，其中哪一项显得更重要一些？

方闲海 从诗歌到艺术范畴，这命题的探讨或许更有益于一个初涉创作领域而处于迷茫期的年轻人。而对于一个已积累了或多或少经验的人来讲，譬如我，一切要看机缘。有时候"怎么写"更重要，有时候"写什么"更重要，互为表里，有时候可能都不重要。写诗，是进入神秘地带体验。

里所 哈哈，感觉在这个问题上，我依然很"迷茫"，即使也已经写了10多年的诗，我依然面临该用哪种表达方式写具体的一首诗的问题。最近好像更知道了要写什么，但对于如何写，有时很明确，有时需要想半天。你的另一个身份是画家，诗歌与绘画，在你表达自我时，分别承担了什么样的分工？诗人和画家的身份，哪一个对你来说更重要？

方闲海　两者都是我的爱好，都重要，但重要的落实点不太一样。从本质上讲，我觉得自己只有一个身份，创作者或是表达者。读初中时，我曾幻想过自己要当一个抽象画家，去纽约。现在，我在绘画里更多呈现的也是直觉和抽象，这跟我诗歌写作所偏好的具象构成一种互补。在考入中国美术学院之前，我就已经接受了一种西方前卫艺术的观念，认为"绘画"是落伍的。本科毕业时我获了一个绘画奖，之后被邀请去上海参加了一个群展，之后我就放弃了绘画，而去从事了摄影、影像等。大概6年之前，我突然意识到，画画是来自我童年的乐趣，若刻意丢弃了很可惜。于是我又开始了画画。而且绘画相比于诗歌有更世俗的功能，我可以通过卖点画以解决生活问题。但"绘画"是落伍的观念，它也间接地刺激了当年我对中国现代汉语诗歌的"写作野心"，现代汉语诗歌至今也就百年历史，还有创造和开拓的可能性。从游戏的角度，写现代汉语诗更具挑战性、更好玩、也更便捷。

王小龙访谈

生命的发条越来越松

里所 "磨铁诗歌奖"是一个立足于诗本身的奖，一首一首诗地写，才能写进这个奖。之前蝉联两届"汉语十佳诗人"，其中一次还斩获了"磨铁诗歌奖·2019年度诗人"大奖，本届又蝉联，可见这三四年你一直保持着强悍而执着的写作状态（虽然你说过依然算是低产）。放到你整个写作生涯而言，这都算一个特别的"阶段"吗？有什么因素共同促进了这个阶段的产生？

王小龙 大概是在享受这样个体劳动的快乐吧。太久了，我从事的职业都是集体作业，集体完成，一伙人不可能像一个人那样去感受、思考和表达，所以，集体无艺术。现在，只要感觉到诗的章鱼触角的试探，一支笔，一张纸，没纸笔直接拿起手机，立刻就能干活，从开始到完成，真正独立作业。我的天，在职的日子我是怎么熬过来的。

里所 看来退休实在是一件意义重大的事，不仅让你有了更充足的写作时间，更让你足够"自由"。现在你对诗歌，是否有了更多"事业心"？

王小龙 呃，"事业心"强的是不是些端着写、端着说话的家伙？我对这类大词过敏。除了对亲人，对谁都不欠，对诗我也不欠，所以想写就写，不想写就躺倒，又不靠它吃饭，反正退休金够过下去的。

里所 《博罗曼》一开始就被构思为这么大篇幅的一首小长诗吗？还是一行一行慢慢生发成现在这样的？这首诗一共写了多久？

王小龙 我在写动物园故事，《博罗曼》算是个魂吧，拿起又放下3次，前后一年多。

里所 动物园故事？那就是还写了不少关于其他动物的诗？还没见你发出来过。

王小龙 误会了，动物园故事是篇小说。写完扔下很久了，看来要重写，跟当下斤斤计较是不对的，还是要划条三八线，不许越过博罗曼去世的日子。

里所 诗里你直接称呼博罗曼为"龙哥"，将自我与博罗曼重合，是因为从他的处境中，看到了自己和人类共同的处了吗？

王小龙 "龙哥"裸身是有点突然，肯定不是设计中的。每年去动物园看博罗曼，我都不知道为什么。我没那么极端，动物园的存在是个客观事实，在野外生存环境日益恶化的今天，动物园居然成了濒危野生动物的庇护所，让人无语。我反对囚禁和展示高级灵长类动物，人怎么能如此野蛮地对待同类？看博罗曼一动不动地坐在那里，我想象他的经历，体会他对这个世界的认知，时间久了，就会代入，就是忽然感同身受起来。没人这么写是吧？我试试。

里所 记得你第一次给我看这首诗的时候，我说了很多它的好话，也直说了我觉得有些句尾不那么押韵就好了，当然最后你也没改。哈哈。类似"身躯伟岸／银背凛然／尽管囚禁／拒绝表演"，你也不是故意要用韵吧？大概是一种语言能力和习惯，自然而然就写出来了。还是说你确实想用这样的方式去保留诗歌的某些律动和节奏？

王小龙 押韵确实是这辈子写分行文字的习惯，押就押了，会不会刺激朗读啊？考虑到有人痛恨押韵，我要注意克服。现在已经很马虎了，常常是写完后一检查发现毫无韵脚。

里所 关于"韵"，可能是我吹毛求疵，或者因为我对"韵"有偏见。其实说真的，因其强大的诗歌内核，这首诗本身已经超越了韵不韵。去年的《德国笔记》算是你一项有计划的写作了，一共16首诗；我知道你今年在写一个新系列：《看片笔记》，这个新发明你写了12首。《看片笔记》更像是对"二手材料"的处理？

王小龙 《看片笔记》是出于对做纪录片的大学生由衷的感激。对我来说，"一手"的机会不多了，走不出去，宅在家里，自然心有不甘，在看片时浏览一些地方，认识一些人物，当然，偏重底层生活的记录，感觉很亲近。也会探讨一下作品的得失，尽一份评委的义务。

里所 "一手"是真的不多了？还是写诗的时候依然给自己设了什么题材的限制？什么可以写，什么值得写，日常琐碎生活里有没有诗，是否依然有写作的禁区？你也会思考这些问题吧？

王小龙 说不思考是装洋蒜，其实每天都在想，在思考一些基本的问题，读到一首好诗都会引出问题的蜂群，绕得人晕眩。

里所 为什么不喜欢甚至有点害怕评价别人的诗？

王小龙 批评往往是你画了一只鸡，他责问为什么不像鸭。

里所 沈浩波说你现在的诗歌愈加体现了一种"历经过岁月淬炼的生命意志"，这里面有非常硬朗、勇敢的东西。你也会有脆弱、犹疑的时刻吗？我可能想知道是不是活到足够有智慧，就不会对人生充满恐惧了？因为我发现自己并没有越活越无畏，反而有时更敏感脆弱。

王小龙　浩波过奖了，惭愧。当然有脆弱、犹疑的时刻，这和年龄无关。你这问题接近"生存还是死亡"之问了，我说不好。夏天写过一首诗，录在这里。

夏日最后的

日子越过越慢

慢得我都心烦

好像大半辈子都疯了似的快进

那些逐格逐帧拍摄的影像

狼奔豕突

甚嚣尘上

一只手突然插入画面

说现在开始放慢

我慢吞吞地踱出那条狭窄的弄堂

出租车进来都没法掉头

才一百多米，天啊

我走了多久

副食店敞开门脸

小老板把大盆端到门前

鲈鱼们很不甘心

用尾巴使劲拍打水面

理发店就挤在夹弄口
永远朋克的小师傅在夸张地表演
染发的女人掸了掸睡衣
哇里哇啦地点评电视艺员

公共厕所守在原地
来来往往的居民看都不看
中年男人举着手机
敞着门襟就走了出来

日子越过越慢
慢得我都心烦
生命的发条越来越松
谁来帮我上上紧

（就这些字
我能慢吞吞地盘弄几天
不，是每次
在分行的拐弯
我都能看见
一个失语的自己
在练习说话）

2021.8

里所　谢谢你分享这首诗。你如何看待这场持久的疫情？它给你造成的影响和困扰多吗？

王小龙　去年的惊慌失措不能说都是过度反应。活着，但一切应该都不一样了。可你刷屏看看，出门看看，居然一如既往，什么没发生过一样，不过是多了几首写在疫情时的诗，够幽默，够黑色，够困扰我的了。

阮文略访谈

需要书写、希望写、能写、不能不写

里所 我知道你一直是读理科，最后拿到的是香港中文大学的生物与化学博士学位，你从什么时候开始对文学有兴趣的？什么时候开始写诗的？最初为什么就写诗了，而不是写小说之类的？

阮文略 我写诗先于读理科，大约中学三年级时跟同学闹着玩，一人写一点东西交换读，那个年纪嘛，总有一些东西想说又不懂得如何说出来的东西，虽然现在也是。结果其他同学或先或后都停笔了，毕竟人生路上还有那么多事情要做，而我却不知不觉就写了很久。选理科是真的喜欢读科学，跟写诗并行不悖，渐渐也发现两者所追求的并没有那么多不同。为什么写诗与为什么继续写诗是两个问题，但后者更难回答。也不是说觉得写诗相当有趣，毕竟写作都是孤独的，写完没有读者时孤独感尤甚，但是都习惯了。回头再读当年的诗很让人尴尬，还好当年不觉，那时也没有人走来说我写得怎样，否则脸皮一薄就不写了。第一次意识到写诗有意义，应该是中学时的一份中文假期作业，老师说可以看图写诗或散文，这是我人生中第一次被鼓励写诗，我选了一张"9·11"高楼倾倒的照片，彩印了出来，写了一首很稚嫩的诗（还坚持每句押韵）……但诗的内核是一份对人类命运的不解。我慢慢体会到诗不是为了解答什么，而是诘问一些穷尽日常语言都无法找到发问方法的问题。例如生死和命运，苦难和超越。

里所 你说科学和诗歌的追求并无不同，那么在你看来，它们共同

追求的都是什么?

阮文略　写诗、科学、教育都好,只缘身在此山中,得到什么结果,说到底是后来的事,不是不重要,但对于创造之人而言,过程才是当下的一切。如果要得到成果才愿意去做事,那么很容易就放弃了,这世上有太多很快能看见成果的劳动,写诗、科学和教育都相反,经年累月不见成绩是常有的事。诗也好、科学也好,重要的是那份仰望星空的心情。我们虽然活在地上,但是有时会对着星空发呆,那份怀想自身与世界的心情每个人应该都有体会,如果没有,就是人生的遗憾。

里所　为何"9·11"这个事件对你的冲击那么大?你最初的诗是从它写起的,不久前你又写了一首诗,关于此事件20周年。

阮文略　是啊,"9·11"对我心灵有很大冲击,在我15岁左右,忽然发生了这样的事,虽然远在美国,但这个事件对人的冲击绝对是超越地域的。我想到的是巨大的苦难和不解。我有亲友住在纽约,所以2004年我在纽约读过一年大学,在重建的世贸大楼地基前看见用残骸砌出的十字架,死亡与重生、城市和废墟等,在我的诗中一再出现,有时我也会想这些图景我是不是用得太多了,变成了呼之即来的词语,就不好。

里所　当你面对这个世界诸多令你不解和痛苦的事件时,诗人的身份是否给了你安慰?你觉得诗人在世界中的角色是什么?

阮文略　寻求自我安慰或救赎是每个人早晚必须经历的,很多时候并非真的有解,而是在寻求的过程里,自我完成了安慰和救赎。写诗、读诗或许是其中一条进路,但是其实更多时候我们是写不出来、读不进去的,那就去寻求帮助,不要就地崩溃。诗人是不是有什么使命? 我觉得继续写下去就是, 不一定是为了什么, 纯粹是需要书写、希望写、能写、不能不写, 之后的事自然会有人来补充, 笑骂由人, 总之不妨碍我写作就好。

里所 你大多数时候都是生活在香港的吧? 除了2004年去美国一年, 还有没有比较长的离港生活经历? 拿我来说吧, 我的人生和你一样长, 但是被切分成了很多段, 安徽11年, 新疆喀什6年, 西安5年, 现在差不多在北京待了12年了, 中间也不断再回安徽和新疆。这些流动, 对我的写作影响很大。你怎么看待诗人和地域、诗人和故乡的关系?

阮文略 我没有那么多的切割, 除了美国的经验, 那一年自然很重要, 因为那一年我在大雪的窗前感受到无与伦比的孤独, 对于一个本来就孤独而又害怕孤独的年轻人来说, 这些感受非常深刻。大概就从那时开始, 写诗不再是游戏, 不再是某种坚持, 而是生活的一部分。后来也有离开香港半年, 天大地大却无可避免地想家, 不过那是28岁以后的事, 不能同日而语。至于是为了抵抗荒谬和孤独, 还是写诗让人与荒谬和孤独共存, 这真的答不出来, 没准两者皆是。有人说诗歌就是每个诗人的原乡, 有人认为是童年的记忆、亲人、恋爱, 我觉得所有这些都可以是, 所有你珍重之事都是你的家园, 说到家园你自然不希望它被改变、被消抹。诗人都会有自己想努力捍卫的疆土, 唯一的捍卫方式是书写。

里所 每个诗人都多少会有一些主题的偏好或侧重, 你最经常写作的主题有哪些?

阮文略 其实对我而言, 真正的主题永远是人的命运、苦难和希望, 一切表面的诗歌题材都是为了服侍这终极的命题。

里所 在我看来，你提及的终极命题好大，我读到你在作品里践行着对这一巨大命题的探究。虽然我也很关心这些，但往往我具体的每一首诗，都会回到自我，将自我本身当作介入外部世界的武器。你通常如何在诗歌里平衡自我这个个体和"人的命运、苦难和希望"的关系？

阮文略 我觉得自己其实没有资格"探究"这些大命题，这些只能留给博学的哲学家、思想家，而我只是个普通人，写的也不过是个人对事物和世情的管窥，以及不知天高地厚的己见。不过反过来说，我们书写一只蝴蝶的死，与书写人类的终极命运，不就是在写同一样东西吗？蝴蝶是虚是实，我们的梦以及千百年来的城市兴衰又是虚是实？是虚，也是实的，若欲为之而兴叹，我觉得不需要什么执照。

里所 在写作历程里，你的诗歌风格发生过哪些重要的调整和变化吗？有没有什么具体的"事件"促使你去变化？

阮文略 诗歌风格来说，以前会动用很密集的意象，写了很多纠结的诗行，其实本来是要写什么呢？有时自己也说不太清楚，当然不好意思说"嘿，我就只是乱写"，但有时确实就是那么回事。不是真的乱来，而是以纷繁的意象去碰撞或勾扯出种种诗意的可能。就像心里先有了感受，然后选择不同的颜色和不同的颜料去涂抹，你问画里有什么深意，我也答不上来，但并不是没有。

里所 确实，我也从你2013年的作品里发现了这个问题，那时你的想法在语言中经历了更多的变形。比如"脐带像灵魂的一根刺"，这是很精彩的。也有像"当我悲伤，一个 / 住在深渊的女人，/ 像剪刀一样快速上升，然后 / 我们各自拥有烟囱，当 / 受寒的身体部分开始冒出 / 氧化的亚光"，这样的诗句，能让我感到你的"用力"。

阮文略　后来也不知是社会还是个人的因素，或者是社会影响了个人，就开始更多为一些清晰的题目而写。这几年习惯了一星期最少写一两首诗，没有刻意想突破什么，就像你每日上班会忽然转用新的交通工具吗？不需要的，但变化总会来。

里所　我觉得从复杂晦涩到清晰的改变（不管是表意，还是诗中的意象）是非常好的改变，是诗人成熟的标志。

阮文略　也不敢说成熟是不是好事，但晦涩的诗毕竟也很有趣，写时有趣，读着也有趣，有时也有必要，清晰的话就写得不准确。

"不懂得如何写"竟然也成了写下去的理由

里所　现在香港的大多数年轻诗人，在写哪种风格的诗呢？

阮文略　白描生活细节的也有，抒情的也有，但少见内地某种嘲讽口吻的写法，似乎香港人比较严肃（不能肯定是不是这样）。说来，内地与香港的诗歌风格有所不同，可能审美观也不同。但是香港也有一些从内地过来的年轻诗人，诗写得极好，似乎糅合了不同的风格。

里所　对于语言的使用呢？你觉得我们之间，在总体上是否也有较大的差异？例如口语或书面语、日常语言或修辞语言这些层面的差异。

阮文略　香港诗人用的多数是粤语的书面语，直接用口语写作的反而很少，因为广东话的口语质感很不同，如果使用的话，写出来的诗就会有很重的港味，当然那也没有什么不好，只是在磨合书面语和口语的质感方面很考功夫。当中成就最高的是蔡炎培和饮江，把粤语口语写成他们的标志，即使糊着名字，一读就知道是他们写的。

里所　你是用广东话（粤语）写诗的吗？

阮文略　我用粤语的书面语在写。我的语言风格算是不太主流的吧，其中也掺杂了译诗和台湾诗歌的语言，读什么写的自然像什么。

里所　那我们现在所读到的你的这些诗，都算是你粤语书面语的作品吗？

阮文略　是的，简单地解说就是，我读写时脑海中一直是粤音。说来，粤语保留了很多古老的音义，所以跟近体诗有某种相似，例如用广东话读诗，语感上会有更多的押韵。还有很多汉字的古字和古语法，粤语中也不少保留。

里所　各地方言都传承了不少有"古意"的词，也有很多词的意思非常简洁而有趣。前天我在一首诗里面写到"瞎妈"这个词，是安徽皖北方言。我其实不太会说地道的老家话了，因为小时候离开得早，去了新疆就都说普通话。但记忆里有很多有趣的词。"瞎妈"就是没有奶水的乳房。

阮文略　就像无眼的奶妈？

里所　对啊，就像一口井瞎了，就代表井里没有水了。这样的词，胜过绞尽脑汁想出来的修辞。

阮文略　正是，有些方言词汇很凝练。普通话和粤语里都没有这样的词语。

里所　我们那里，把吃奶也说成吃妈。你看好形象吧：把妈妈吃了，妈妈是婴儿的食物。在这个语境里，乳房就是妈，妈就等同于乳房，大概也是一种古老的生殖、哺育崇拜了。

阮文略　对，方言里留存了古人很丰富的想象。生殖、哺育崇拜自然不是今时今日的价值观，但是没关系，文化本来就是积存而来的。说回香港话，它里面又加了很多音译词，是用粤语音来译的，经过那么多年的发展，广州话和香港话虽然沟通没有问题，但亦有不少区别。所以用香港话写的诗，虽然是书面语，但跟内地诗歌在语言上仍有分别，一般情况下不影响理解。至于用粤语的口语写诗，我不抗拒，但很少这样做，其中没有复杂的理由，单纯是不习惯。香港人习惯把写和说分得很开，自小就要学习用书面语写作，也自然地习惯阅读书面语。

里所　阅读和写作使用的是和日常说话有距离的书面语，这个现象很有趣，或许这也是你不喜欢直接用口语写作的原因吧？是一种内在习惯造成的。对于内地的很多诗人而言，不管是否在诗歌里使用意象或修辞，写和说所使用的语言本身往往是有同步性的（当然很多保守的抒情诗人，使用的是一种习惯性的、非个人音色的语言；有些修养不好的口语诗人，也可能在使用一种没有个人音色的"公共口语"在写作）。

阮文略　是，粤语的口语跟书面语差别很大。无论读写，我脑中都是粤语书面语，日常说话就是粤语口语，有时也说普通话，不需要经过大脑中的传译自然就能说。我普通话说得不算很好，能说就足够了，读研究院时实验室里全天候说普通话，大家来自五湖四海，都没有沟通障碍。

里所　在香港你的读者多吗？平时主要通过什么方式去分享新作品？你的学生是否知道你是诗人？

阮文略　香港本来就没多少人读诗，读本地诗歌的人更少，所以在香港，诗人从来不必追求读者，因为几乎没有诗歌读者这样的人群，我的读者也没有准确数字，但是从活动人次、诗集销量能够看出个所以然。我上一本诗集出版一年，卖出140本左右，这就是实际数据，出版社很努力卖书，但是香港人不需要诗集是事实。140其实算是很好的数字，再旧一点的一本，卖了65本，一手可以捧起的分量。我平时就都是在社交媒体上分享，基本上就是换到一些无言的点赞，来来去去都是那些本身也写诗或从事文学研究的的朋友，互相点赞鼓励而已。在学生那里，我没有避谈作家的身份，但是放心，在香港没有多少人会关注写作这个领域，别人知道了你写诗，就像知道了你会拉丁文一样，who cares！好像几乎没有学生主动过来说读过我的诗，但是也没关系，不把写诗的人看作异类已经不错。

里所　那你有学生因为受你的影响而开始写诗的吗？

阮文略　有学生后来也写了诗，但大概不是受了影响而写作，而是喜欢写作的人找到同类的感觉，我是很快乐的，吾道不孤。但往后还写不写得看各人造化，包括我自己。"包括我自己"的意思是，我自己也不可能知道未来是否一直写下去，是否能一直写出令自己满意的诗。

里所　未来在什么情况下，你有可能不再写了？

阮文略　非常好的问题，要么是重大的冲击，要么是欠缺冲击。但是人生似乎很少会欠缺冲击吧。这几年确实是受到很大冲击，我有一段时间不懂怎样写才合适，或者根本失去写的心力，但是后来又继续写了，因为"不懂得如何写"竟然也成了写下去的理由。近来的诗歌，更多是在探问生老病死以及失去之类，毕竟我们活着就得变老，记忆中的城市就在改变着模样。人皆有不舍之情，否定人对于过去美好事物的缅怀以及对于过去苦痛的回忆是很困难的。

里所 曾经不写的阶段，持续得久吗？

阮文略 所谓停笔好像也就是一个月左右，太久不写还是不行，生活习惯难改，三五日怎样都得写一首诗，不是刻意坐下来写，我写诗几乎都是在手机上完成的，没有时地限制。以前在做动物细胞培养时甚至在显微镜旁写、在生物安全柜里用消过毒的笔写，反正等候脂质体把核酸包裹起来需要一点时间（放心，这是符合生物安全标准的操作，哈哈）。

里所 除了介入现实，审视、诘问、思辨类的诗歌，有没有写过一些更快乐的诗？另外，女儿的出生，对于你的写作而言，有什么冲击和影响吗？

阮文略 有吧，写女儿的都寄存了希望。我也没有很悲观，还不至于抑郁，只是快乐的那些部分不必写成诗而已。女儿对我的影响当然是有的，例如会更多考虑年轻人和孩子的问题，我的工作和生活都是看着儿童成长，如果对此无感也很奇怪吧？我最新的诗集以她为名，她的名字来自《诗经》，也就是我的盼望，孩子成为父母不可或缺的一部分是命中注定的事情，这一点明白的人自然点头。

里所 对你而言，诗歌的意义是什么？

阮文略 诗歌如情感与回忆之镜，主要是记录和反照自身，让我们稍微获得活下去的动力。诗歌不是为了让人活得更好，而是在活着的时候，感应到现实之外还有更大的宇宙，像仰望星空。星河耿耿，无论是科学抑或文学，终极的答案到底是否存在或许不重要，追寻的过程才是最美好的，人之所以是人，就是因为无数次排除万难的追寻。

里所　感觉你一定会喜欢沈浩波的一首诗：《星空之问》。

阮文略　Exactly是我喜欢的，廖伟棠有一首《白钻石》也是这种。辛波丝卡也有一首《在一颗小星星底下》，还有很多这样的诗，这里头有一种普世的、宏大的思考，以及悲悯。

里所　你有宗教信仰对吧？我在你一些诗里能感受到。

阮文略　关于信仰，这也是个我不懂如何回答的问题，不是不想答。我的天秤座性格、科学和写作的背景，让我必然会不断诘问，或者懒得细想干脆得过且过。若简单地说，是有，但实际上处于无法处理的状态，从诗里应该看得出来。

里所　关于影响，之前闲聊时你说你的老师是北岛、廖伟棠、扎加耶夫斯基、辛波丝卡这些诗人，他们如何影响过你的写作？这些影响还在持续吗？

阮文略　那些前辈们对我的影响应该是一直持续着的，更多不在于技术，而似乎是诗心。接触外语译诗很早，10多年前吧，也还真的要感谢北岛老师，他在香港中文大学的时候没有投闲置散，靠他的人脉无中生有地办了很多国际诗歌活动。虽然他似乎无意向香港非诗歌读者大力宣传活动，活动参加者以内地到香港读书的学生为主，但我不经意地被吸引过去了。那时候其实我连北岛的大名都不太了解，就只知道他是内地著名诗人而已，别觉得奇怪，尤其因为我不是读文学的。在香港随便问个路人，别说诗人，听过小说家如莫言、余华、王安忆的都很少。中国诗人名单里，香港人多数只知徐志摩和闻一多，毕竟他们出现在教材里。香港国际诗歌之夜办了十年，每一届的活动我都有参与，像个不请自来的小伙子，却借此机会认识到一些厉害的诗人，读到更多世界各地的当代诗。我受洛夫影响比较大，以及北岛、廖伟棠，还有很多外国诗人，有时只是读一两首诗，但是印象特别深刻。我读诗很杂，但大概是专注力不足，很少深入读一个诗人……例如洛尔迦，我很爱他写的纽约的意象，虽然一直不知道原来他写的是"大萧条"之后的纽约，但没关系，那种对文明崩坏的兴叹让我有很深的感受。曼德尔施塔姆的《列宁格勒》、里尔克的《秋日》、布莱希特的《这是人们会说起的一年》都是我百读不厌的心头好。这样一说，北岛的影响力还真大，他的《时间的玫瑰》是我这种文学院以外的人的外国诗歌教科书，并不是说那本书写得好还是不好，而是那是当时我唯一接触得到的，幸好那是本好书。说来，除了北岛，还有一位香港诗人是必须感恩的，就是黄灿然，缺少了他的翻译的话，你说我们会少读多少重要的外国诗歌啊，而他自己的《哀歌》也绝对应该在汉语诗经典中占有一席。

里所 你是从什么时候开始接触到更多大陆当代诗歌的？

阮文略 其实很少能接触到，一般都只能读到大名鼎鼎的那些，这是因为消息不灵，也因为文化上有所隔阂，想象一下若无人介绍，我们不会忽然想去读一些内地诗歌，就像内地朋友对香港诗也不了解一样，可能只听过也斯和西西。所以内地诗人我是多从北岛的"国际诗歌之夜"了解到的，如余幼幼和毛子等，也是前年北岛请来香港才读到他们的作品，一读就喜欢。请来的台湾诗人像陈克华、杨佳娴、罗智成、陈黎等，我早就读过他们的诗。沈浩波的名堂我倒是很早就听说了，原因是"盘峰论争"，那些钩沉在网上还能找得到，大约10年前香港这边就诗歌应该怎样写有过不少争辩，所以很想知道内地也有什么关于诗的讨论。对于当时还年轻的我来说，会觉得那样论争诗歌问题很帅（笑）。在香港中文大学的图书馆里有沈浩波的《蝴蝶》，这很出乎我的意料，所以就借来读了，很罕有地竟然读完了整首长诗。

里所　获得了这次"磨铁诗歌奖"，你感觉如何？

阮文略　"磨铁读诗会"在香港是没有名气的（笑），我也是在沈浩波选了我的诗进你们网刊里，才好奇从网上搜搜看"磨铁"是什么，原来那么不简单。当然获得这个奖，我很感激，无关奖项大小，而是这让我感到获得了内地诗歌同行的认同，毕竟我默默写了20年，再怎么有自信都难免会自我怀疑吧，而且对于理科的我来说，本来就没有很多自信，又被一些文坛前辈看扁过，以前到现在都有。这一两年在"磨铁读诗会"里读了不少诗，发现很多精彩的作品，我就从中偷偷学习了，所以得这个奖我就当作是个契机，让我认识更多内地同行，也好向大家推广香港诗吧。

伊沙访谈

战车上的人要保持实力与活力

里所 你在受奖词里说"我需要肯定",这令我印象深刻。连续10年半做"新世纪诗典",其实每天你都在推荐别人的诗歌,推荐便是一种肯定,在给每首诗的点评语中,你依然是在肯定和鼓励别人。我知道你是非常自信的人,不管是人生态度还是诗歌态度。为什么依然需要肯定?类似"磨铁诗歌奖"这样的肯定,对你的写作来说意味着什么?

伊沙 诚如我在诗中所写,过去一年半的时间,周围多有人以同情的目光(当然也不乏幸灾乐祸,甚至落井下石者)注视着我,在这个时候,我需要肯定,而"磨铁诗歌奖"在他们看来算是一种颇为体面的肯定。

里所 "新世纪诗典"还在继续日推中,朝向15年是你目前的计划。从同为编辑的角度来看,做这件事会耗费你大量的时间和精力,你如此坚持,是不是因为一种对诗歌的使命感?如果让你设想一下,过去10年没有"新世纪诗典"这个平台的存在,现在的当代诗歌交流和创作生态可能会是什么样的?

伊沙 使命感肯定是有的,足够的。我自己也参悟到:我是被诗神和诗史选中的那一个,它们不会瞎选的,一定会选最适合的那一个。如果没有"新世纪诗典",我想现在的局面就像"诗江湖"时期,这一流派(口语抑或先锋)的诗人还是受气包,选本、奖项、诗会等诗坛资源基本上都没有他们的份，还会有大量的诗人被压在铁板下面出不来。可以做个方便的抽样调查："新世纪诗典"10周年评出的"百名诗星"，有多少人是我们10年前不知道的？占比如何？这就是"新世纪诗典"最大的业绩。

里所　你怎么看待很多曾经在"新世纪诗典"上发表过作品的诗人，后来远离了，甚至还产生了一些隔膜？会有失落和伤心的时候吗？

伊沙　远离者必有其因，其因甚至与我毫无关系。隔膜者也无法阻挡，没有"新世纪诗典"也会有其他理由。我既不会失落，更不会伤心，不值得。正常的生态，无非就是3种人：始终相伴者、阶段合作者、永远无缘者。不要光看到离去者在增加，总人口的基数还在增大呢。是A走了还是B走了，不重要，重要的是这列战车上的人要保持实力与活力。

里所　现在日常的创作状态整体是什么样的？我知道你在写长篇小说《李白》，你如何分配写作时间？

伊沙　也许是真的步入老年了，我以前凌晨两点睡觉，现在已经自然而然地提到了12点以前睡，早上8点以前就起来了，吃早餐，然后写一上午小说，午餐后午觉，4点之前起来，做"新世纪诗典"推荐，然后踢球或走路一个多小时，不吃晚饭，晚上看两三部外国电影，所有零碎的时间都用来写诗（在有灵感的前提下）。

里所　诗歌之外，你花了很多心力在长篇小说上，这两年更是如此，《中国往事》结篇后，你很快又开始了一部新的。为什么长篇写作占据了你文学版图的很大一块？你期待通过长篇实现什么样的文学追求？

伊沙　我这两年觉悟提高了，没有过多的世俗企图与奢望，回到文学的初心，我自觉小说才华很高，那就要对得起这份才华，使用就是最大的对得起。长篇要趁写得动时写，我60岁以后也许会回到精致的短篇，那方面我也有不低的才华。

里所　写《李白》的初衷是什么？根据你平时透露的创作状态来看，这本书虽然写得辛苦，同时它也不断给你养分和激励，写作过程中你也对李白做了更多研究，查阅了他大量的作品和与他有关的史料，简单说来，写这本书的过程里，你认识了一个什么样的"新"李白？

伊沙　关于《李白》，容我卖个关子：所有关于李白的问题，《李白》本身就是答案，还有长诗《李白笔记》。

里所　《点射》这个系列的作品，是你日常化写作的一个集中体现，因为它们都短小而快速成形，可以理解为你在践行"出口成诗"吗？出口成诗的难度在哪里？

伊沙　无主题散句作为一种形式，一直存在，前几年叫截句，热闹了一阵子。我此前此后都在写。你提到有难度是对的，这是一种看似容易其实难的写作，对人的要求比较高，你得是每个汗毛孔都冒诗气的人才行，我自觉比较适合，因为我是住在诗里的人，是思维已经诗化的人，又是"事实的诗意"的发现者，加上天生诗感好，能保证弹无虚发，不具备条件硬写的人，这一项会丢很多印象分。

里所　目前的长诗系列里，包括《蓝灯》《无题》《唐》，还有持续中的《梦》，你自己最满意的是哪一部？为什么？

伊沙　这几部长诗，以《梦》为上，因为它在另一个维度上，创新性是最高的，对诗歌发展的贡献也是最大的。

里所　既然把梦境作为重要的写作素材，你怎么看待梦和现实的关系？

伊沙　有的梦是现实的投射，有的梦是对现实的改造，有的梦是与现实的对峙。

渴望老，因为渴望成熟

里所　由"磨铁读诗会"编选的你最新的诗集《白雪乌鸦》里，我们所选的你这70首代表作，可能和以往读者对你的印象稍有不同，有人说通过这本诗集忽然"发现"了伊沙的意象能力和不一样的语言能力。其实这些能力一直作为天赋包含在你的日常写作里，但它们好像又被遮蔽了。也有人说因为你的写作量太大，反而不知道该如何挑出你最值得读的诗。现在的你，是否还会在意读者的这些评价？

伊沙　我要听他们的，黄花菜都凉了。1988年，我若不以口语为主，出不来；整个90年代，我若不以后现代先锋姿态下的后口语诗为主，拔不了尖。至于超现实、意象诗这些东西，能力我都具备，也不会刻意丢掉，"第三代"声称反意象，我觉得太策略化，是在造说法，没有必要，那个时候初读布考斯基，就是以口语为主携带意象的，没有必要把意象都剔除干净，所以才有了今天的丰富多彩，其实说到武器库中的武器，我的最多，但从不炫耀。

里所　说到布考斯基，你从1994年以来翻译了他大量诗歌，他对你而言，是一种什么样的存在？

伊沙 一言以蔽之：世界现代诗的天花板。世界古典诗的天花板是李白。世界女性诗的天花板是阿赫玛托娃。我总是紧盯最好的。

里所 "事实的诗意"影响了一大批诗人，它让很多人有了写诗的可能性，但也有不少诗人简单化地理解这一观念，往往停留在写"事"的层面，而难以抵达"诗"，对于还把"事实的诗意"理解为写一件事的来龙去脉的诗人，你想给他们一些什么建议？

伊沙 说明他们没有领悟"事实的诗意"的正解，它包含两个意思：一个是某个事实中所蕴藏的诗意，另一个是诗意浓度要大到构成事实。一般人只领悟了前者。至于完整写一件事的人，我觉得还停留在前口语诗，甚至停留在新诗中的"小叙事诗"，后口语诗玩的是片段、瞬间、不完整，对应着后现代的碎片化。

里所 这场持续快两年的疫情，如何影响了你的思考和写作？

伊沙 咱们的任老师和我父亲都是1937年生的"抗战之子"，他俩活着时，我曾同时鼓励他们互为对手展开长寿竞赛，没想到去今两年他们一前一后都走了，我有一点难以释怀：他们都没活出大疫之年，活到人类重获解放的那一天，再去一些想去的地方走走（我知道他们都有打算）。这也提醒我们：现在仍在疫年，我们仍在抗战。这个时段究竟有多长？我们都不知道，我只敏感地意识到，这是我从中年写作转入老年写作的一大契机，2002年，从青年写作转入中年写作也有生命的契机，外在的作品表征是《唐》。

里所 这是你又一次提到"老年"，进入这样的心境，就是这一两年的事吧？你正以什么心态面对"老年写作"？年龄对你而言，构成过一种焦虑吗？

伊沙　我从年轻时开始，就不怕老，甚至渴望老，因为渴望成熟。这是焦虑的反面。很多诗人都拥有老年，但却并没有"老年写作"，有人一把年纪了，写得还像文青，还以此为荣。"老年写作"是要靠自觉才能求来的，要具备很高的智慧，我在做准备。

黄平子访谈

我要写出属于自己的诗

里所　很多人都在说你是2020年度"磨铁诗歌奖"最大的黑马，你怎么看待这种评价？获奖这件事，令你感到意外吗？它是否会给你造成什么心理上的影响？

黄平子　对于沈浩波和大家关于"最大黑马"的评价，我一点儿也不奇怪。我多年来远离诗坛，或者说我从来就没有跨进过诗坛。能够在"磨铁读诗会"发表诗歌就已经让我很开心了，更别说能获得2020年度"磨铁诗歌奖"。这次意外获奖，让我更加坚信：我的创作之路是对的！

里所　你在受奖词里说你已经写诗30年了，最初开始写诗，受到过什么影响吗？

黄平子　是的，我从1989年开始写诗，当时读的师范，学校有一个文学社，我想参加，可惜没被选上。我就自己琢磨着写。我一开始学过汪国真、徐志摩、冯至、闻一多、臧克家，后来也学波德莱尔，学顾城、舒婷、海子。后来我想，我要写出属于自己的诗。

里所　从汪国真到波德莱尔再到海子，这确实是一个复杂的诗歌构成，在他们之后，找寻自己的声音遇到过什么困难吗？慢慢你发现自我的出路在哪里？

黄平子　自从我发现以《诗刊》为代表的诗歌越来越不符合自己的胃口之后，我就不再看诗歌了。没有网络的时代不看，有网络的时代也不看。我觉得中国的诗歌已经日暮途穷。我是一个老师，我的职业是教书。我没有指望可以在诗歌中开辟一条属于自己的路。不过有时候也想，说不定我也可以成为中国的狄金森。

里所　中国的诗歌已经日暮途穷？我非常不赞同！你这么说是基于什么呢，有什么特别的语境吗？

黄平子　在那个只有纸质印刷品的时代，在那个偏僻的小县城，长期不关心诗歌动态的我，以为《诗刊》《诗潮》《诗歌报》等官刊就是中国诗歌的方向，就是中国诗歌的一切。这两年接触了大量新的诗歌之后，我才知道中国诗坛还有另一类诗，是来自民间的如"磨铁读诗会"和"新世纪诗典"的诗。现在我清楚了，中国的新诗只是在主流那里走入了死胡同，在民间，它正蓬勃地生长着。这是我这两年来才知道的事。我不关心诗坛太久了。

里所　你说也许可以成为中国的狄金森，这应该是一个什么样的身份？你觉得狄金森是一个什么样的诗人？如何成为她？

黄平子　所谓中国的狄金森，就是活着时默默无闻，独自写自己的诗，死后一举成名，成为一代先驱。狄金森的诗很好，我很喜欢。学狄金森不是学她的诗，而是学她的不管不顾，写出属于自己的、有鲜明个性色彩的诗。这也是到目前为止我不愿加入任何流派的原因。一加入流派，一被贴上标签，就会走入死胡同！

苦难的家乡教会了我很多东西

里所　最初看到你的诗歌，是在我们的邮箱里发现了你的投稿，就是《煤油灯》《眼疖子》《海上生明月》那些，后来我把这些诗传到我们工作群，它们又被沈浩波选进了"磨铁诗歌月报"。这类诗歌确实有它们独特的魅力，关于乡村生活记忆以及那些独特的民风民俗，你所做的文学书写与呈现非常可贵，可以讲讲你小时候生活的环境吗？

黄平子　我的老家是江西赣州南康太窝，那是一个非常贫瘠、非常贫穷的地方。我们村只有一条小溪，每年都会天旱。没有山，没有水，没有树木。稻草要当柴烧，田埂上的草也要割来烧，连一块放牛的地方都找不到。我的父母都是农民，我初中毕业前都没看过一本像样的书。

里所　如此贫瘠的故乡，为何你今天回望它的时候，反而成了你写作的园地？那些曾经动人的生活细节如何回到了你今天的诗歌中？

黄平子　高尔基说："苦难是人生最好的大学。"苦难的家乡教会了我很多东西。丘吉尔说："苦难，是财富还是屈辱？当你战胜了苦难时，它就是你的财富；可当苦难战胜了你时，它就是你的屈辱。"我现在之所以能够回望如此贫瘠的故乡，估计是因为我已经离开了它吧。

里所　目前大多数你写得精彩的诗歌，往往都还在上述题材范畴，好像它们才是你的地盘。而面对其他主题的诗歌，好像你处理起来还常会暴露一些写作时的问题。你如何看待自己这种驾驭题材的能力？

黄平子　每个人肯定都有自己最熟悉的生活，在呈现这种最熟悉的生活时，当然会写得更顺手。写作是一个编码的过程，熟了才能生巧。

里所　你每天都在点评诗歌，保持着探究当下各种诗歌写作的热情，是什么支撑你一直在做这样的事？除了诗歌，你平时的文学阅读还有什么偏好吗？

黄平子　我一开始跟着"新世纪诗典"写点评只是写着玩，后来加了伊沙的微信，他一直给我点赞，我就不好意思停下来了。点评诗歌可以学到非常多的东西，这是众所周知的事。我这个人又爱死磕，磕着磕着就停不下来了。我冬泳坚持了11年。为了向我女儿证明写作文不难，我陪她写了一年，每天一篇。为了让我的学生每天写作文，我也陪他们写，每天一篇，一写就是一年。我喜欢挑战自己，对自己喜欢的事也喜欢恶补。呵呵，其实我看得最少的就是诗歌。我看得最多的其实是小说。言情限于琼瑶，武侠限于金庸、梁羽生和古龙，其他的只要是名著，我几乎来者不拒，我尤其喜欢鲁迅、沈从文、贾平凹、莫言、海明威、马尔克斯等。

里所　你是否有意在诗歌中使用一些方言和俚语？你在生活中更多的是说普通话，还是使用自己的方言？

黄平子　我会有意在诗歌中使用一些方言和俚语。前几年跟同事合作，我们用方言写过供学生文艺演出用的采茶戏，也用方言写过客家歌曲。我平常说方言，上课用普通话。我有一个同事，普通话不好，上课时一半普通话，一半方言，特有意思。我上课时偶然给学生来几句方言，他们都开心得不得了。将方言加一点到诗里，别有一番风味。

里所　在你生活的地方，包括你任教的中学，有人知道你是诗人吗？诗人的身份对你而言意味着什么？

黄平子　我身边有很多人知道我是诗人，虽然他们大多不懂诗，不看诗。我觉得我先是老师，然后才是诗人。我的朋友朝哥VIP8说："凡是不能卖钱的东西，都是狗屁。"我的诗卖不了钱，我无法向大家炫耀。但当大家说诗人很有才华时，我还是挺开心的。

里所　10月30日你会受邀来北京参加颁奖朗诵会，即将开启一次完全由诗歌构成的旅途，你心情如何？期待在此行中发生什么奇遇吗？

黄平子　对于即将到来的北京之行，我非常期待。我上次去北京还是20年前的事。伊沙去一趟俄罗斯，写了一首长诗。我当然也希望此行中有奇遇，写几首"北京"。

韩东访谈

我喜欢写未经表达的东西

里所　现在你通常如何写一首诗？你的笔触总给我很精细的印象，草稿之后，会花很多时间去改定一首诗吗？

韩东　各种方式都有，但无论是哪种方式最后都以写成一首好诗为目的。结果是预设的，"原因"各不相同。修改不确定。有时候几乎不用修改，而有的诗改几十遍也改不到位。基本不做修改的诗大概占我拿出来的诗的一半吧。

里所　小小的入口、纤细的观察视角、敏感的诗心，然后在一行一行展开的过程中掀起巨大的波澜。在你诗中，不管是一只狗、一只苍蝇、一只猫，甚至一根长长的棍子，都获得了超越它们自身的超验性。这种以小见大的写法，是不是你世界观的某种映射？

韩东　以小见大未见得，我只是不忽略细微处。别人以为小的，我可能以为大。再有一点就是大小是相对的，二者之间的关系所形成的张力是我在意的。还有就是我喜欢写隐蔽的东西、隐藏的东西、未经表达的东西，即使是熟悉的东西我也喜欢"倒过来"写，逆向而行，力图发现其中未呈现之意义、意思，力图打破常规、常识。如果能写出一点"不一样"，我就太高兴了。我的世界观和文学观也许有一定程度上的一致性，既需要诚实也要有所发现。为奇怪而奇怪非我所愿，人云亦云我也觉得很无聊。

里所　你的很多诗作都呈现为一种思辨与叙述相结合的状态，但二者的配比往往很匀称。是否有意在写作时营造这种平衡？

韩东　没有刻意。一来各种元素，包括思辨，在我这里处于平等地位。二来，将思辨直接引入也是打破诗歌中意象之迷信的必要方式，在这方面我做得远远不够。第三，可能和我个人的特点有关吧，我是一个喜欢瞎琢磨的人，"脑洞"比较抽象。第四，也许最为重要，诗歌中的思辨无论如何都是文学性的、游戏性的，不能当真，它只是一种"艺术方式"。

里所　你最近的诗集《奇迹》里有好几首诗是在悼念死者，但亦有死者重临的意味，生死之间不再有屏障，反而有了一种神奇的死生融合之感，当然也有一种庄严的宗教性。想听你分享一下近来的生死观。

韩东　人因为怕死，所以有对死亡的恐惧，死者对我们而言是异物，所以要力图隔绝。但从亲友的死亡中你体会到一种另外的东西，虽死犹生，或者他们只是死了，其他并无任何不同。歧视死者和死亡是很普遍的。必须学习死亡，学习把死者当成活人一样尊重，甚至与之亲近。我有诗句"从此与死亡更亲"，就是这个意思。唉，我们总是这样，表面上歌颂死亡，实际上却把死者当成"异鬼"，而死者由于丧失了一切所能，也不会反驳我们。死者是弱者中的最弱者，正应是我们的"无边大爱"施展之处，为何却就此止步了？活人属于可怕的特权阶层，你没意识到吗？

里所　是的，我自己也在学习认识死亡，从对之恐惧，到对之好奇，再到对之产生了熟悉与亲切感。这当然也是因为有至亲变成了死者。亲人离世，他们用逝去的生命，给我们留下了最后一个大礼。我非常认同你上面的论述，人们对生死还知之甚少，也因此需要不断摸索和书写。对了，慢慢开始有人称你"诗佛"，你如何看待这个评价？

韩东 他们不懂佛，不解神圣之意。真正的佛绝对是大智大勇的人，首先是大勇。例如释迦牟尼，乃是最大的虚无主义者，最决绝果敢的战士，生前净空了自我，一具徒具人形的"行尸走肉"。绝非那些玩弄禅意写个字、喝个茶、点个香，衣食无忧自命不凡的佛系人士。前者（真佛真人）我望尘莫及，连给他们提鞋都不配；后者（时尚佛系人士）我则没有那份闲情雅致扮演。当然，我不否认后者的意义，至少他们有样学样，大多数人是有一份向善之心的。因此，如果把我比成前者是无知造成的错爱，看作后者也很荒谬。我哪儿有那样的工夫？

里所 嗯，任何标签式的评价都难免失之偏颇，只是在试图用简单化的概括去说清你诗歌的某种特质。但诗人自然的写作是复杂的，诗人的思考也是复杂的。再聊聊语言，前几天你说现代汉语诗歌已经抵达了一个制高点：一方面是因为现代汉语的成熟；另一方面是因为这一代诗人具备了世界意识，开始能够自然然地站在世界中。我想后者我们可以理解为诗人们世界性视野的确立，那针对语言而言，你是在哪些层面上提出现代汉语已经足够成熟？这种语言的成熟和诗歌语言之间有什么关系？

韩东 关于现代汉语的成熟也只能略说一下，无非是标准化和普及。这两点大家都深有体会，你只需与现代汉语草率时期的情形做个比较就明白我在说什么了。标准化和普及带来了现代汉语的稳定性，写诗的人有了一个语言性的基本共识。一方面大家是在这个基点上写作和交流的，一方面则对他们站立之处视而不见。前一阵我和网友有关于口语和普通话的争论，我想回到的也是这个问题。你可以对普通话进行反诘，甚至在局部突破它的规则、用法，但所有的这些争论都是使用普通话才得以进行的。离开了一种标准化的、普及的、具有稳定性的语言，别说是写诗，就是争论也无法展开。我们的现代汉语和古汉语的确是两种语言了。古汉语以字为基本单位，现代汉语则以词为基本单位，尤其是双字组成的词。因此，古诗的格律，比如平仄之类就不适用了，因为那是对应于字而非词的。又有人说，汉语是一种原始语言，拼音文字则不然，那也是胡扯。恰恰相反，原始口语不可能是以单音字或者单音为基础的，全世界各民族都不例外。单音字恰恰是人工所为。哎呀，牵扯到语言学问题，要说得太多，还是打住。总之，现代汉语如今又回归了以词（相当于单词，但是一种特殊的单词）为基本元素，经过一百年方才获得其稳定性和普遍共识，说实话，一种语言的创建的确也需要这么长的时段。这一问题还是找时间再说吧。

只有无常是常

里所 你非常乐于推荐年轻诗人的作品，你在《青春》杂志上的专栏这两年也推荐了很多年轻诗人，一般而言，阅读一位新的诗人时，你最看重的是什么？

韩东 原创性，有不一样的地方。当然还有才能，某种和个性、天性有关的品质。还有就是视野和积累。你既写诗，对专业就需要有一定程度的了解。

里所 关于现代汉语诗歌的趋向，在另一篇采访里你提到，其中一个重要问题便是能否有新的天才诗人产生，如果要你勾勒一下这样的诗人的面貌，那该是什么样的？

韩东 他必须是一个自觉的诗人，具有最好的坐标感和方向感，对语言超级敏感，有抵抗流行、时尚的能力。独此一家，但非从计算中得来。既要有强大的原初本能、力量，又对各种优秀传统怀有敬畏、有所呼应。可说的还有很多，但只要这个天才出现在你面前，一切"规范"也就失灵了。他就是他，缺此不可无可替代而已。

里所 你的三卷本长篇小说集"年代三部曲"刚刚上市不久，写长篇是很耗费心神和精力的，之前你偶尔也提到，写长篇期间写诗的数量多少会受影响。那在接下来的写作中，小说和诗歌之间，会如何分配精力？（这个问题的背后意思是，希望读到你更多的诗歌，哈哈。）

韩东 谁也不可能每天写诗，为克服这种"憋屈"我们总得干点别的什么。这是从诗人的角度说的。作为写小说的，写诗也成了一种"副业"。我的确是在"轮番耕作"两块地，但无论耕哪块地我都会留足时间和精力，都是一种"专门作业"。将更多的时间用于写作（包括读书、思考、生活），少一些活动和应付是很必须的。再者，我现在也不是以量为要务的，重要的是品质。如何写得尽量少一些但花的时间多一点，这是我需要面对的问题。

里所 《疫区之夜》《接触隔离》《回到工作室》等，都是疫情背景下的作品，已经持续了近两年的这场疫情，如何影响了你的思考和写作呢？

韩东 当然会有影响。目前的影响只是有些地方不能去了，交流受阻。这样也好，打搅变少了，更利于一个人集中精力工作。但这只是表面的影响。深刻的长时段的影响谁也不知道，作为一个普通人，只有被动地承受之。但历史的每一阶段从来都是危急的，也都是转变的契机。结束或开始，永远如此，只有无常是常。

劳淑珍访谈

把身体扔进语言

里所 我们上一篇采访里，你提到曾有一段时间，你不相信文学能改变什么。在你的受奖词里，你也提到曾经不相信诗。现在呢？对你来说，诗歌意味着什么？你还在怀疑吗？

劳淑珍 里所，谢谢你来采访我，很高兴再次与你对话。这次从我的不相信和怀疑开始吗？好。我觉得文学和诗歌很容易在语言里凝固。我觉得诗人和作家可能经常好不容易才找到自己的声音，之后就不太愿意改变和放开，于是诗人的身体、自由、变化以及诗人的声音，就和主题越来越疏远。我觉得一个渴望写的人也很可能渴望有读者，而一个为读者而写的诗人，好像也失去了自由。我怀疑诗人的声音，怀疑诗人的自我，也觉得语言本来就是一个很有力量的体制，太容易控制我们了。但正因为有几个文学作品深深地影响了我，也改变了我的自我，所以我不能说我不相信文学。文学和诗歌非常重要，也非常有力量。它们有时会通过语言改变另一个人，有时也会改变语言本身。那么，诗歌对我来说意味着什么？我这些天一直在考虑这个，可能也会说，我这些年所写的一切就是因为我不太清楚到底是什么让一堆语言变成了一首诗。我写了很多"这可真不算是诗"的诗，每次却觉得它们仍然算是诗，没法找到诗歌的边界。是一种把身体扔进语言的写作方法？是试图在语言里说出一种本来不属于语言体制的话语？是一种寻找语言边界的工具？是一种在语言的体制里重新找到自由的渴望？是一只被张开的手？是一种内心的弹性？我最喜欢的诗歌好像写出了一种接触、一种空间，在那里，语言、身体、自我、心灵、社会、文化以及读者是同时存在的，它们一起玩儿。但真的，我不知道诗对我意味着什么，所以我才写。诗可以是很多，所以它才是自由的、交流的、重要的。

里所 过去一两年，感觉你写诗很多很多，平均每天要写几首诗？一直都处在很活跃和兴奋的创作状态里吗？

劳淑珍 没有什么平均，诗就没有平均，没有习惯，没有规律。也可以肯定我这一两年里不是在什么特别活跃和兴奋的创作状态里写诗。更多的是撕破了一切，号叫、愤怒、绝望、狂笑，在骂整个世界包括我自己才去写几首。当然有时也特别高兴，就唱一首。偶尔也抬头稳定住自己，写一种更认真的"我可真有话要说"的诗。被"汉语先锋·2020年度汉语最佳诗歌100首"收入的3首好像都算是那种更稳定了的诗。其余的也算是诗吗？我觉得也算是诗：寻找边界的诗，寻找外面的诗，寻找自由的诗。

里所 写一首诗之前，你一般需要花时间构思吗？还是它忽然就来了？

劳淑珍 一般在路上写诗，低头写诗，翻译时写诗，做饭写诗，坐火车写诗。看什么听什么读什么就写成一首诗。我试图到处写诗，想让诗陪伴生活的每一刻，也觉得诗在什么地方都能出现。如果不能把此刻写成诗，就会心烦、愤怒，有时没了耐心但仍然去写。或者说，这两年的我，试图一直写，试图绕过脑子，从另一个地方写诗。也不考虑那首诗是好是坏，只是诗意地站在此刻。这些诗原本往往只不过是一种同时发生在外面、语言和内心的动静。我看什么、读什么、听什么、摸到什么、梦见什么，就直接用丹麦语、英语、汉字、拼音混在一起写成一节。也很想把别人的句子或身体拉进来，很渴望诗歌能从我本人这里伸到别处，很喜欢诗歌不仅仅站在一旁，它是你我之间的动静。那么，混合在一起的一摊词，也算是诗吗？我觉得应该是，因为诗就在这样的一刻，是那种触摸世界的感觉的反映。但之后当然要找时间坐下来认真地把原来的混沌写成一种在语言里存在的诗。一般早上认真地写。有时花几分钟，有时花几个小时，有时几天，有时几个月。有时还差一个句子，突然就从什么地方来了，要么是别人的诗，要么是邻居来跟我说话，要么是路过的人。于是诗就完整了。

里所 你怎么会想起写《盛夏之神话》这首诗？这首诗非常精彩有趣：3、2、1的序列是倒着的，诗中阿婆罗（阿波罗）和达佛涅（达芙涅）的性别身份也是互换了的，你为何有意做了这些安排？

劳淑珍 我不知道。那首诗不是被想出来的，而是被摸索出来的。当时大概有了 Me Too 吧，我大概还在读奥维德，也在读《包法利夫人》，以及挪威作家 Espedal 等。我感觉大家强调男人是野兽，而女人却是什么脆弱的小东西，于是女要怕男，而且早在古希腊已经是这样。但实际上我的很多朋友是男的，我也可以肯定他们不是野兽，我一点不怕他们，我非常信任他们，于是我有点伤心，当我的经验分明告诉我男人是善良的，我会不会因为别人说男人（的性欲）是可怕的，就去怕男人、怀疑男人？是不是要警告自己的女儿也要怕男人？然后是我作为女性，我的性欲怎么啦，从哪儿来的，真的比男人的性欲淡薄得多吗？我从什么时候知道一个女人应该怎么表扬自己？我是从外面被培养成这个女人，还是自然地就知道了女人是不要过多喊叫、不要过多喝酒、不要过多抽烟、需要注意神态和身躯的怯懦玫瑰？我的身体本来就没法被写进诗歌吗？

意识到那个汉语里的"我"的存在

里所　你用汉语所写的诗，语言直接，不少诗歌的叙事性也很强。在你用汉语写诗之前（2019年12月5日之前），你用丹麦语所写过的诗歌也有类似的特质吗？

劳淑珍　没有。我的丹麦语诗歌没法说话，它们停留在表面上，很怕伤害他人。我的丹麦语可能太顺、太熟，我的声音好像把诗歌带走了，写得太快。对我来说，翻译是一种非常好的教育，这样能让原稿控制我的笔。我也觉得用汉语写诗对我来说有好处，这样我的口语没法淹没我想说的，我需要非常努力地找到正确的词。我好像需要这样的控制才能写出更好的诗。使用汉语时我也需要依靠我在母语里所学会的语感，我有时用丹麦或西方的节奏把汉字排成诗。比如"爸爸哑巴女"，其实是源于动画 The Flintstones 里的一种称呼，我把约翰·古德曼（Fred Flintstone）那个充满快乐的呼喊 yabba dabba doo 翻译成汉语，这样那个快乐的句子就多了另一个意义，在你们的语言里大概也不再那么快乐。

里所　在你看来，目前丹麦当代诗歌的主要审美形态是什么样的？

劳淑珍　不知道。我更多关注汉语诗歌，在丹麦只读我喜欢的诗人，也把很多诗集扔掉了。我读丹麦的诗人，也是为了考虑自己怎么写，怎么翻译汉语诗歌。如果非要做一个比较，那么丹麦的诗歌可能更关注自我，更主观，也更多待在语言里，直接把语言当作是一种用具；而某些汉语诗人更关注语言本身，试图从语言突破到达某种现实（但其实也不能这样说啊，无论用什么语言，无论在什么时代，诗歌不就是一直试图达到某种现实吗？）。可能就是因为这个原因，我想回到身体吧。身体把汉语口语诗经常强调的目光和故事与丹麦诗歌经常强调的话语和自我联合起来，而且让眼珠和口腔重新有血有肉，重新在场。但其实如果非要讨论诗歌，那么还是得具体讨论一个诗人。诗歌的力量在于它们的丰富性，多元多种，像无数小心跳到处浮现。

里所　沈浩波评价你说："劳淑珍当然会选择身体感极强的诗歌美学，她几乎是'下半身'在丹麦的一次强烈绽放。"你喜欢这个评价吗？

劳淑珍　当然非常喜欢，也感到骄傲。

里所　在《口语》这首诗里，你写道："不是口语重要。不是日常重要。应该是身体"。如果在现实生活中，这具我们赖以开掘诗歌的身体疲惫了、空洞了，你如何激活它？如何令它一直充满活力？

劳淑珍　如果身体疲累了，不就得从疲累的身体写起吗？我不觉得一个人的生活会一直充满活力，那样的人不太真实。疲累难免。有时会去强迫那个疲劳的身体写出几首疲累的诗，这样自己的诗歌也更丰富了，更接近真实呢。

里所　2020年算是你用汉语写诗的元年，就被评为了"磨铁诗歌奖·2020年度汉语十佳诗人"，这令你感到意外吗？

劳淑珍　对，我感到莫名其妙，怎么从一个不写诗的诗人在短短一年变成一个又写诗的诗人，而且现在站在这么一帮无比强、无比重要的诗人的旁边。非常奇怪。

里所　使用汉语写诗，那就代表目前你只能与中国诗人和读者交流诗歌，反而无法与身边的人交流，这种远与近的感觉很奇妙。你有继续用丹麦语写诗的想法吗（不再逃避母语的一种写作)?

劳淑珍　最开始,我既用丹麦语又用汉语写诗。我这样做是因为有的话只想用丹麦语说,有的话只想用汉语说,在写的过程中我突然意识到那个汉语里的"我"的存在,其实怎么说呢,"我"本来不仅是一个吧,那个"我"随着外面的环境变形,不算那么稳定。之后放弃了双语习惯,一般用汉语写诗,用丹麦语翻译。偶尔也写几首丹麦语诗,今年在丹麦也发表了几首。但还没决定如何继续。我倒觉得,亲人在这儿,诗歌在那儿,是很好的状态。

里所　你怎么看待这场疫情?它给你的生活和思考带来了什么影响?

劳淑珍　这场疫情没有给我的生活带来太大变化,我本来就是在家里工作,疫情之后也继续在家里工作。不一样的是这两年我们经常是五个人坐在一起,肩并肩工作。我们有好几个月都待在家里,也没有看到几个人。我们差不多住在农村里,所以可以走进树林,走到湖边,生活过得很安静。疫情让我意识到其实以前在忙碌的日常里我们不常和亲人在一起。所以对我的孩子们,对我们一家,这尽管是可怕的时期,同时却也是值得珍惜的、全家在一起过日子的时光。我相信疫情总会过去,慢慢会被忘记。这样说,当然是因为在丹麦疫苗接种率很高,目前也没有什么防疫限制。我知道情况也许还会有变化,而且那种变化会来得非常快,明天可能就重新有了限制,我也记得北意大利、印度等地方的可怕灾难,都令人非常难过。不过现在真的非常累,不愿意再去考虑和担心,尽管知道这样想有点不负责任,又继续抬头去想别的,暂时假装这世界从来没有什么新型冠状肺炎病毒。

从容访谈

黑暗里每个器官都变成了眼睛

里所 开始写《洛杉矶日记》前几首的时候，你设想过这组诗歌的走向吗？一开始是否就产生过把它写成一个大系列的想法？

从容 没有设想过会写到哪一天，我不想给自己压力。一切都是听从内心的声音，感受上天是否给我这个能量。让我顺其自然地坚持下去。我这一生都在岩石和海绵之间做选择。就像我不知道"第一朗读者"会走过10年。

里所 "第一天"的写作时间是2020年3月20日，美国的疫情也开始了一段时间了，那时你已经滞留洛杉矶多久了？什么契机促使你开始写下"第一天"的诗？

从容 我已经在加州住了两个月。开始写它的契机就是第一首诗中我描述的当时的状态。我和女儿正在去超市的路上，女儿说："妈妈，洛杉矶今天开始宵禁了。"我知道了问题的严重程度。未来不可知，一切都不可把握，而我在他乡异地，除了女儿，任何人和事物都是陌生的。但这个时刻我反而问自己："你可以做点什么吗？"

里所 这组诗歌获得了非常多的好评，在你意料之中吗？目前看来，它在你的诗歌创作历程中，是否具有什么特殊的意义？

从容 我没有想那么多，我是一个挺简单的人，就像我姥姥说的：

"你在上海待了10年，上海人的优点和缺点你都没有学到。"你提出的这个问题，在写的时候我没有想，但现在我想到我的诗歌与"文献剧"有异曲同工之处，过去在上海就觉得文献剧和传记很相似，就是用话剧的形式讲一个真实的故事。从某种程度上，它用真实事件来反映当下的"真相"。这个真相，是我个人经历的"真相"，它也许与大众媒体所要传达的"真相"有所不同。我此刻突发奇想，这组诗是否可以叫"文献诗"？因为它切近现实，要对当下的社会事件做出迅速的反应，说明正在发生的真相。也许这组诗的意义在于启迪读者对与自身有距离的世界和不同的社会环境产生一种新的观察角度。

里所 你自己觉得这组诗歌与你过往的作品，最大的不同是什么？

从容 最大的不同可能就是过去伊沙说的，我以往更多被认为是爱情诗写得最好的抒情诗人，现在我处理的题材有点不一样了。西渡也曾期待我写出更广阔的题材。处理庞大的题材和亲情题材在我看来也没有太大区别。二者的区别就像坚硬和柔软、岩石和海绵，诗人都需要去面对。

里所 沈浩波在写给你的授奖词里提到，他觉得《洛杉矶日记》的后半部分，在你写嗨了之后，有点过分追求形式上的效果了，你如何看待这一批评？在你自己看来，后期那些充满形式感的实验是否成功？

从容 这是很真诚的评价，我很开心沈浩波在认真看我的作品。我一开始是在用有趣的文。字。形式来传达，但写到后面已经是自然的情感流露，发现了一种非常能够表达我内心情感的形式。一开始想实验它，最后被它实验了。陷进了它的语言系统——形式上的突破和实验。至于是否成功，我引用孔森的话回答："从容2020年6月中下旬写的后半部《日记》和同期那些画，是一个人在疫情禁足达到极限后，最真实而震撼的表露。这种新的艺术形式不是追求和探索出来的，而是她本能的表达。"

里所 从2020年3月到7月，差不多4个月的时间里，你以高浓度的写作，完全解决了诗歌写作日常化的问题，并且我能从中感受到你活跃的创作生命力，但我看见你的公众号"诗歌艺术馆"在2020年7月18日之后，没有再继续更新。我想知道离开洛杉矶回到中国后，你是否还保持着这种日常习作的习惯（会不会只是没有实时分享）？

从容 生命短暂，还有很多有趣的事情没有做啊。我感到时间不够用，有太多的东西想玩、想钻研，也想体验不同的人生。我热衷《易经》和塔罗牌，正好可以静下心来钻研。另外还要画画和练习古琴。写得很少。也许是因为回国之后，我接触了一些新的东西，我感觉很多双子座的特性都在我身上显现和验证了。我有很跳跃的一面，对事物感到好奇，学习欲望也很强烈。写诗，一直都是因为感受到一种召唤，现在也是在等待她的召唤。

里所 我读你《洛杉矶日记》组诗的时候，经常惊讶于你打通了各种感知，日常生活和文学经验、感性情绪和理性批判、现在和回忆，等等，你好像一下子都能信手拈来，是什么促进了这个"打通"？上面你也说到"召唤"，真有缪斯降临这回事吗？

从容 在一个禁足的世界，你就像狄金森，就像盲人，突然眼耳鼻舌身意都开启了。你在黑暗里没有眼睛，但浑身上下每一个器官都变成了眼睛。也许真是缪斯降临了，当我只能闭上双眼，我却变成了宇宙中心，好像更能不被干扰地感知和处理这个世界的信息。没有什么可以去依靠、借鉴，一个盲人怎么可能有机会去犹疑一百条道路该选择哪条？她只能用自己的感知走一条自己的路。

里所　疫情这件事，以及在洛杉矶这段漫长的生活，对你产生了什么持续的影响？

从容　更加珍惜和爱戴万物。珍惜每一个爱我的人。原谅那些伤害过我的人和事。因为我看待困难的方式变了，他们只是在表达自己，是我自己在伤害自己。每个人来到这个世界都是有使命的，得找到你的使命，在没有找到之前，人是比较自私的。当下我真心爱每一个人。

西娃访谈

写作依然是我的生命在浓烈状态下溅出的火花

里所　你说因为工作越来越忙，写诗的时间总是被分割和压缩，一般多久不写诗你会感到焦虑？

西娃　这几年，我真的在千里奔袭，记得上次我跟你说过，我现在最羡慕的人是李柳杨和瑠歌，可以为写作而放弃其他。有大把大把时间对一个写作者来说是多么重要，你有足够的时间、心力在一个题材和思考里沉迷。我在2016年8月之前也过着这样的日子，现在这种好日子真的远离我了。我好像总在追忆失去的东西。做精油初期，我半月不写作，焦虑就会以各种方式来袭。随后是一个月、两个月，甚至半年不写，我也会一边焦虑一边安慰自己，哈哈，我也看到自己在焦虑中堕落。我不知道以后会不会哪怕几年不写，我也不焦虑了。其实2020、2021年我写了很多，仅爱情诗就近百首，但是有什么用呢，因为我对它们并不满意，很多诗对我来说就是废品。所以不是多久没写的问题，也不是写多少的问题。只有好作品能让我满足那么一会儿，让我暂缓焦虑。

里所　为什么那些写完的诗，尤其是上面提到的爱情诗，会让你不满意？你自己判断一首诗是好是坏的标准有哪些？

西娃　写完一首诗，我通常会放一段时间再去看，情绪和激情冷却后，很多诗就被当作了废品。爱情诗要写出新意太难了。我后来总结，也许在写作时，我潜意识里就顾虑"他看到了会怎么想"，一旦有顾忌，写作就没那么单纯了。很多诗也因此废在了这里。诗歌的内核是否有新意，是我判断诗歌的唯一标准。语言、架构、叙述方式等，都是基础。

里所　你会反复修改"废品"吗？改诗对你来说有没有乐趣？

西娃　不太喜欢修改诗歌，除非这首诗歌的核很好。我也没修改出几首好的，此时和彼时的心境完全不同。我的好诗几乎都是一气呵成的。修改诗歌的乐趣远远没有新写一首诗歌的乐趣多，修改诗歌很多时候像在新衣服上补疤。改诗的过程感觉自己像个工匠。那种感觉我不喜欢。

里所　现在的写作习惯是什么样的？是积攒了不少素材和思考之后，找时间集中猛写一通吗？还是会尽力保持不间断的日常化写作？

西娃　我一直没有固定的写作习惯。我从不强制自己去干什么，特别是写作，那样写出来的东西气息是有问题的，偏偏我是非常注重气息的写作者。强烈的写作冲动是我很偏爱的东西，你一旦不把它写下来，会睡不着、不安宁。有时是在半夜，有时在飞机上、在做别的事情的中途……随时发生。猛写一通也是有的，比如好久没写、刚好又有写作冲动的时候；我对日常不间断的写作依然充满疑问，虽然这是很多诗人强调的。就算在我不这么忙的时候，在没做精油的时候，我也没有过日常化写作，写作依然是我的生命在浓烈状态下溅出的火花，我不可能时时都有火花。

里所　现阶段关注的主题，除了与精油有关的，还更关注什么？这些关注点与你以前的写作相比有何新的拓展？

西娃　精油也不是我刻意关注的主题，我只是近两年写跟精油有关的诗歌多了一点而已，我很爱精油，它们每天进入我的身体，我对之好奇，与之产生了生命的连接，有很多生理、心理、神经系统的反应，我就写了它们。如果我不做芳香师，精油没给我那么多的感受，我也不会写这类诗歌。我关注能引起我情感、内心、生理强烈反应的一切东西，关键是它们是否撞击或唤醒了我以前没有觉知的部分。至于说有何拓展，我不知道，我也不去总结这些。如果一定要说，精油打开了我的很多觉知、探索心和好奇心。落入诗歌时，它们拓展了什么呢，题材？别样的情感？未知的领域？不好说也说不清。

里所 你写精油的诗歌其实很特别，看似写精油，实则也是在写生活，写你通过精油这个媒介看到的世情和人性。你是如何建立起精油与诗歌的关系的？这一主题之下，目前有多少首自己满意的作品了？

西娃 这个问题像是在问：如何建立起爱情和诗歌之间的关系，或生活与诗歌的关系？勉为其难地说说吧——身体上：精油调理好了我15年的偏头痛，也调理好了我的乳腺增生、脸上的红血丝和痘痘斑痕等，之前我总是疲倦，现在我每天精神饱满，不容易失眠，很多人看到我说，你越来越美……这都是精油的作用。我在做精油工作，每天跟精油和学习使用精油的人打交道，包括形形色色的人。我因此接触到以前从未接触过的人和事，他们对我总是有冲击的，我因此过上与以前的书斋生活不一样的生活，各种心灵感受都在变化。我也因此改变了生活态度与心境。里面有快乐，也有各种责难、磨砺……当然，精油是来自大自然的植物的萃取物，是另一种能量和灵魂，它们源源不断地附体到我身上。我讲精油时，我的会员们经常会说："哇，西娃老师，你一说精油全身都是光亮。"以前我说起诗歌时，我的师父也说："你一说诗歌全身都发光。"记得有一次我给一个刚见面的女孩讲精油，在此之前我们是陌生的，她是冷漠的，我对着她讲檀香、罗勒、没药、穗甘松……慢慢地她眼睛里充满泪水，她说："老师，我感觉你一会儿发出檀香的气息，一会儿是没药的味道，一会儿又是岩兰草的味道，我感觉这些精油在说话，它们通过你的嘴在你身体里说话……"这件事成就了我的另一首诗歌。我想，如果不去经历，坐在屋子里是想不出来的。空闲时，我也会独自一种一种地去品这些精油，我是泡在"油"里的人，"泡"很重要，在你喜欢的事物里沉迷、浸泡，会泡出诗歌来的。我现在写了50多首有关精油的诗歌，或许有一些满意的。但我经常有意要求自己不要满足、不要满意，甚至忘记自己写过好诗，永远从一个倒空的状态开始。

更加自由无碍地去观测自己和外界

里所 你如何看待诗歌的原创性？一个诗人在写作时，需要做到哪些基本点，才可以说自己是一个有原创精神的独立诗人了？

西娃 第一个给花朵命名为花朵的人叫原创。基于这一点，我们很多的诗歌只能叫写作，不叫创作。原创在我看来，来源于一个生命体在这世间活着，他独特的生命感悟、体悟、经验。只有个体独有的感受才能开启原创，这取决于怎样活着。生命状态和意识不断地变化很重要，用不同的方式去获得生命经验的一手资料也很重要。

里所 平时会阅读其他人的诗歌吗？什么样的作品能吸引到你？

西娃 读，现在很喜欢读90后、00后的诗歌，还有一些朋友的诗歌。喜欢的一些外国诗人，我也会反复读。布考斯基那类的诗人还在吸引我。还有在灵性修悟上有直接体验感的诗歌也吸引我，这类诗歌不多。我的欣赏范畴并不那么宽阔。

里所　灵性的修悟，对人（尤其对诗人）为什么尤为重要？简单来说，这种修悟体现在哪些方面？

西娃　把"诗"这个字拆开来看，有"言"和"寺"的意味，不妨把这个"寺"理解为一种觉悟，通过对身心灵的修炼来获得更高的智慧，探求世俗之外的东西。灵性修为对我们的精神体和灵魂体很重要。我们可以通过内观找到自性的能量，打开受想行识的另一个空间，更加自由无碍地去观测自己和外界，肉体之外的觉知也会被打开。灵性修悟至少能带给我们新的视觉和新的心境，或者说让我们多出一只眼睛去洞见迎面而来的事物及念头。让自己更加流畅地活着或无所羁绊地写作，这是我想要的。至于这种修悟体现在哪些方面，我没办法回答，就像你问我下一首好诗在哪里一样难以回答，怎么回答都不是。推荐《金刚经》和米庞仁波切的《梦秘》，这是两本在灵性修悟方面对我影响很大的书；还有一个传得很广的视频《灵性的真相》，可以帮助人了解什么是灵性修悟。

里所　你怎么看待这场持续很久的疫情？它对你的思考和写作有没有产生什么重大的影响？

西娃　这场疫情对我冲击太大了。疫情初期，也就是2020年2月，我整夜整夜失眠，被恐惧、担忧、绝望、无能为力席卷。疫情中写了不少诗歌，这时的写作更像是在逃亡，疫情让你知道自己是渺小的，写作也是渺小的，你却依然要在渺小的事物中来获得暂时的喘息空间。在思考层面，疫情对活着的人都会产生重大影响，但是很多时候不是有思考就会有好的诗歌或重大的诗歌，但是随着思考的持续，写作上肯定会出现很多变化。

汉语先锋
2020年度汉语
最佳诗歌100首

注：根据每年编选的实际情况，入选作品数量略有不同，本年度实际入选110首。但为保持奖项名称一致，仍称作"汉语先锋·2020年度汉语最佳诗歌100首"。

乖女儿　　　　　　　　　　　　　　　桉予

写父亲题材
都是如何宠我

他的残忍
我没有写过

有一只猫
偷吃了食物

被他勒死
我不愿提及

乖女儿
乖女儿

他一遍遍喊我
我还是妥协了

桉予《乖女儿》入选理由

这首诗的好，不是在于剖析之"狠"——很多时候，"狠"都是一个过于强调姿态的词——而是在于对真实的透视和逼近。这种对真实的逼近，让这首诗拥有了某种锐利的身体感。

命该如此 桉予

他说这是命

认识你

好命

错过你

也是命

说着说着

他睡着了

一条腿蜷着

像一个命字

蜷着的腿

我怎么合上

这是命

桉予《命该如此》入选理由

95后诗人桉予的又一首杰作。甚至比上一首《乖女儿》好得更高级，"一条腿蜷着，像一个命字"，锋利而奇崛的诗感，令这首诗具备了致命的一击。至少从她本次入选的这两首诗来看，桉予是90后一代中身体感最强的诗人之一，因此也就具备了某种饱满的生命感。

我要你   陈克华

我的嘴唇要你。眼珠子要你。脚要你。

舌头要你。

指尖要你。牙齿要你。腰要你。

手掌要你。耳垂要你。颈窝要你。

所有凸起和凹陷处

都要你。一切紧缩和松弛处

也要你。每一个要

都像一颗珍珠

被串起

那一条神秘的丝线——

如此脆弱

只要一个不要

便瞬间

散落一地。

陈克华《我要你》入选理由

一首漂亮的爱情之诗，情欲之诗。情欲奔突，爱情脆弱，皆跃然纸上。起于雀跃恣肆，而笔锋一转，收于珠链中断裂的那一颗。才华横溢而心思细腻者，诗人陈克华也。

宠物

陈克华

我知道你想把你的宠物
调教成人类，抑或你
变成他的同类

讨好他，取悦他，吻他
或舔他——
但他永远不会是人

最好他也永远不会是——
因为人永远不会是
人的灵魂伴侣

但宠物可以
你以为可以。因此投射出所有灵魂
将你的亲人爱人友人集中成

一只宠物。你的心因此
缩小成一间单身公寓
精简而华美

像张爱玲住过的——
如果宠物早你往生
壁橱里必然供着一瓮骨灰

如果你先走了

你的半边脸必然被宠物吃光

尸体才被人发现

| 陈克华《宠物》入选理由

通篇都在言说，却句句能往人心里砸。看似娓娓而述，其中却有诸多波澜。这
首诗就像一片海浪，哗哗地拍打而来，卷起多少人生。

灰灰   虫子

灰灰的夜载着灰灰的船

驶向一个灰灰的赶路人

灰灰的水中滩

长在一片灰灰的芦苇地

月光抹一遍

月光抹两遍

月光抹三遍

一切都明亮了起来

虫子《灰灰》入选理由

虫子是这两年涌现出来的一位年轻的90后诗人。这首诗里有一种年轻而明亮的
单纯。单纯而美好：月光抹一遍，月光抹两遍，月光抹三遍。

时间犹如停止

丝一样震颤

我们的呼吸声那么清晰

我几乎想掐掉它们

时间如此缓慢

它拉长了无数倍

每一秒钟都变得

那么漫长

每一秒钟都惊心动魄

我们的沉默是不知

接下来该怎么做

会发生什么

总该有个人要打破沉默

理论上是这样

事实上也是

我们在缓缓移动

无限缩小至

两只甲虫

粘在同一空间

密度越来越高

直到我们再也受不了

是无法忍耐

让我们亲密

春树《琥珀》入选理由

用强大的叙述推进能力，呈现了最幽微的情感状态，仿佛在用心灵的肌肉奔跑！这是一种才能，一种写作实力。当春树将她的叙述耐心地推进到"无限缩小至/两只甲虫"时，这首诗立刻拥有了某种被压缩到极致而产生的爆发力。

豆腐、魔芋、花菜

把冰箱里能吃的

所有，一个不漏

都放进一个锅里煮

今晚熬制酸汤鱼火锅

每一顿饭

都做成最后的晚餐

安迪·沃霍尔需要美人

伊蒂需要爱的毒品

我需要活着

撕掉一片

发黄的洋葱皮

它与另一片洋葱皮

生生被活剥分离

没人永远不分开

就像我们将戴着口罩

隔着屏幕相爱

这个夜晚

猫咬掉了一粒佛珠

"Amitabha"

和娜咪的喵喵声混合在房间

好像在说，

它必蹉跎，它必成佛

从容《洛杉矶日记：第二十二天》入选理由

2020年，全球疫情最严重的时候，从容正在洛杉矶。她写下了多达数百首的《洛杉矶日记》系列，记录疫情期间的生活和情感。比如这一首，滔天的疫情构成了诗歌的心理背景和氛围，而生活还在继续，情感还在滋生。这首诗的生活感和焦灼感完美地契合在一起，形成了某种内在的复调。形而下与形而上，亦在诗中奇妙地混合。

我在每天死亡人数最多的美国

在人民游行不想隔离的美国

在2300万人失业的美国

在4万人涌向南加州海滩

挡都挡不住的美国

在百万人确诊的美国

在你提心吊胆的美国：

你还在地狱的跳台？

你不要命了？

是的，

我在练习乌鸦的啊，啊，啊

对着天空张开嘴——

像婴儿发出离开娘胎的啊啊啊……

在练习猜一只花园里黑猫的心事

在练习一整周的止语

练习清扫满地的黄檀叶

夸奖一朵野雏菊

练习倾听自己的喘息……

我在细细咀嚼一块面包

倾听它被咽下去……

从容《洛杉矶日记：第三十七天》入选理由

后面10行，太漂亮了。大疫中的静穆，充满了声音。在地狱的跳台上，倾听一块面包被咽下去的声音。整首诗写得自然生动，一气呵成，直达本质。

这一生，我一直在失去

裤子在华山路 630 号被偷走

钥匙丢在常熟路的一家小店

红丝绒日记本在安福路被烧掉

两瓶安眠药遗落在华侨城宿舍

信被父母截获在峨影厂收发室

所有失去起始于十二岁遇见

你——

穿着军绿色外套，蓝色裤子

戴着眼镜，一位哲学系学生

坐在小板凳上每天凝视我

如果我们就这样

一生待在一个地方喝茶

一生在一条小路上散步

会幸福吗？

因为十二岁的失去

注定这一生——

活在十九世纪的法国巴黎

穿着绸缎长裙嫁给莫泊桑

坐在马车里前往沙龙聚会

每年上演的一次求婚

他们都是你

从容《洛杉矶日记：第六十二天——包法利式幻觉》入选理由

疫情期间的日记，首先是日记，然后才是疫情。既然是日记，就不可能天天写疫情。这一首就跟疫情无关，这样才对，才是更真实和丰富的生活。哪里都去不了，还拥有记忆；生活再不堪，心中也仍然有爱。一首细腻的、充满生活细节的爱情诗，构思也足够精巧。

一匹马和一头驴接吻　　　　　　　　　　丁小虫

我们正站在

不远处的路边

阳光下

端碗

吸着面条

你边挑出香菜

边说

很明显

那匹马的舌头

更红一些

丁小虫《一匹马和一头驴接吻》入选理由

一匹马和一头驴接吻，这当然能构成诗意，但这首诗好却好在诗眼落在了马的
红舌头上。丁小虫是年青一代诗人中，偏向于废话派诗学的佼佼者。废话派里
的好诗，往往令人虽然说不出它们好在哪里，但就是感觉挺好。其实就是得
"感觉"好：诗的感觉，语言的感觉，如果再有点生命的感觉，就更好了。这
首诗恰好都有。

看，花开得多好　　　　　　　　　　　　　　　　　东森林

我病重时
大哥将我屋里的一盆吊兰
带到了病房
年轻的女护士给我输完血浆蛋白
就用瓶子里剩下的一点
浇花。后来那盆吊兰
长得特别茂盛
冬天居然也开花了
白色的小花在我左边的窗前
星星点点
帮我翻身时她在我耳边轻声说，别怕，你没事
看，花开得多好

东森林《看，花开得多好》入选理由

特别温暖动人的一首，写得也好，毫无瑕疵，完美无缺。与强行要感人肺腑的
抒情诗相比，动人心弦的口语诗明显要高级得多，比如东森林的这一首。

溺亡者　　　　　　　　　　　　　范可心

寺庙如港口
逃避的宝地
虔诚是通行证
来的人多
去的人也多
淹死的人最多

范可心《溺亡者》入选理由

很多时候，诗并不追求意义。但这首诗，偏偏好就好在意义。6行短诗，前5行
都很平常。但第六行一出，立刻有了意义，照亮了前5行，照亮了全诗，令这
首诗从躺平状态瞬间站立为奇崛，照亮了这个原本平平无奇的比喻，令这个比
喻成为经典比喻。

日子   范可心

这是一个人人都戴口罩出门的日子

这是一个各家餐厅关门的日子

这是一个大家都涌着回家的日子

这是一个大家都手插口袋走路的日子

这也是一个

路边站着一个

不戴口罩

露出冻得通红的双手

举着

抗议人工流产

的牌子的老人

的日子

（写于波士顿）

范可心《日子》入选理由

无论有没有疫情，这个波士顿老人都会站在那里抗议，抗议是他的日常，抗议的内容也是他的日常。这一切原本跟疫情无关。疫情来了，但日常还在继续。于是，疫情中的日常，就构成了一首诗。

在海岛   方闲海

初中时我先后

参加过两个同班同学的葬礼

女同学喜欢唱歌跳舞

男同学会鲤鱼打挺和劈砖

都因风

落海水而亡

因此

当我面对一根乏味的海平线时

偶尔

心里会浮现

一间漂浮的教室

里面似海浪欢声笑语

外面似黑礁石绷着忧伤的风

方闲海《在海岛》入选理由

语言、意境和情感，在这首诗里水乳交融，浑然一体。"一间漂浮的教室"，
这是诗人通灵般的感觉；"外面似黑礁石绷着忧伤的风"，这是感觉好极了的
诗句。

乳山 海青

两个乳房

越往尖上越凉
像春天的山上
细草已扎芽

草根穿梭出
蓝血管和青筋

山尖的雪
还没化

海青《乳山》入选理由

用自然而朴素的语言，写出了最美的意境，完成了对身体之美的书写。写得敏感，写得细腻，写得幽微……但这些都不重要了，重要的是，这首诗几乎就是"美"本身。这是古今中外、目力所及的范围内，写乳房写得最好的一首诗。

疫区之夜 韩东

疫区之夜，我看见一条狗
翻过垃圾箱后，沿一条直路跑下去。
那么轻松，富于节奏，目中无人。
那狗就像是灰色的风勾勒出来的
奔驰在为它专门开辟的道路上。
我们很孤单是因为没有其他人和我们在一起
它很孤单因为没有人也没有狗和它在一起。
如果我们愉悦，也是因为没有人
它的愉悦大概是双倍的。
风是灰色的，星星闪亮。

韩东《疫区之夜》入选理由

非常精妙的一首短诗，完美地融合了韩东诗歌创作的若干种特点。前半部分对疫区之夜里一只奔跑的狗的描写，像一幅具象派油画，又像一个电影短片，体现了韩东对于具体事物的呈现能力。然后笔锋轻转，翻卷出情感与思辨。韩东在具象与抽象之间的转化和融合的能力，在当代汉语诗歌中，独步天下。

解除隔离   韩东

终于回家了，随后就开始想念
那个我们一心要离开的地方
那小城里面的酒店客房。
似乎被隔离的日子仍在继续
仍有灰头土脸的人生活在那里。
就像我抛下了她那么难过——
不对呀，此刻她就在我身边
高速路上的风吹动她俩月未剪的头发。
应该是我们抛弃了他们
而他们是一些影子
两个月的走动、睡眠和发梦积起来的影子。
他们会交谈吗，会争吵吗，
或者只是默默地进食？
那张塌陷下去的床正渐渐复原
因为影子没有分量。
会有人从窗口看见远处鲜亮的油菜花吗？
当房间暗下去的时候，外面依然很亮。
每一天，这世界都不是一下子就黑的
渐次昏暗，渐次光明
就像我的记忆渐次消失和更新
那房间里的恐惧和爱情也将淡出无踪。

韩东《解除隔离》入选理由

2020 年疫情暴发初期，韩东与其夫人曾在湖北疫区的一个酒店里被隔离了两个月，这首诗正是其解除隔离后所写。这种抽离后的回顾，以及诗中既是当事人又是旁观者的角度，构成了进入事物和情境的另一种可能，由此诗人也得以用更节制和理性的目光进行透视，另一些更深刻的情感随之上升和浮现。

隧道里的猫

韩东

猫不可能出现在隧道里

如果在隧道里就不是一只猫。

一些痕迹或花纹

你凭什么说那是一只猫？

没有体积、运动，平整如镜

凭什么你倒是说呀。然后

我看见了她脸上的泪珠

里面有一只猫并拱起脊背。

也许是猫的灵魂

一枚琥珀

被我抽出一张纸巾很温柔地擦掉了。

韩东《隧道里的猫》入选理由

末5句，在轻微的笔触中，竟能让人感知到情感的巨大风暴升起，又轻轻回落。从"她的泪珠"中看见一只猫并拱起脊背，也许是猫的灵魂，一枚琥珀。这样的语言，是汉语的珠玑。

手腕上的时间　　　　　　　　　　　韩敬源

刚满两岁的女儿

拿着画笔

突然跑过来

拉着我的手

要在我手腕上

画一块手表

我伸出手去

任由她在手腕上乱画

已经被我遗忘的

三十三年前的母亲

瞬间复活

那时我七岁

母亲还在

她用灶膛里

烧成炭的细树枝

在我的手腕上

画了一块手表

韩敬源《手腕上的时间》入选理由

最能打动人心的，永远是细节，真切的、不可取代的、独一无二的细节。在这首诗中，就是"……灶膛里 / 烧成炭的细树枝"，此细节一出，整首诗立刻获得了强大的诗性。

镜子   何小竹

镜子运过大街

现在，它到了我的住地

当我打开家门的时候

我看见了，我

正在打开家门

何小竹《镜子》入选理由

典型的何小竹式语言魔法，高级的语言纯诗。5 行之内，看似简单明晰的语言，却照亮了细微得不能再细微的日常，并让这日常散发出魔法世界般的光辉。何小竹的目的，并非为了写日常，他只是像一位魔术师，从我们看不见的地方，无中生有地抓出一只兔子般，抓出了"诗"。

缝隙

黑瞳

天黑下来

我终于抓住自己

已经变细、变轻的身体

一阵微风透过窗户的缝隙

掀起窗帘，呈15度角

我是从窗帘底下钻进来的

我将侧身从门缝行走

桌子上的万年青枝条微微倾斜

它体内生长的欲望在爬动

我从茎的裂口抽出

一整天我就是静止的植物

从破碎的脚步里

嘈杂的声音里，阴谋的眼神里

变窄，变尖

一盆仙人掌

出现在它不该出现的位置

黑瞳《缝隙》入选理由

黑瞳是近年来越来越受到各方关注的一位诗人，她正在形成个人独有的诗歌气质。这首《缝隙》就是其某种诗歌特质的极致体现，细腻得能听到所有静物的声音——这其实是一种生命感受力。她能听到生活的血管中哗哗如海浪的声音，能听到植物的茎脉里涌动着的生命的喊声。

亚洲之心   侯马

早上醒来口鼻干燥

我想起乌鲁木齐

处在亚洲大陆的中心

是世界上

离海洋最远的城市

也许我不该

把洗漱水放掉

那样我房间里

就会有一个小小的湖泊

侯马《亚洲之心》入选理由

亚洲之心，这么大的名字，应该怎么写？谁能想到侯马面对乌鲁木齐酒店房间里的一捧洗漱水，写出了他的"亚洲之心"呢？而这捧洗漱水中，又确实寄托了足以与这个诗名匹配的情怀。把一捧洗漱水写成一首大诗者，侯马也。

匈鸡拜年 侯马

大年三十

同事帮我挂一幅油画

临行我送他北京年糕

他坚辞不受

除非我接受他的匈鸡

我问他什么匈鸡

他回答就是当地匈鸡

我说雄鸡是不是就是公鸡

他说就是匈鸡

我说是不是凶鸡

也叫野鸡

他说不是

内蒙匈鸡

我实在好奇

跟他去看了小车后备厢

原来是内蒙古熏鸡

侯马《匈鸡拜年》入选理由

从当代汉语诗人一年创作的无数诗歌中，要选出100首，是个非常艰难的过程，一轮轮删诗，最后什么诗是删不掉的？侯马的这首《匈鸡拜年》就经历了这样的拷问。最后我们发现，能给人留下特别深刻印象的诗是删不掉的！这首诗读完就能记住，印象极其深刻！只是因为事情本身好玩儿吗？远不止于此，更是因为诗人有能力把这个素材处理得妙趣横生，令人在捧腹之余立刻记住了这只"匈鸡"。

比赛 胡超

那时候

我们在黄叶遍地的小路上

比赛踩树叶

谁下一脚没有踩到

谁就输了

于是我们都

拼命地踩

拼命地踩

笑声穿透树林

那时我们

只有快乐

并没有意识到

那位观察我俩

已久的裁判

已经悄悄拿起

提前结束的口哨

胡超《比赛》入选理由

这首诗如同一支钢琴曲。起笔是生动而欢乐的场景，迅即用一个巧妙的暗喻，形成意想不到的转折，令原本欢快的情绪变成低沉而深厚的情感。短短一首诗，沉淀了一段完整的情感，诗中陡峭的转折能力尤其能见诗人的才华。

今夜有暴风雪　　　　　　　　　　　　　　　　胡浩洋

拖堂

教室黑着

放《今夜有暴风雪》

银幕里

返城文件压着不发

陈团长连着吸烟

让同学们

不住地咳嗽

胡浩洋《今夜有暴风雪》入选理由

像一件精致的当代艺术装置，玩儿了一次巧妙的镶嵌。不同时空的两个场景被
天衣无缝地并置混搭于同一诗歌时空，构成了奇异的阅读效果。胡浩洋出生于
2000年。近年来00后们开始大举进入诗坛，吹来了一些清新的空气。

煤油灯

黄平子

用完了的墨水瓶

也舍不得

丢掉

塑料瓶盖上

敲一个小孔

套一个铝皮牙膏头

通一根棉绳

就是一盏

方方的

圆圆的

小煤油灯

夜是黑色的

墨水瓶是绿色的

牙膏皮头是白色的

火是暗黄色的

写作业

凑得太前

吱的一声

头发就烧焦了

我的鼻孔

是两个小小的

烟囱

黄平子《煤油灯》入选理由

用文学手段精准地还原了一代人对于某个已被渐渐遗忘的重要事物的童年记忆。至少对于大部分来自乡村的60后、70后来说，都曾经有一盏小小的煤油灯相伴，它是消逝于历史中的重要情感载体，将其重新刻画还原，就是一次重要的文学行动。结尾3句，写得传神，画龙点睛，令这一历史雕塑瞬间复活。

眼疖子

看了狗牯打巴

眼睛

发了一个疖子

用姐姐的长头发

通了几次

还是张不开

母亲就带你去

找嫂子

剥扣子

掀衣服

你像孩子一样

把头凑上去

眼皮扒开

朦胧中的乳房

又白又圆

紫红色的奶头

像一颗熟透了的蛇泡子

恍惚间

奶水箭一样射了过来

你的眼睛一眨

脸上就流下了

白色的泪

黄平子《眼疖子》入选理由

与黄平子的上一首诗一样，又是一首还原童年记忆、乡村记忆的诗。黄平子的还原中，带有强烈的时代感，他还原的是时代的细节，带有时代的温度和情感，因此就具备了人文性。这首《眼疖子》比上一首写得更绝，绝在语言。这首诗里的口语极其生动，几乎就是最鲜活的口语。诗中又有丰富的内容细节，将乡村的民间生活写得入木三分。这首诗兼具了内容的诗意、细节的诗意和语言的诗意。

小萝卜头

黄平子

马路边

绿色的瓜蔓

贴着红墙往上爬

穿过铁丝网

钻进了

一个积满灰尘的

排气扇

待得太久

一不小心

结了一个大黄瓜

想出

却出不来了

黄平子《小萝卜头》入选理由

来自江西赣州的70后诗人黄平子是本年度"最佳汉语诗歌100首"评选过程中的最大意外、最大黑马。满额3首入选,首首难以割舍。他对记忆的还原能力、对细节的抓取和捕获能力,他语言的生动鲜活尤其是对动词的运用,令人印象深刻,形成了鲜明的风格。一根瓜藤上结出了黄瓜,这是一个平凡得不能再平凡的情景,黄平子仅仅通过对情景的还原,并无任何添枝加叶,直接就构成了一首生动的纯诗,依靠的正是细节和语言。

蝴蝶

黄文庆

前些年，有外地的夏令营

来秦岭深处逮蝴蝶

他们用网兜

舀风

舀天空

把太多的蝴蝶舀走了

他们还舀走了低一些的星星

后来，星星们

躲得高高的

那时，我就反对

那么无知地

舀走秦岭的幻觉

和梦境

黄文庆《蝴蝶》入选理由

黄文庆是陕西诗人，他写一群人来秦岭抓蝴蝶，选择了一个词——"舀"，这个词直接构成了整首诗的诗眼。从舀蝴蝶，到舀风、舀天空、舀低一些的星星，再到舀走秦岭的幻觉和梦境，把一种很不好处理的、带有愤怒和谴责情绪的环保题材，处理得巧妙而妥帖。既没有让情绪外溢伤害诗性，也没有因题材的公共性而丧失诗感。

麂子   霍俊明

戴眼镜的人
需要每天擦拭那两块玻璃
以前是用手
用哈气
后来用棉布
纸巾
再后来有人找来了一块麂子皮

一大块剪成数小块
轮换着用
它们干燥时有些发硬
像是崭新的柳树皮刚刚经过晾晒
每当我用水冲洗上面的污渍
麂子皮
顿时变得柔软滑腻
那时它又成为动物的皮
新生的肌肤
被利器剥下

在水管喷溅的白色水流中
我闻到了肉体或尸体的腥气
它们仿佛又回到了丛林
那时

哗哗的水声令人恍惚

这无关痛苦

也无关杀戮

关于死去之物

我只是想起了一首歌——

"我愿变作一只麂子

只要跟着你在一条河边"

霍俊明《麂子》入选理由

一个巧合，与上一首入选诗歌——黄文庆的《蝴蝶》一样，霍俊明的这首《麂子》也是一首环保题材的诗。环保题材是个世界性的大题材，中国诗人如何处理？霍俊明再次给出了答案。从一块擦眼镜的麂子皮开始进入诗歌，情感随着思绪流淌，内容具体结实，笔触细腻冷静且内含情感，结尾轻抚般的抒情更令这首诗具备了某种温柔的心灵力量。

和声

贾薇

雨穿过云层

滴落下来有声音

破云而出一丝轻微的声音

不靠想象力听不到

滴落到树梢上

滴落到果子上

滴落到叶子上

声音各不相同

滴落到房檐上的时候

父亲刚从门外回来

他抖落身上的雨水

发出稀稀欸欸的声音

他在门外换了鞋

将雨水的声音隔在了门外

雨水刚落到院子里

把坚硬的水泥地板

砸得噗噗噗噗乱响

母亲猫腰冲进雨中

把之前晾晒的衣服

收进了自己的怀里

雨水滴落在她身上几乎没有声音

一点声音都没有

有一点也听不见

雨水滴落到墙头

几片已经破碎的瓦砾

发出更大的声音

一只黑猫迅速穿过去

雨水滴落到它身上

再滚落到地上

是有一点声音的

然后就是那些花瓣

原先都在开放

雨水滴落

变成了有颜色的泥土

根本想象不出

它们开过的样子

雨水还在一大截枯木头上发出声音

夏天盛开的十几朵蘑菇

悄悄开在木头黝黑的底部

雨水下来很快

把肉粉色的蘑菇

从木头上剥离下来

不知道有没有毒

声音也不大

没有雨水打在塑料盆上的声音大

没有雨水打在金属桶上的声音大

更没有近处的一个人

不知道什么原因发出嘶喊的声音大

立秋几天

雨水所到之处

声音都在面前

贾薇《和声》入选理由

贾薇不写,我们不知,原来雨中有那么多的声音,原来只要有心,所有的声音
都能听得见,都清晰可辨。雨水中不仅有自然的声音,还有生活的声音。不仅
有能听到的声音,还有听不到的声音——耳朵听不到但心灵能听到。

铜盆

蒋彩云

是妈妈结婚时的嫁妆
如今送给了我
放在楼顶听雨声
没有雨的夜晚
装一盆清水
养一个月亮

蒋彩云《铜盆》入选理由

一首纯诗，一首别致的诗，一首心思细腻的诗，一首很美的诗，一首温暖的诗，一首生活的诗，一首充满情感但什么都没说的诗，一首清新的诗，一首干净的诗，一首很短的诗。来自出道以来从未让人失望过的90后资深诗人蒋彩云。

有时我不敢

打开我的手掌

我怕还有什么猛兽

藏在它的河上

君儿《掌上河流》入选理由

君儿常常给人以一种不鸣则已、一鸣惊人的感觉。时不时就像扔炸弹一样扔出
个大杰作。这首《掌上河流》，堪称经典，就是经典，当代经典。本诗意境超
脱，如羚羊挂角。

一个疯子在小区里奔跑 蓝蓝

鉴于保命的可耻爱好，每晚我都在
小区里奔跑。每晚都会遇上另一个奔跑的人

她忽前忽后，在我左右
她旁若无人，嘴里的词儿滔滔不绝
比疾奔的双脚还要押韵

有一天她嘟囔着一句话——太高兴了！
就这么她一直说着——太高兴了！太高兴了！

我也差点喊出来——是啊，太高兴了！
我跟着她紧跑慢跑，像在追赶高兴

更多时候她嘟囔的话听不清
我的耳朵像先进的火控雷达，瞄准了她

但有一天她开始大声嚷嚷，带着哭腔
——别打我呀，别打我！

半个多小时，她一直边跑边嚷——别打我呀！
我小心翼翼拉开距离，像一条狗看见高举的棍棒

等她颠儿颠儿消失在楼洞里，我忽然怒气冲天：
——为什么不说高兴了？你这个女疯子。

蓝蓝《一个疯子在小区里奔跑》入选理由

有些令人惊讶——蓝蓝写了一首口语诗,精彩纷呈的口语诗。口语诗的一些重要手段,比如场景感、细节感、戏剧性、戏谑性,被蓝蓝运用得不亦乐乎。比起很多流俗的、过于平面化的口语诗,蓝蓝的这首诗显得更有层次,内涵更丰富。每个诗人都有无限可能,看她/他想往哪里去。

悲恸

蓝石

昨天又送走了一个朋友
这是今年的第四个
他们大的长我九岁
小的小我两岁
我从殡仪馆
赶回家
迫不及待地
重温《切尔诺贝利》
我想用一个时代的悲恸
覆盖个人的悲恸
我做到了
但很快
我从时代的悲恸
又联想到个人的悲恸

前几天我去医院看你
你突然说
回去吧，医院这种地方
还是少待的好
说完你闭上眼睛
面色安详
与此刻躺在棺木中的你
几乎一模一样

蓝石《悲恸》入选理由

一首把"悲恸"二字刻画到了骨子里的悼亡诗。诗中有两处特别能打动人心的点，两个点都写得很绝很透很要命，能有一个这样的点就很厉害了，这首诗里有两个！为什么诗人能写出这么绝的点？因为这不是写出来的，不是构思出来的，是生活的真实，是真实的生命反应，唯有真实的，才是致命的！

3

阿婆罗坐在公园里梳长发，
英俊达佛涅
无辜地散步在果树之后。
阿婆罗感到其乳头变硬
那个秀丽的身体挑起她的性欲
她控制不了这种炎热的欲火，她扔掉梳子
以轻盈的舞步走近小白脸，说：
达佛涅，让我拥抱你！
达佛涅惊恐地仰头看狂躁的阿婆罗
他知道他没法躲避这位狂女的暴欲
他立刻往旷阔的河流奔跑，但
他来不及，阿婆罗的激情好像给了她翅膀
她追上去，当她的气息吹在达佛涅金黄的卷发时
达佛涅吼叫：亲爱的母亲河，用你的神秘之力量
把我的美妙身体变态！
阿婆罗已经握住他的手，帅达佛涅往河水跳去
他感到其身体变形，脚趾扎进土，伸开的手指触到前面的水
卷头发像无数的金珠流进涟漪的镜
他变成柳树，或者什么植物都行，神话说不清
满身性欲的阿婆罗浪女拥抱着粗皮男达佛涅柳树，泪下如雨。

2

夜晚布满胳膊

波浪叹息

火焰滋滋

烂醉的少男

光溜溜躺在

明亮的桌子上

他的呻吟声在

黑暗中波动

1

少年的她

躺在炎热的夏夜

从自己淫贱的身体

给家长酿出纯净的诗

劳淑珍《盛夏之神话》入选理由

一位丹麦女诗人用中文写诗，她在日常生活中，中文其实并没有那么好，但她的诗感太好了，足以令她的中文在她最好的诗作中光彩夺目。这首诗有美妙的结构，3段看似无关联的诗，通过这种有点儿像倒置金字塔的结构，奇妙地组合在一起，构成了内在的化学反应。从结构到语言再到内在的诗意，无不恰到好处。这是一首以欲望为主题的身体之诗，写出了丰富的内涵和意味。劳淑珍是个坚定的身体派诗人，她的身体美学来源于当代汉语诗歌，但毫无疑问，她在此向度上形成了诸多美学突破，又反哺于汉语诗歌。

原子弹   劳淑珍

坐在曾祖的坟墓前
喝汽水，看飞蚂蚁涌出来
笨拙地爬上墓石
投身到空中，颠簸飞行。

好可爱。

儿子说，妈，如果今天
有人在这里投下原子弹
你要不要跑？

我要不要跑？

小子，如果今天有人
向这座小教堂投下原子弹
好像没法逃跑。如果那样
还是继续坐在你旁边
静静看蚂蚁
努力飞行

劳淑珍《原子弹》入选理由

诗中写到原子弹的，有两首杰作令人印象深刻，一首是布考斯基写的《给我一点原子弹》，另一首就是劳淑珍的这首：当原子弹落下时，依然和孩子一起看飞蚂蚁。

我们坐进你的绿色跑车
慢慢爬行。很好玩
雷电不时划过天空
闪现你沧桑的脸
大笑着开一辆老车
多么活泼
已经六十多岁
年老的小孩
突然沉默，问我
是不是觉得你是个色眯眯的老男人
已经快七十岁而最近找了一个
不到三十岁的女朋友
我说这样的事
我不管。然后你瞪着马路嘟哝
不过她想要一个孩子
而我真不想再来一个。

到底为什么跟我
说这样的话？
我们并不算那么熟。

然后你重新大笑
告诉我怎么

烤鸡、烤甜椒、烤西红柿

说得口水直流

又过了几天

你爬上城市最高的楼房

走到楼顶

把自己的身体

投了下去。

据说你实在受不了

太想念去世的妻子

劳淑珍《当天晚上真有暴雨》入选理由

劳淑珍满额入选的3首诗，展现了3种不同的写作能力，这是一个诗人综合素养的体现。本诗展现出的是一种老练的叙述能力。叙述能力最见一个现代诗人的基本功，尤其是对于口语诗人而言。场景、细节、铺陈、对话、冲突、反转要在极短的篇幅中融为一体，非常考验诗人的节奏感。而叙述本身并非目的，目的是呈现和托举起诗意，最终得指向诗。劳淑珍的这首，被她写出了强硬的诗核。

空。荡

李景云属

天又暗了下来
凉风起自身边
我揉着身上的酸痛
像是刚从噩梦中醒来

黄昏分割阴阳两界
黄昏是一匹景云镇上的马
年轻人纷纷涌向城市
它获得了自由，敲击着柏油路面

李景云属《空。荡》入选理由

"黄昏是一匹景阳镇上的马"，这个陡峭的比喻一亮出来，整首诗就有了感觉。
而末一句"它获得了自由，敲击着柏油路面"，更让这个比喻熠熠生辉。这个
比喻的时代背景，是小镇的年轻人纷纷离开家乡，涌向城市，应和着本诗的标
题"空。荡"。这个比喻和这个背景一起，形成了强大张力，共同构成了一首
杰作。

愿者上钩   李柳杨

镜子

像世界上任何一条河

它总让我想起我的父亲

父亲喜欢钓鱼

他经常一个人站在河边

往自己的影子里

甩鱼钩

或者静静观看

河水中倒影的世界

世界里的人群

人群中他那张

像鱼的脸

那脸上

有时也会浮出

鱼食

李柳杨《愿者上钩》入选理由

15行的诗中，诗感特别好的精彩之处至少3处。开篇的比喻"镜子 / 像世界上任何一条河"，很突兀，也很漂亮，李柳杨的诗，往往起笔不凡；写父亲钓鱼，说是"往自己影子里 / 甩鱼钩"，这一句也写得精彩；收尾很绝，写人群中父亲那张像鱼的脸，"那脸上 / 有时也会浮出 / 鱼食"，写到这程度，这诗就写透了。李柳杨在90后一代中，一直奔跑在最前列。

夜深人静　　　　　　　　　　　　　　　　　　李伟

一个人
在深夜
吃饼干

咔咔咔
咔咔咔
卡夫卡

│ 李伟《夜深人静》入选理由

这诗写得有点蔫儿坏，天津诗人李伟写诗，从来就有一股子蔫儿坏的劲儿。很
轻松地，憋着坏笑就写出了幽默、荒诞的诗歌效果。这首诗属于那种越琢磨越
好玩儿的诗，诗人使了个坏，但读着读着，竟觉得他写得挺有道理，可不就像
卡夫卡吗？

天津水上公园启事 李伟

这位老同志：

公安局

已追踪到

4月12日17:55分之后

你的

所有行程

请你马上

将鹅

送回到

水上公园原地

争取

宽大处理

李伟《天津水上公园启事》入选理由

这种蔫儿坏的幽默被李伟变成了一种美学，一种高级的后现代美学。李伟发现了这则读起来一本正经的启事包含着令人忍俊不禁的搞笑感，而这种搞笑感一分行就构成了一首幽默的诗。尤其是"老同志"这个称谓，偷鹅（如果偷的是别的什么，可能就没有这种好玩的感觉了，必须是鹅）这种行为，充满了生活本身的"幽默"。这首诗里的幽默有好几层，这则启事的语气构成了幽默，老同志偷鹅这个事实构成了幽默，李伟用分行的方式把其中的幽默显现出来，构成了更高级的幽默。

为你买一头大象

你说想要一头真的大象

这不太容易

我想了很久

找到一头非洲象

她曾是社交明星

36岁

名字和你的名字只差一字

刚从动物园退役不久

目前住在一个西部农场

仅需500元

我就能让你拥有她

一直到她死去

大象农场会给我们一张

认领证书

当然

你要和很多人一起拥有她

就像我知道

我一直都在和别人

分享你

好了付款完成

现在我们可以通过摄像头

观看你的大象

如何在河边饮水

里所《为你买一头大象》入选理由

这是一首巧妙的、把诗核藏在深处的、迂回的、含蓄的诗。里所是一位诗艺丰富的诗人，这首诗，体现出她另一个向度上的能力。里所当然不是在写一头大象，但却通篇都在写大象，这首诗，正因为藏得深，表达得含蓄，才更具备情感的厚度和浓度。

长这么大

我还从没拥有过一个属于自己的布娃娃

去年芭比娃娃推出了几款新品

其中有三款

分黑白黄三种肤色

一款为穿假肢的娃娃

两款为使用轮椅的娃娃

轮椅娃娃的轮椅上

还设计了常常被人们忽略的轮椅手刹和配套的斜坡板

我就是那款黄皮肤的轮椅娃娃

莲心儿《时尚且更现实》入选理由

真正的生命痛感不需要"抒情",在这样的诗面前,所有的"抒情诗"都显得那么虚伪、矫情、不值一提!还需要什么抒情?在这样源自日常生活的生命发现面前,在"轮椅娃娃的轮椅上 / 还设计了常常被人们忽略的轮椅手刹和配套的斜坡板"这样的生命细节面前,在多年枯坐轮椅的诗人莲心儿冷静而平实的叙述面前,抒情诗人有什么脸去"抒情"!还有比莲心儿这样的诗所包孕的情感更强烈的吗?还需要扯着嗓子去"抒发"吗?

当冰雪浩荡，涌入甘蔗变成甜汁　　　　　林白

这个月我热衷私奔

向往康科德

为你全然空白的许多个年头

我要把自己挂在一列火车上

我要变成蒸汽

启动这火车

同时变成铁轨

逢山炸石

遇水架桥

我打算从广西到西藏

从西藏到猎户星座

穿过黑与白的风暴

停在你暗黑的悬臂上

你的臂弯深不见底

但我可以发光

像蜘蛛吐出柔软的丝

当冰雪浩荡

涌入甘蔗变成甜汁

我要再次回到广西

以便确认

那片甘蔗是否还在原地

我将预先看见

你内部的浪花

奔涌而出

林白《当冰雪浩荡，涌入甘蔗变成甜汁》入选理由

小说家林白近年来成为一名备受关注的诗人。与不少其他文学领域跨界写诗者
不同的是，林白的写作明确地揭示出，她就是一名诗人，专业的现代诗人。这
首《当冰雪浩荡，涌入甘蔗变成甜汁》，坦诚、直率、有力，充满精确而富有
想象力的意象，以一种安妮·塞克斯顿式的自白风格，呈现出既如火车隆隆前
行，又如浪花奔流涌溅的内心景象。

一生 刘傲夫

每当想起父亲

就会想起他

在我童年

某个初夏的夜晚

带领我去

蛙鸣四野的

水田里

叉泥鳅

那晚我本以为

会收获满满

但结果是

一条泥鳅

也没叉到

但我并没抱怨

那晚的确

地球上的泥鳅

都不见了

刘傲夫《一生》入选理由

刘傲夫有两路诗歌，一路以他的成名作《与领导一起尿尿》为代表，是那种反讽的、社会性的诗；另一路则以《李桂与陈香香》《一生》为代表，写得纯粹、内敛、安静。后一路更能显示诗人内在的细腻与丰富。这首《一生》写得此时无声胜有声，看似什么都没有说，却胜过千言万语。在一首具体而结实的诗歌中，呈现出的却是难以名状的复杂滋味。结尾几句处理得特别好，一首高级的纯诗。

酒鬼"酒驾"　　　　　　　　　　　　　　　刘菜

王有尾的车停在树下

一夜之后

挡风玻璃滴满树胶

没有玻璃水

他从车里拿出一瓶西安特曲

说这酒太难喝

洗车吧

几分钟后

雨刷荡起白酒

暖气蒸腾酒精

我们一路飞驰

开到延平门

冷风一吹

王有尾嘟囔

靠

我好像醉了

刘菜《酒鬼"酒驾"》入选理由

生动的日常当然就是诗，更重要的是，诗里还塑造了一个生动的人。口语诗将诗的生动性推向了各种可能，也就令"诗意无处不在"不仅仅停留在理论，而成为写作的现实。生动即诗，这不是现代口语诗的专利，在中国诗歌的语境中，这甚至是一种复古。不信去读《诗经》，比如那首《周南·芣苢》，描绘了人们采芣苢的生动情景，是在日常生活中生动即诗的典型。

无题

鲍勃·威廉的心脏

停止了跳动

他从沙发上滑了下来

身体里空空无物

除了最廉价的朗姆酒

他临死前的半小时

电视里播放着

一条啤酒广告

就像我们木讷时，接受一切那样

电视进入了黑白屏

随之，大脑陷入无信号

我不认识鲍勃·威廉

这个白人工人，殆尽的人生

你要虚伪地批判资本主义吗？

我只知道，他拥有一位漂亮的小女人

他们被酒精麻醉的人生

产生的结晶

是个聋哑女儿

邻居小伙子

闯入房门

干脆利落地玷污了她

她是那么美丽

她的下颚

脸蛋

光滑的肤色

乳头

毛发

你感觉到了吗

她的眼神里诉说着

爱

她将之理解为爱情

那双眼

之中

有一片沙漠

泉水之上

升起一轮月亮

瑠歌《无题》入选理由

年轻诗人往往能给我们带来更干净纯粹的诗歌。瑠歌这首诗耐心地叙述了一个贫穷的底层家庭所遭遇的残酷而悲伤的故事，但他的结尾，却落在爱和美上；瑠歌的笔触也完全实现了他所感知到的那种无限单纯的爱和美，而这诞生于残酷与悲伤的美，又反过来更加映照出悲伤的残酷底色，令整首诗陷于一种美与残酷、爱与悲伤的无限循环。

马肉

瑠歌

我们所抒情的马

是桌上的一盘肉

真正的它们

在疆北

的天河

吃草

饮水

抚摸彼此

成年的马儿

长着透亮的鬃毛

至于被牧民

宰杀

装箱

卖给河北的驴肉贩子

那是

大地上普遍发生

抒情无法抵达的地方

瑠歌《马肉》入选理由

这首诗的立意、题材和诗意落点都谈不上很有新意，却能让人产生阅读的新意，原因在于语言。瑠歌这首诗在语言层面上做得非常好，结构、节奏和语感共同形成了这首诗。结实的诗核和清晰准确的诗歌语言相得益彰。

陪伴   吕彦平

照片中黑乎乎的是什么，
略带点金色。
接着又发来一张，开了闪光灯的。
这回看清了，
是一条金龙在黑暗中。

那么，在你的公园里有一条龙。
天黑了，你就走出去。
你喜欢的一件事，
是在黑暗中陪伴一条龙。

吕彦平《陪伴》入选理由

"你的公园里有一条龙"，当诗人敏感于这一点时，诗就开始产生。而当诗人进一步意识到"你喜欢的一件事 / 是在黑暗中陪伴一条龙"，整首诗就变得温暖而奇异。既令诗歌完成了意想不到的转折，又令它具备了情感。整首诗没有抒情，但我们却能感知到诗人心中有爱。

剩山图9

毛焰

月光下，山林湿漉

云烟、迷雾以及那些墨渍笔痕

都清晰可辨

怪异的岩石散发出冷光

像传说中的山鬼

巨大的骨骼和獠牙

一个轻微转移的幻景，伴随着

无声无息的欲望

所有被你沿途随意标识的

都值得你重复往返

所有你无缘得见或不小心错过的

都值得你心存念想

一次意外的山林之旅

仿佛你曾诚心实意地追随

某位古人的足迹

或者只是梦游般地在浅空飘浮

游隼尖利的眼睛

盯住那些苍白神秘的山脊

直勾勾的，只是为了

沉溺于一个完美而虚空的意象

毛焰《剩山图9》入选理由

小说家林白在写诗，成了一位很好的诗人；散文家桑格格在写诗，同样是一位很好的诗人；画家毛焰在写诗，也是一位很好的诗人！这已经成为近几年当代汉语诗歌的一大风景。离毛焰的生命最近的，当然还是画，所以他把画写成诗，把自己观画时细致入微的感受写成诗，这是他的领域，这是他的心灵与画与诗的水乳交融。整个《剩山图》系列，构成了一组杰出的诗歌文本，我们选入其中写得最为清晰、心灵像素最高的《剩山图9》。毛焰在观画，沉浸其中，人在画境。我们在看毛焰观画，时而在他的诗中，时而被他拉入画中。

拒绝生长　　　　　　　　　　　　　　　　　　　　孟秋

我没有看过

草生长的样子

我在电视上看过

花慢慢地绽放

芽从种子中

缓缓挣脱出来

我也没看过自己

长个子的样子

从没感觉到

骨头在变长变粗

但是有一天

我看见自己摔门而出

那种突然的愤怒

就像是一棵树

在下雪的冬天

突然决定

把自己折断

孟秋《拒绝生长》入选理由

孟秋用语言，给某种"突然的愤怒"———这抽象之情绪———赋予了诗歌的形体，令读者能够如此清晰地触摸到这"突然的愤怒"长成什么样子。"突然"被他写出来了，"愤怒"也被他写出来了，"突然的愤怒"背后强大的坚决和反抗，也被他写出来了。

印度老虎，秘鲁驼羊，立陶宛农民   明迪

早晨5点，我们进入老虎区

坐在吉普里不敢出声

9点钟有一点动静，我们屏住呼吸

想象一群老虎冲出来

10点钟又有一点动静，我们想象老虎

从树顶上飞过，落在林间空地

11点钟一阵风吹过，我们想象一只老虎

被猎人打死，拖到吉普跟前

12点我们扫兴而去餐馆，服务生说必须说梵语

老虎才会出来，原始动物见生

在秘鲁，马丘比丘深山，一只驼羊

据说与印度的孟加拉虎一样古老

我对它说起古汉语，它不理我

我用梵语说了一声"太阳"，它瞪大了眼睛

这句梵语就是"秘鲁"，Peru

我在立陶宛栖居，一个农民教我的

他说南美有个印加王国，金子像阳光一样落下

他的祖先为了黄金，追踪太阳而去

明迪《印度老虎，秘鲁驼羊，立陶宛农民》入选理由

定居美国，组织策划出席各大国际诗歌节，明迪是与国际诗歌发生关系最多的诗人之一。这令她的诗歌很自然地获得了一种世界视野。这首诗仿佛信手拈来，轻松写意地将印度老虎、秘鲁驼羊、立陶宛农民串连在了一起。而仔细读之，才感受到其匠心独具，神秘的线索如同草蛇灰线，隐约起伏，勾连起所有生命。

冬日，黎明到来之前

莫渡

黑暗中

我听见头发抚过枕巾的婆娑

接着一双手

开始摸索

胸罩套过她的脖子

调整吊带时

两根皮条在她的肩胛骨上

发出啪啪的轻响

她或许也调整了乳房的位置

掂起

又缓缓垂下

然后是

又一阵婆娑

一双手穿出内衣袖口

接着是双脚

穿过裤管

在这黑暗中

色彩不再具体

她摸索牛仔裤和袄的声音

像下雪

接着是金属拉链闭合

暗扣咔嗒

如同冰裂

黑暗的清晨她起身离开

莫渡《冬日，黎明到来之前》入选理由

近几年，一度引人瞩目的甘肃诗人莫渡仿佛略有沉寂，只有熟悉他的人才知道，他正在试图打磨一种属于自己的语言。这首诗就是其潜心打磨的显著成果。"黑暗的清晨她起身离开"，"我"并没有睁眼，却倾听着她的一切。她的一切由声音构成，那么多细微的声音，构成了"她"。结尾那几句，"她摸索牛仔裤和袄的声音 / 像下雪 / 接着是金属拉链闭合 / 暗扣咔嗒 / 如同冰裂"，写得美极了，却又那么真切。平凡生活之动人心魄，莫过于此。

迷人的肺炎   莫高

1

从三月到五月
一直被咳嗽缠绕
我没有选择去医院
或者做核酸检测
鼻炎，喝酒，引发哮喘
自己的病自己清楚
直到绵阳成为低风险地区
我才去做了检查
CT片子显示
左右肺叶都受到感染
典型肺炎
好的，不是新冠

2

十九世纪上半叶
肺病是"艺术家死亡的方式"
拜伦渴望自己患上肺病
渴望得要发疯：
"夫人们都会说

瞧那个可怜的拜伦

垂死之时也是那么地好看啊"

诗人济慈、雪莱、爱伦·坡

小说家夏洛蒂·勃朗特、陀思妥耶夫斯基

无一不希望自己能拥有一张

苍白的、潮红的脸

他们狂热地追捧因发烧

而燃烧的肺

祈求上帝让自己感染

法国小说家乔治·桑

这样描述情人：

"肖邦无比优雅地咳嗽"

结实得像头公牛

棒棒都打不死的大仲马

也假装自己得了肺病

3

二十一世纪上半叶

时代不再浪漫

人们一听到我咳嗽

就脸色发黑

连家里三只猫都避我远之

只有一个例外：

"一切都在掌控之中

你可以试试喝点消毒液"

当我在床上咳得

上气不接下气的时候

除了我那糟糠老婆守在床前

没有夫人们说:

"看看可怜的莫高

他咳得多么迷人"

或许我还不是大艺术家

还没有成为像拜伦

那样的大诗人

要不就是我们的审美方式

出了问题

时代变了

这该死的肺炎

莫高《迷人的肺炎》入选理由

文人趣味或者知识分子趣味的诗人往往对"用典"这一写作方式颇为推崇,那么口语诗用起典来,会是什么样子?绵阳诗人莫高的这首诗给出了一个妙趣横生的答案。生活和典故,疫情背景下的肺炎和19世纪的艺术家肺炎,交织在一起。满篇的幽默感,是热爱生活者才能写出的境界。"用典"这一文人气过重的方式,竟可以被莫高用得如此充满人味儿。

Greg[1]

莫沫

你

夜蝴蝶

一个逗号

感叹号

我的心的Ｘ光片

停留在空中的

梦游者

原子弹爆炸的

云朵

飘在一个

封城

的夜晚

黑色的蝴蝶

波尔多的

仙子

照在河水

兰花

的倒影

你上路了

偷偷地走了

1　Greg是莫沫在疫情期间认识的一个法国物理学家朋友，患有重度抑郁症，2020年12月在波尔多去世。

我的

不会唱歌的

布头娃娃

你是我

一直不敢拥抱的

黑暗

你脆弱的翅膀

滑翔在

风雨中

穿过

你是

通往

天堂的

彩票

莫沫 *Greg* 入选理由

又是一个用中文写诗的外国人。秘鲁女诗人莫沫近年来专注于译诗，写诗有些少。这首 *Greg* 是其在某个突然的死亡事件引发的强烈情感震动下的创作。写得强烈、直接，一连13个比喻，恨不得要刻画尽死者的灵魂！最后一句，"你是/通往/天堂的/彩票"，戛然而止，生命的脆弱与无常，尽在其中。

请对鸟儿好一点　　　　　　　　　　南人

告诉你一个秘密

灵魂出窍后

前半程

是它自己往天上飞

后半程

是鸟儿叼着它飞

南人《请对鸟儿好一点》入选理由

有一些诗，好得没有任何道理，好得不讲理。南人的这首，就是如此。灵魂出
窍后，"后半程是鸟儿叼着它飞"。这一句直接把诗写绝了，写到了绝处，还需
要讲什么道理？此句一出，什么都有了！南人写诗，向来充满奇思异想，奇思
异想写得绝了，就是胜利，无须道理。奇思异想没写出彩，那就败了。诗就在
南人的一闪念之间。在当代汉语诗歌中，南人越发把自己写成了一个难以被定
义的异类。

被一场大雪深埋
我担心它冻伤
雪停了
它水淋淋地钻出来

开花的热望
将雪烤干

庞琼珍《百合1》入选理由

天津诗人庞琼珍写诗，喜欢在单首诗上死磕，反复打磨，颇有"二句三年得，
一吟双泪流"之功。所以在这首诗中，她写出"开花的热望/将雪烤干"这样
的绝句，就显得并不令人意外。而这一绝句也确实令整首诗立刻进入到另一重
境界。

一夜风雨

摇摇晃晃中

院子里的百合开了

纤细的花茎

顶着硕大的花朵

六根雄蕊

簇拥着一根雌蕊

在这雨后的早晨爆开

哦　多么美好　响亮

我听见三十年前生儿子时

开骨缝的声音

｜庞琼珍《百合2》入选理由

庞琼珍的两首"百合"，双双入选"汉语先锋·2020 年度汉语最佳诗歌 100 首"。这首《百合2》写得更好，好在最后那句"我听见三十年前生儿子时 / 开骨缝的声音"，没有什么比喻，比这种生命比喻更强大！有人总是要把诗歌的"身体性"等同于"性"，就好像他们的身体没别的作用了似的。庞琼珍这首，就有一种直通生命底部的身体感受。

星月夜   蒲永见

这样的夜晚

我看见那位割了耳朵的大师

他其貌不扬

在一间低矮的房子里

背着手，走来走去

比向日葵还不朽的色彩

就这样流传了下来

此刻

我的骨头

被他胡乱地抹进线条

穿透我的楼房

直射进来

我细细地品味着

耳朵便掉了

蒲永见《星月夜》入选理由

写梵·高的诗有很多，怎么再写出新意？蒲永见的做法是，把自己搁进去，把
自己的身体搁进去，让梵·高的线条涂抹进"我的骨头"。当"我"沉浸于
其中时，"耳朵便掉了"。当蒲永见不再用文化来阐释，而是直接用身体去和
凡·高的色彩和线条碰撞时，也就同时理解了某种命运感。

想起王勃

就想到了李白

就想到了朱湘和老舍

还会想起

那些因各种命运

溺水而亡的各种人

其实他们都是屈原

不要问我为什么

人间只允许一次天问

我也曾无数次

拧开自来水龙头

查找答案

只找到了一笔

流也流不完的

水费催账单

祁国《水浒记》入选理由

好一个"人间只允许一次天问"，祁国此句一出，立刻拉通古今，所有溺水而亡的人，因此就都是屈原。非常高的立意，借由祁国一贯的荒诞主义解构方式完成。这首诗的好，在于其不荒诞甚至是极严肃的部分，更在于祁国是在荒诞中将其完成。荒诞消解不了的，就是最珍贵的诗核。

公元五〇〇〇年

祁国

那时

粮食严重过剩

人们常常为怎么浪费粮食

吃不下饭

一些不会浪费粮食的坏人

常在梦中被良心惊醒

接受道德的再三审判

最兴奋的

倒是农业机器人人权协会

说是极大保证了

广大机器人的就业机会

那时

科学成果层出不穷

彻底带乱了人类

性生活节奏

科学家泛滥成灾

到处被人歧视地围堵

像抗洪救灾一样

获得诺贝尔奖的一小撮分子

为了继续隐藏自己的自卑身份

无不愤怒宣布

获奖成果

全是别有用心的小人

和导师强加的

那时

联合国是一个网站

秘书长是一部手机

关于各国地盘划界的问题

只要轻轻一敲屏幕

手机就会通过云计算和云算计

生成一份不带错别字的决议

群发给全世界每一个人

收到信的人们

往往懒得点开看

直接一键删除

那时

很多小国义愤填膺地耍赖

抗议自己分到的领土太多

多到了毫无意义

纷纷通过贿赂

硬是把领土塞给了

一个已全部移民

只剩下留守总统的大国

那时

总统已成了非物质文化遗产

为了纪念这份沉甸甸的遗产

人们成立了抽签俱乐部

每期抽中一百支签

每期同时任命一百个总统

被迫当上总统的人们

每天一大早

就要赶到国家大戏院

打卡坐班

平常的主要工作

是会见各种来访的旅游团队

召开各种催眠会议

随时和陌生人亲密聊天

回复关于外星人的海量邮件

最惨的是星期天

还要帮着全国小学生

抄作业

那时

人们喜欢各玩各的

人人都是蹩脚的艺术家

人人试验着各自稀奇古怪的爱情

到处弥漫着白砂糖的味道

如果看到一对恋人在大街上吵架

一定是谁偷偷少吃了五碗饭

一定是谁偷偷提起了科学问题

一定是谁要把总统职位

推让给另一个人

而另一个人一定号啕大哭

说是对方变了心

祁国《公元五○○○年》入选理由

一首荒诞主义的狂想曲。感觉祁国写飞了写高了，唾沫横飞妙语连珠幽默搞笑精彩纷呈。但祁国并没有写飞，也并没有写高，风筝的线头牢牢握在他手里，所有的荒诞都根植于严肃的内心。读者从这首诗中获得的阅读奇效，无不来自与现实的反差。正是这反差构成了荒诞，构成了幽默，构成了诗。

童年的月光

起子

抓黄鳝的人

昼伏夜出

但他的皮肤黝黑

他说月光晒的

比日晒还厉害

我将信将疑

他笑笑不说话

脱掉了他的白背心

露出白皙的皮肤

和他的手臂、脖子

形成强烈对比

抓黄鳝的人

赤身站在月光下

像穿了一件

白色背心

起子《童年的月光》入选理由

对于事物进行客观白描，是起子最擅长的手段，因此他常出佳作。这是一个技术活儿，口语诗的技术看起来朴素平实，要做好却非常难。从这一点来看，起子其实是口语诗里的技术派。这首《童年的月光》中的意象、细节和诗意的最终形成，无不体现匠心。唯有好的口语技术，才不会令口语诗沦为漫漶、松散乃至假借口语行浪漫主义之实的那些乱七八糟的东西。

我只有这么一双手
掌中的笔你随时可以夺去

我也只有这么一颗灵魂
那是一枚你永远无法催熟的梨

阮文略《无题》入选理由

在现代主义乃至后现代主义的今天，当代汉语诗歌还可以"诗言志"吗？阮文略的这首《无题》给出了坚定的答案：可以！但你心里得真有那个"志"，你心里得有真东西。真的假不了，假的真不了，很多诗人所谓的诗言志，不成立的原因皆是因为假大空。阮文略此诗，寥寥4行，却如铁钩银画，字字刻骨。非有刻骨铭心之心气而不能有此诗也，好一句"我也只有这么一颗灵魂/那是一枚你永远无法催熟的梨"。

没事

阮文略

没事。世界一定不会有事的对吧
转角那间酒吧不会忽然爆炸
你的好友不会忽然自杀
爱不会忽然剥落，太阳不会拒绝升起
没事。潮水依然涨退有度
女儿长大了依然
爱你。亲爱的，不管我怎样疲乏
你总会为我蹉跎剩下的岁月
街上没事，海上也没事。

我多么渴望这一切都成真
我幸福，世上每一个曾受压迫的人都幸福
每一个曾施暴的人都幸福
这样的祈祷或者连上帝都只会轻蔑地笑
哈哈哈
不要紧的，上帝
在你手中我有无限的时间，上帝
我来，我看见，我要说服你。

阮文略《没事》入选理由

我们对香港诗界该有多陌生，杰出如阮文略这样的诗人，时至今日才被"磨铁读诗会"如此郑重地推介——满额三首入选"汉语先锋·2020年度汉语最佳诗歌100首"。这首《没事》堪称当代汉语诗歌的经典之作，有杜鹃啼血之痛切，又有博爱温存之胸怀，更有不屈不甘之意志。有心酸，有无奈，有疲倦，有反抗，有无限的爱和温柔。一首真切的赤子之诗。

赶路者 阮文略

灯光碎落。

我想象车行在巨大的模型中
塑胶马路，木制桥梁和隧道口
火车站诡异地闪着白炽灯的光辉
今日我教到骨头的结构和成分
提起鬼火的原理
车停在大榄，我该转车了
矮墙外是树树外是林。

秋虫为这模型世界报丧
地狱在远方庆祝凉冬将至

这模型像我所活着的世界
有其独一无二的编号和出厂证明
排在前面的男人往马路边的渠口吐痰
往下坠落就直接抵达末日
哀哉，时间像一条歪七扭八的脊椎

每一节都以各自的方式
在剧烈疼痛
像一串挂在青马桥上的发光头颅
秋后了，天阴雾湿

新鬼们嘈切够了没有？

灯光凝固吧
化作齑粉，蝴蝶是唯一的液态
不要阻路，我们犹有千里孤坟未及打扫
就回头，把面包打碎
用加倍的沉默
静静地喂食这群厌世的蟋蟀。

阮文略《赶路者》入选理由

阮文略的第三首入选诗歌，与前两首明白晓畅的诗风不同，这一首意象密集险峻，幽深奇诡，属于"深度意象"之作，诗人试图以这样的方式呈现难以言明无法言说的复杂心绪。而诗中最见诗人才华的，当属"时间像一条歪七扭八的脊椎 // 每一节都以各自的方式 / 在剧烈疼痛 / 像一串挂在青马桥上的发光头颅 / 秋后了，天阴雾湿 / 新鬼们嘈切够了没有"这一段，写得冷峻森严，读来令人悚然。

我能在很多人脸上看到一座庙宇
一个魔鬼正在里面清扫银杏叶

沙凯歌《脸》入选理由

两行诗，必须写绝才能成立。这首诗的深度如果只到达第一句，那就是一首普
通的诗。但有了第二句，更重要的是，第二句和第一句不可分割，是从第一句
的身体上长出来的，是对第一句的疯狂拐弯，这个弯拐得如此之大，以至于抵
达了深刻！而"魔鬼正在里面清扫银杏叶"这个情境的设置，又让这个疯狂的
拐弯有了一个微妙的落点，让这首诗变得细腻。

读某中国诗人的诗集   沈浩波

读某中国诗人的诗集

我已经读到

他的九十年代了

一九九一年

一九九二年

我开始替他着急

怎么还这么青涩

这么优柔寡断？

快成熟起来呀

诗人

一九九三年

一九九四年

我越来越

着急

能不替他着急吗

我他妈的都

快要写诗了

你怎么还这么

有气无力？

历史不会停下来

等你

诗歌在暗处

蓄积着勇气

一九九五年

一九九六年

时间越来越紧迫

一九九七年

一九九八年

我已经开始写诗了

他还在

不紧不慢地

感伤

你在等什么？

怎么还没有

从年龄中汲取力量？

你的人生呢？

何其虚无缥缈？

一个世纪

都快结束了

剩下的一切

都意味着陈旧

一九九九年

二〇〇〇年

我的名作已经写出

对他过去所有的诗歌

完成了一场

屠杀

现在我

为他

默哀

沈浩波《读某中国诗人的诗集》入选理由

这类诗歌属于非沈浩波不能写出的那种诗，至少因为以下几个原因：以诗歌为己任的责任感、深厚的诗学基础、富有创见的诗学主张、对当代诗人作品的精研与熟读、精湛的诗歌技艺以及很重要的一点——不怕得罪人的公心和勇气。集以上几点者只有沈浩波。这首关于诗歌的诗，对于了解当代诗史与当代诗学，兼具草蛇灰线和提纲挈领的意义。当然，这首诗之所以打动人，首先还因为其中富含的沈浩波的个人生命印记，读者如果了解二十世纪八九十年代以及新世纪诗歌的嬗变，固然会有更深切的共鸣，但只需了解沈浩波出生于1976年这一点，就可感受到一个少年成长为一个真正的诗人时内心的那种激越、深邃和忧思。沈浩波的诗歌视野开阔，他不仅饱览古代和国外的诗歌作品，对当代汉语诗歌，无论什么风格、流派也都有深入的了解。批评的声音来自如此专业的阅读者，对被批评的人而言也是一种爱和尊重。

桂花树下

我的老家在苏北的一个小村庄
原来叫沈家巷，现在这个名字
已经消失了。家里的老楼还在
院子里种着一些蔬菜，还有几株
杏树和桃树。最高大茂密的
是一棵老桂花树，秋天的时候
满树花香，浓郁如蜜，这是我家
最珍贵的东西，陪伴过好几代人。
我家的微信群，就叫"桂花树下"。
老楼盖于三十年前，我爸我妈
和伯父伯母，想尽一切办法
花了三万块钱，盖起了这座楼。
现在里面只剩下伯父伯母两个
八十多岁的老人。伯父已瘫痪
坐在轮椅上，语言功能障碍
无法说话，时而清醒，时而糊涂。
四月四日，我回老家，大姐
大姐夫、二姐、二姐夫、大哥
都回来了。兄弟姐妹，相聚于
共同的家。大姐二姐做晚饭
我和大哥大姐夫二姐夫喝酒
伯母坐在旁边，笑眯眯地看着。
我们聊了很多小时候的事情

我爸揍我的时候，伯母心疼得
直抹眼泪；二姐小时候脾气坏
她舅舅气得要用斧子劈死她；
大姐结婚的时候，来接亲的人
在夜晚黑暗的马路上，载着大姐
在前面慢慢骑，我和二姐送亲
沉默无语，在后面跟着走。
大哥对我说，你写写家里的事
我说我早写了，比如写你爱哭
大哥哈哈大笑。伯母已经困倦
但不肯去睡，她要和我们一起
听我们聊天。这些天她心情好
先是大哥和二姐把她接到上海
检查身体，她腿疼得不能走路
终于查出病因，可以对症下药
我们又都回到老家，桂花树下
充满了笑声。伯母年轻时很美
现在，和我们一起，在餐厅灯光
的映照下，满头银发闪闪发亮
依稀能看出年轻时的美丽容颜。
她不知道，大哥最近经常偷哭
哭完告诉她，她得的病是骨结核
慢慢治，就能治好，伯母相信了
充满了期待。此刻我们都在欢笑
没有人告诉她肺癌晚期的真相
这是笑中带泪的相聚，简单

而值得珍惜的生活。哥哥姐姐们
紧密相挨，以最深切的爱意
陪伴他们的母亲。他们比我大很多
带领我长大，直到现在，这个夜晚
仍在给予我，有关生活和爱的教育。

沈浩波《桂花树下》入选理由

这首诗，是文明的孩子，在写"最后的晚餐"，诚如韩东所言，是亲情之诗和叙事诗的双重典范。沈浩波素以先锋、锐利引领诗潮，本诗虽不能完全视为他的转型之作，但确实有开中年写作之新局的气象。全诗有浓得化不开的爱意，背后是生死离别的底色，欢欣疼痛交织，笑声掺和泪水，张力十足，感人至深。作者采用了虽然已长大但仍然是孩子的"我"的视角，使全诗像一次伤逝追忆、一首爱的挽歌、一场倾诉般的祈祷。众多诗中人物和漫长的家族历史被不露痕迹地置于桂花树下的晚餐桌上，如一幕话剧，也像一幅生动的油画，光线与气息都活色生香，折射出时代的变迁与人性光辉。沈浩波是天赋极高的语言之子，是诗歌家族和血缘家族里的浪子，是外在狂傲内心纤细的艺术之子，是貌似叛逆实则赤诚的文明之子，这首诗暴露了他在《蝴蝶》中写的一句诗是真的："我在假装坏人，你们相信了。"

生命中的某一天

盛兴

当他走出家门

绕到屋子后面

那儿有一道斜坡

两边种着梧桐树

他听到大儿子

别别扭扭的钢琴声

小儿子骑着那匹瘸腿的木马

吧嗒吧嗒

妻子边咳嗽边打着电话

保姆在南边的阳台上

扑扑扑

冲着阳光甩衣裳

当他攀上坡顶

看到的和听到的如出一辙

他看到屋子里

每一个人身上

都笼罩着一圈光芒

妻子的光芒

大儿子的光芒

小儿子的光芒

保姆的光芒

盛兴《生命中的某一天》入选理由

一首温暖的诗，一首心中洋溢着爱的诗，一首充满生活之美的诗。这样的评价似乎不太像是在形容盛兴的诗。作为一名视真实为宗教的诗人，盛兴这几年的写作，更多的是在逼视生活，逼视生命。他掀开所有遮蔽物，力图回到事物本来的样子。因此他的诗中常有不堪和残缺。但这首诗却显得全然不同，在盛兴的诗中像一个异类。原来在至纯粹的真实原则下，爱与温暖依然有着永恒的光芒。

你的头发

束晓静

柔软蓬松

头顶心白了

五年来

都是我在打理

这个活儿

前女友前妻

都没干过

我妈常说

男人的头顶

不能随便摸

妈呀不摸他

怎么知道

你有一双

如来佛的手

束晓静《你的头发》入选理由

一首特别动人的情诗。"我妈常说 / 男人的头顶 / 不能随便摸 / 妈呀不摸他 / 怎么
知道 / 你有一双 / 如来佛的手",真是写得既俏皮又温馨,这是爱情最好的样子。
在最生活化的场景中,有最美好的情感,用最生动的口语呈现。在古往今来所
有情诗杰作中,当有此诗一席之地。

在菲祖利城

苏不归

他不小心按响车喇叭

茂密的树叶秒变黑鸟

一排树木颤抖起来

几万只乌鸦

在停火线上空

挥动双翼

尖叫着

越飞越远

变作一件

被战火打成筛子的

黑色斗篷

苏不归《在菲祖利城》入选理由

2020年，发生在亚美尼亚和阿塞拜疆之间的纳卡战争爆发，中国诗人苏不归在那之前不久刚刚去过纳卡，那里有他的朋友季马。季马当然也被卷入战争，纳卡的男人几乎都上了战场。一场离中国很遥远的战争因此进入了汉语诗歌。正因为纳卡是苏不归身体亲历和情感投射的现场，这场战争才会如此真切地被他呈现出来。诗歌只属于心灵的现场。在菲祖利城，汽车惊动乌鸦，几万只乌鸦飞翔在停火线的上空，这不是电影里的细节，是诗人之眼抵达的遥远现场。

原来是野兽啊

唐果

加入追逐的行列
你是野兽
落入被追逐的队伍
你是野兽

追逐时怀揣利刃
你是有手的野兽
被追逐时丢弃武器
你是四肢着地的野兽

追上野兽
你是长着獠牙的野兽
被野兽追上
你是被分而食之的野兽

进食时
你是心情愉悦的野兽
被分而食之时
你是哀号的野兽

咀嚼时
你是被亲友簇拥的野兽
被吃得只剩骨头时
你是孤独的野兽

唐果《原来是野兽啊》入选理由

一首激愤的批判之诗，一首思辨的拷问之诗，一首真实的揭示之诗，一首尖锐的人文之诗。孟子说，"人之所以异于禽兽者几希"。而云南诗人唐果几乎在诗中对孟子的这一结论做出了精彩而具体的举证。是的，"人之所以异于禽兽者几希"，人太类于禽兽了，那么人何以为人？诗人不负责给出答案，但这才是这首诗给读者留下的最深刻的追问，也是这首诗外延的诗意空间所在。

口罩 唐欣

口罩除了防病　还有蒙面的
效果　抢劫犯就总爱戴着它
而对正经人　可就有点尴尬了
有天早晨　我从外面骑车回家
在过街地道入口处　迎面碰到
一位刚推车上了楼梯的女郎
我注意到　看上去她对我还
颇为感冒　奇怪　没事盯着我
干吗呀　擦肩而过时　她居然
开口了　爸爸　我上班先走了
直到这会儿　我才反应过来
嘿　原来　竟是我的女儿

唐欣《口罩》入选理由

一个诗人要写多少年，才能写出一种独属于自己、其他人连模仿都不可能的语言？唐欣就是这样一种诗人。淡淡的、带有某种碎碎念味道的家常口气，轻微的转折和起伏，不易觉察却一直在变化的节奏，以及一种老实人的狡猾和幽默，共同构成了唐欣的语言。这样的语言，令他往往能在最平淡无奇中实现诗意。诗意无处不在，关键是看诗人之心能否体察，并且能否用语言将其呈现出来。《口罩》是唐欣众多类似佳构中的又一首。

多刺的花儿

图雅

他拍的绿绒蒿开蓝色的花。
这种蓝太少见。

100年前，洛克等西方盗花贼就盯上了它。
后来带到欧洲，现在养在他们的家里。

今天有可能遇到黄色的。
只有中国西部草原上有。
一朵蓝花与一朵黄花相隔数百公里。

他告诉我这些后，就消失了。
像一只藏羚羊回到了它的晚霞中。
只有绿绒蒿分给夜空一些珍贵的克莱因蓝。

再热的天到了晚上，青海的草原也凉。
把骨头长在外面的绿绒蒿不更凉吗？

图雅《多刺的花儿》入选理由

图雅的这首诗很有特点，用一种完全非常规的技术手法，神秘地实现了诗意，实现了神秘的诗意。这首诗的内部跳跃性极大，构成了很大的信息空间和诗意空间。所以这首诗同时传达了充分的信息量和大自然神秘的诗意，而理性的信息量与感性的诗意彼此作用，相互抵消和支撑，令这首诗既没有滑向枯燥，也没有滑向矫情，形成了非常稳定而高级的内在结构。一首写绿绒蒿的诗，能写到这个程度，写出这种特点，殊为罕见。

博罗曼

王小龙

只要想看，他就能看到远处的人工湖

冬季，谁派出了白鹭低空侦察

双翼倾斜着自信地掠过苇尖

晨雾散去，当柳树抽枝

雁群的翅膀会来覆盖湖面

岛礁被先到的白鹳抢占

丹顶鹤在浅滩吹响申诉的长号

天鹅出巡，它们负责优雅的准则

以倒影遮掩水下的忙乱

而芸芸鸭类是假期中的孩子们

总是不讲究节拍地大声赞叹

隔着玻璃，他观察人工湖上的动静

从清晨到黄昏，能看上一整天

请允许我用人称的"他"

而不是人以外的"它"

无非是数百万年前的一场选择

你们从树上下来，走出丛林，走出非洲

毛发越来越少

穿着越来越多

脑袋越来越小

胃口越来越大

而他们留在造物主赐予的领地

从未越过单纯、善良和敏感的边界

从未伤害过你们

虽然被叫作泰山

他们能轻易折断胳膊粗的树枝

可不会拆毁人家的房屋和村庄

他们的食物是树叶和水果

偶尔吃肉，但不吃人肉

谁要能举出一例

这首诗不必读完

他们在树干和石壁上留下必要的符号

你们进化得可以，创造出费解的文字和论断

那些文字里隐藏了怎样的罪恶，去翻翻

太多的野心、阴谋、出卖和背叛

数百万年过去，他们仍然会和你们意外照面

会危险地被望远镜和准星发现

那些潜入雨林的直立者

已经会熟练地使用屠刀和自动步枪

想象一下历史上所有的杀戮现场

想象不满周岁的博罗曼

被铁链拽上走私快船的甲板

那天起，连奔跑的自由都只在梦中

忍受是活下去的条件

每一根毛发都有记忆，二十年

浑浑噩噩的一天又一天

品名：大猩猩　　发货：鹿特丹动物园

收件：上海动物园　　日期：1993年

醒来，你会不会问自己

我是谁，我在哪里，我从哪里来

没人会告诉你，因为

没人知道如何解释这个世界

我去西郊看你

你在玻璃墙里面

身躯伟岸

银背凛然

尽管囚禁

拒绝表演

这么单纯、善良和敏感的龙哥

居然被限制在四面碰壁的透明空间

一天又一天

又是二十年

这世界依然没给你公民的身份

同样，这城市也没给你市民的权利

你被人类判处终身监禁

一名好吃好喝供养起来的囚犯

我最后一次去看你，五年前

你靠墙端坐，像刚来的第一天

两眼正视，目空一切

老了，记忆会冒出来替换眼前

只要想看，你就能看到远处的邦尼湾

看到无边的雨林和高耸的火山

看到家人栖息，像游击队张罗宿营

看到玩耍时影子的躲闪

那片土地与你同在，喀麦隆

最美好的非洲与你同在

你呼啸起飞，从一棵树到下一棵树

在空中辨认熟悉的呼唤

这么自以为是一意孤行的龙哥

居然也会来日无多彳亍而行

他走了过来，真难以置信

走向挤在前排的孩子们

伸出左手，用一个指头

在大玻璃上慢吞吞地画着

山的倔强，水的柔软

红的有明有暗

绿的有浓有淡

紫色的浆果在枝叶中眨眼

蓝色的鹦鹉啰里啰唆

太阳在海上的反光一闪

照亮了露珠和这世界不配拥有的秘境

孩子们不讲究节拍地大声赞叹

他画着，只要想看

他就能看到生命的全部安排

无限可能

无限不堪

无限渺小

无限荒诞

王小龙《博罗曼》入选理由

大作！杰作！本诗因其高超的技艺、淬炼的语言、深刻的关怀、沉痛的愤怒、伟大的情感，堪称2020年汉语诗歌中最强大的一首，没有之一。王小龙的这首诗融优美、雄浑、沉郁于一体，有惠特曼之铿锵、金斯堡之愤怒、桑德堡之厚重，而情感更为细腻，笔触更为精粹。强悍的灵魂与老练的诗笔共谱此篇歌剧般的诗歌。杜甫有诗可赞王小龙："庾信文章老更成，凌云健笔意纵横。"

扔掉冰块儿的那个中午　　　　　　　　王有尾

一个十几岁的男孩

手握一大块儿冰

一群小孩

跟在他身后

他的手通红通红的

但一直紧握着

那块儿冰

我喊了他一声

他抬头看见我

喊了一声"爸爸"

赶紧扔掉

手里的那块儿冰

王有尾《扔掉冰块儿的那个中午》入选理由

这个中午的场景是诗，这个场景里扔掉冰块的瞬间是诗，一个诗人父亲看着自己的孩子，那一瞬间，他就看到了诗。再平凡不过的场景，再普通不过的瞬间，谁能意识到它是诗？不仅仅得是诗人，还必须得是父亲，因为爱才能令诗人长出这样敏感的眼睛。手里握着冰是诗，手里握着别的，还能构成这样的诗吗？也许就不能了，因为诗还有不可言说的属于语言和意象的微妙。

揉成一团　　　　　　　　　　　　　　　　　忘川

风把云揉成一团
把树揉成一团
把一个个人揉成一团
风把黑夜里的黑和昏暗揉成一团

一团又一团像云一样升起的
是隔壁丈夫的呼噜声
年轻的妻子把一床被子揉成一团

忘川《揉成一团》入选理由

诗人把自然和生活揉成了一团，揉得那么自然，那么真切，那么浑然一体。诗很短，内容却很丰富，起兴比赋俱全，而又充满微妙的暗示。山东诗人忘川的这首诗，写得细腻，写得巧妙，充满对生活的穿透力。忘川是能够看到生活细节的那种诗人。

殖民地   苇欢

嘈杂的街上，她掐了电话

耳边响起

那个名校毕业的理工男

曾对她说过的话

"你以为你比得过飞机吗"

"你以为我不知道你写的是什么玩意儿吗"

"除了生孩子，你有别的用吗"

像电影独白突然被扩音

整条街道瞬间归于沉寂

他在她的身体里拓荒多年

像一块经历过反复抵抗与暴动的

殖民地一样

她独立了

黄昏的落日下，她坚信

全世界殖民地

必得解放

苇欢《殖民地》入选理由

在全球女权主义运动如火如荼的背景下，中国女诗人苇欢的这首诗，足以跻身世界女权主义诗歌的杰作之林。这既是一首诗，也是一篇宣言，更是一次生命的突围！"她独立了 / 黄昏的落日下，她坚信 / 全世界殖民地 / 必得解放"，听到了吗世界？这振聋发聩的声音！

未寄出的信　　　　　　　　　　　　　　　　吴冕

亲爱的

我最近总是睡不着觉

麻木的样子有时候像一类动物

我有理由憎恨这样

有的人活着只是生存

有的人因为生存上瘾

我两者都不是

这正是问题的源头

我想你已经忘记了

夏天我们共同见证过的神秘

也许你怀疑过它的存在

当然了，那是属于我的神秘主义

每个人都应该有自己的上帝

这两年来，有很多次机会

我把名字写在白纸上

于是有的成了协议

有的成了诗

协议锁在保险箱

我写给你的诗

留在一张粘着你口红的餐纸

没有署名

高中时

被男孩强暴的噩梦

是不是还在折磨你

抑郁还会在夜晚发作吗

你有过那么多次

想死的念头

我后来也有过

不过转瞬即逝

我在那个瞬间才真正理解了你

大多数人终其一生

是为了在死前

不惧怕死

一如我们孩童时

胆敢去悬崖边

偷老鹰蛋

吴冕《未寄出的信》入选理由

以一封信的形式展开诗歌，于是就构成了倾诉和想象中的倾听。这样的诗容易走心，也必须走心，因为所有的读者都成了倾听者，他们能听出你是否真挚。吴冕这首诗就写得非常走心，里面有好几场内心戏，厉害的是，里面每一种内心的声音都是高质量的声音，都是来自敏感多思的心灵的声音，每一段都经得起反复倾听。这封信并没有什么目的，不同的内心戏之间也并无强行关联，看起来有点松散，但读进去了，又觉得这些段落互相叠加出了一种更强的效果，仿佛置身于一场混响效果极好的音乐会。

芝加哥夜景

吴雨伦

客机飞掠

密歇根湖畔的芝加哥

在两千米的上空

飞掠

一幅极简主义画作

光影 线条 微弱点缀的

文明

空无 漆黑 无限延展的

自然

吴雨伦《芝加哥夜景》入选理由

吴雨伦再次表现出强烈的人文感受力和精粹的语言提炼能力。他从出道以来，展示出的就是一种非常老成的思考方式和呈现方式。绝不在诗中有任何叽叽歪歪的停留，绝没有停留在情感表层的肤浅表达和无效抒情，而总是试图以理性的思维能力和智性感知力直接切进事物的本质，用准确的语言和意象形成思考的结晶。

扇子在我手里摇了几下

被扔在床上

就像在床单的一角作了幅画

有山水、小岛和楼阁

徐徐的微风

似乎正从那里缓缓吹出

毋毋类《扇子》入选理由

去年，艺术家毋毋类以一首《人质》入选了"2019 年度汉语最佳诗歌 100 首"，那首微妙的短诗令很多诗人为之惊艳。今年又是一首微妙的短诗。这种对细小处、轻微处的诗意呈现，最能体现一个诗人心灵的细腻度和笔触的敏感度。落笔轻而诗意现，说明诗人的诗性好。

苏格拉底在广场上　　　　　　　西毒何殇

苏格拉底在广场上
拉住那个行人问：
"我们的终极追求是什么？"
那人没有犹豫
大声回答：
"创建全国文明城市！"

西毒何殇《苏格拉底在广场上》入选理由

谁能想到诗人煞有介事地用一个苏格拉底的著名典故入诗，却迅速翻转出一个令人捧腹的荒诞答案。荒诞吗？却又正是活生生的现实。对现实的批判，未见得都得像社会批评家般金刚怒目，诗人自有诗人的方法，比如西毒何殇的反讽，幽默而辛辣，更能发人深省。反讽是当代诗歌的一个重要技艺，是口语诗的重要手段，反讽用得巧，如同四两拨千斤。

释放

西娃

每次出远门前
我会把屋子彻底收拾干净
从未穿过的双双绣花鞋
摆在最明显的位置
看过一遍又一遍的圣贤书
拜过一次又一次的佛像与佛经
收藏在箱子里
落地窗帘拉得严严实实

我把空间全让给你们
那些因我在，因圣贤在，因佛经佛像在，因光在
而躲在我屋子里的生灵们
你们需要自由伸展的空间

就如每月必须有一个夜晚
我故意把自己灌醉
那些因理性在，因圣贤在，因佛经佛牌在，因光在
而不敢肆意冒出的堕落、厌倦、颓丧……
必须在大醉中
获得啤酒泡沫一样的空间

西娃《释放》入选理由

西娃不仅仅是拥有神秘经验和神秘意识的诗人，更重要的是，这一切对她来说是生命和生活的日常。否则她不会写出《释放》这样的诗，不会如此自然地关照着那些神秘的、阴影中的、被压制的、被囚禁的生灵，如同那些被压抑的情绪，那些堕落、厌倦和颓丧。被囚禁的暗影生灵，被压抑的厌弃情绪，西娃将这两者并置，就抚摸到了生命的"月之背面"。这是一首哲学意味很浓的诗。

上帝的味道   西娃

我带着五个六到十五岁的孩子

玩精油，他们每人

画了一幅想象中

上帝的肖像

我说，展开想象力

上帝是什么味道

把与之对应的精油

滴在画上

一个孩子滴了檀香

他说上帝像爸爸：高大，可靠

一个小胖子滴了

生姜、茴香、黑胡椒……

他说上帝是一道卤菜

一个小女孩滴了

玫瑰、天竺葵、罗马洋甘菊……

"上帝就是一座花园，好闻极了"

一个戴眼镜的男孩

滴了百里香、茶树、麦卢卡

"就是这样，上帝

有皮鞋的味道"

患轻度抑郁症的孩子

皱眉闻着

绰号为希特勒精油的牛至

她附在我耳边轻声说：

"我经常在梦里闻到

尸体味道，跟这差不多"

她把它滴在了

上帝的肖像上

西娃《上帝的味道》入选理由

诗歌养活不了诗人，因此诗人大多另有社会工作。西娃现在的工作与精油相关，这蚕食了她大量的精力，影响她写诗了吗？她干脆把精油拓展成写作的重要资源和题材，她已经写了很多与精油有关的诗，这是最新的一首杰作。孩子们感受着各种芳香植物的味道——来自大自然的味道，又在头脑中想象着上帝的形象和味道。因此上帝是父亲的味道，是卤菜的味道，是花园的味道，是皮鞋的味道，是尸体的味道……

古董商 西娃

又一个收藏古董的男人
说爱上了我

不了，不了……

我最长久的爱情，跟一个
收藏西藏佛像与古钱币的
最短的，跟收藏破窗朽木烂砖的……

不知我什么样的
朽落气味，吸引了这类人
抑或我在某一刻
有意无意诱惑过他们——
"收藏我，我有一颗老魂灵……"

而最终，我像一个被做旧的
假货，不那么轻易
又轻易地被识破

西娃《古董商》入选理由

西娃写诗从来都是"来真的",把自己最真实的生命和生活完整地搁进诗里。西娃敢玩真的,而大部分女性诗人往往不太敢玩真的。玩不起真的,干脆不玩真的,这就是差距,这是生命的差距,哗一下就拉开了。这首《古董商》中,西娃对自己解构得够狠。为什么总有从事古董行业的男人爱上自己?莫不是因为自己也有一颗朽落残旧的老魂灵?往往这种情感又不得善终,自己终究更像一个做旧的假货。西娃之所以敢对自己下刀子动狠手,敢这么解剖解构自我反讽,不是因为她有多勇敢,是因为她足够坦诚和自信。

杂事诗·安   徐江

晚安！一天的悲伤
树垂下了脑袋
凉秋就快到来

晚安！一年的悲伤
病毒还在杀人
凉秋还在路上

晚安！整隧道的玻璃碴儿
嚼它们的人走了
好奇的新人来尝
他们三三两两

晚安！更远的更亮的更带希望的字纸
诗的手稿时间的钞票
亡魂一层覆盖了一层
它们的塔通到了月球上踩着雨梯

晚安！母语的黄金
没有时代，是的，只有黄金
从来没有黄金的时代
但这不等于它不会到来

晚安！手中酒杯的倒影

烟的倒影、声音和音乐

一生的倒影

它们折叠成为新的一代熟悉又陌生

晚安！晚安中的一切

成为晚安的早安

一个个离去的疯狂

来吧！夜就是这样，它值得更疯狂

也只有更疯狂

徐江《杂事诗·安》入选理由

"亡魂一层覆盖了一层，它们的塔通到了月球上踩着雨梯"——这是最熟悉的徐江式的诗句，怅惘与希冀，犹疑与坚定，混杂在一起，如同雨后藤萝般从泥泞中攀缘生长。这样的诗句一出来，我们就知道徐江又写出了一首抒情杰作。而"晚安！整隧道的玻璃碴儿／嚼它们的人走了／好奇的新人来尝／他们三三两两"又给这首诗深埋进愤怒与叹惋。同一首诗中，七八种不同的情绪，程度轻重不一，有时相互对抗抵消，有时彼此加强，融化在一起，渗入诗的泥土，构成丰富、复杂、难以名状的抒情矿脉。

完美

轩辕轼轲

他把人群

蹭成了

一条胡同

越跑越深

一抬头

看到了她

横亘在眼前

心下一惊

"真完美

死胡同"

▍轩辕轼轲《完美》入选理由

又是一首被轩辕轼轲写尖写绝了的诗。面对这种诗，能说什么呢？这就是那种
轩辕轼轲灵机一动时脱口而出即成绝句的诗。哪怕是同样的意思，换个人写，
绝不可能像轩辕轼轲这样写得敏捷、轻盈、跳脱，绝无半点拖泥带水的笨拙。
轩辕轼轲的语言，本身就是一种智力，一种生命力。

致母亲

严力

被你带进这个世界
我注定在你的祝福中如鱼得水
畅游江河湖海之外
更识别了利益鱼饵的诡异以及
人为旋涡的深浅
我曾用几十年憋足的一口气
潜泳在讲究生存定义的诗歌里
并且深深地领教了
只要是鱼缸
就不可能大于它的局限

岁月波涛汹涌
你与我告别的日子
突然降临
而定居我体内的你
祝福继续伴我冲浪千里

这也是你带我再次出世的日子
那个上天入地的新世界
你也是第一次去
而我的联想
则在后面第二次蹒跚学步

你是永远的

其他的乳汁没有可比性

我坚信血肉的称呼

不相信任何绑架情感的

抽象名词

严力《致母亲》入选理由

一首读来分量沉重的诗，这里的沉重不是悲伤的沉痛，不，这不是一首悲伤的诗，这是一首真挚沉郁的诗，因情感结实真挚而显得沉甸甸的。严力素来是一个思辨型的、结构和语言机锋频出的智性诗人，这首诗中仍可见其语言与思维的基本特点，但它们却更多地让位给了朴素和直接。因为"致母亲"的情感，自然具体得无须更多思辨，所以就拥有了另一种重量。

认真听狼格说狼格的遗憾　　　　　　　　　　杨黎

今年春天，狼格的母亲去世了

狼格说，他要办一个最热闹的葬礼

彝族人就是要把丧事办热闹

他要邀请他认识的朋友

都穿着彝族服装出席（他买了三百件查尔瓦）

他还要请最好的毕摩来做法事

（不是一个，是一群）

他还要请全世界的彝人歌手，请他们

来唱歌，一首一首把彝族五千年

的歌，一首一首从头唱到现在

但因为新冠疫情，他的想法落空了

杨黎《认真听狼格说狼格的遗憾》入选理由

这首诗里有情感，如果有人看不到这情感，那是他自己的问题，不是诗人的问题。这样的情感才是高级的情感——无法言说，全在诗里。吉木狼格为其亡母的葬礼所做的周密而精心的安排当然构成一首诗，但并不是一首特别高级的诗，他这个想法落空了，就构成了一首高级的诗！那种遗憾啊，才是一首诗。杨黎把这遗憾，写得余音绕梁。

北郊火葬场 　　　　　　　　　　　　　　　杨黎

1985年，春天

我外婆从这里走的

2000年秋天

我爸也从这里走了

2020冬天刚到

我妈来了，我和杨又黎

在这个阴冷的凌晨

在一扇玻璃门外

一会儿，我们捧着一盒白骨

默默地回到市区

大街上已经开始很堵车

杨黎《北郊火葬场》入选理由

又是一首情感炽烈的诗，当然和我们通常所理解的"情感炽烈"的表现方式完全不一样。这才是真的情感，真的炽烈，真的沉厚。杨黎的抒情是我们时代最高级的抒情。杨黎自己说，他的诗有一类是有所表达（不是废话）的诗，有一类是试图超越表达（也就是无所表达吧）的诗。我们选出的总是他有所表达的诗。有所表达时的杨黎和他那具有魔法的语言，才真的是金风玉露的相逢。

2020的洪水 杨黎

一个泸州的小姐姐

半夜被大水冲走

冲到了重庆，直到早晨

东方已经发亮

她终于被岸边的人捞起来

一上岸她就放声大哭

哭得救她的

几个男人也忍不住哭，滚滚

而去的大水啊

继续滚滚而去

杨黎《2020的洪水》入选理由

同样的事件，不同的诗人写出来，就有完全不同的效果。想象一下，杨黎这首诗里的事件，如果是其他诗人写呢？有的会写成故事，有的会写成段子，有的会写成新闻稿，有的会写成鸡汤抒情，而杨黎写成了诗。杨黎用他的语言，将事件创造成了诗。事件是具体的形而下，语言是抽象的形而上，它们之间的张力，令诗意得以被创造出来。这就是上帝说要有光，于是便有了光。更何况，这首诗里还有滚滚流淌的情感。最好的诗人，乃是有心灵的神。

张爱玲的晚年　　　　　　　　　　　　伊沙

27万美金

加300万港币的存款

真有点对不住

豆瓣文青谓之的"潦倒"

对于重新红起来这件事

保持高贵的无感

对老乡夏志清

近乎夸张的吹捧

也有点儿听不明白

依然是从一家旅馆

到另一家旅馆地

逃蚤子

逃离人

最完美的一生

就是将年轻时选的路

跑到死

伊沙《张爱玲的晚年》入选理由

伊沙现在所追求的，不是那种精磨细刻"写"出来的诗，而是那种脱口而出"说"出来的诗。这里面综合了他的三大美学追求。一是口语，没有什么比"说出"更接近口语的了。二是"有话要说"，他一直都是那种有话要说，必须说出的诗人。有话要说，前提得"有话"，以及有什么样的话，说出什么内容。伊沙的写作，追求内容，追求有心灵含金量的内容，对这个世界有鲜明的态度，有舍我其谁、必须说出的话。三是"我口说我心"，追求的是心口合一，心到口到。《张爱玲的晚年》正是这样一首诗，有话要说，张嘴说出，心到口到，说得漂亮。

送诗人任洪渊 伊沙

传送恩师噩耗的雨

让长安滚入秋天

大疫阻绝

无法亲送

先生一路走好

在天国

步入众神之列

活着的人

写秋天的诗

行冬天的路

去往春天

伊沙《送诗人任洪渊》入选理由

伊沙的上一首入选诗，写的是张爱玲，这一首入选诗，送别的是任洪渊。写给张爱玲的诗中，他说："最完美的一生／就是将年轻时选的路／跑到死。"送别诗人任洪渊，他说："活着的人／写秋天的诗／行冬天的路／去往春天。"对于写作者来说，这是最好的知己之言，其中包含着伊沙自身对于写作本身至高的虔敬和刻骨的认知。也唯有真正的写作者，才能对伊沙的这些诗句心有戚戚。

数字与细节——再送洪烛　　　　　　　　伊沙

1988年冬至1989年夏

半年之间

王军同学5次进京

其中4次借宿于我的床板

带着一堆发表作品复印件

跑了50多个单位

最后一个磕成了

他从派出所办理好

北京户口的那天

老天爷哭了

他手一哆嗦

户口簿掉泥水里

所以我平生所见

唯一的北京市户口簿

上面有一抹擦不掉的泥印子

伊沙《数字与细节——再送洪烛》入选理由

31年前的一个泥点子大的生活细节，31年之后被诗人重新呈现在诗里。我们当然会赞叹诗人的记忆力，但更应该意识到，这样的诗只能出自对"细节"之力量有极其深刻认知的诗人之手，只能出自对细节运用之能力已炉火纯青的诗人之手。谁是中国对细节的理解和运用能力最好的诗人？当然是伊沙。而只有来自生活的细节，才是真正有质感的细节，如此致命的细节力量，修辞无法抵达，想象力也无法抵达。这泥点子大的细节里，藏着诗歌的诸多要义。

公园   尹丽川

孩子们汹涌向前
冒着热气，皮肤闪光

老父母跌跌撞撞，影子迟缓
下台阶需要搀扶

一个保安拿树枝不停驱赶
冲下来觅食的鸽子

飞上去又飞下来
飞下来又飞上去

中年像一网兜的鱼掉出来
扑腾两下，又自动跳回去

幸福是游人们倚树拍照
戴着口罩，依旧拈花微笑

尹丽川《公园》入选理由

2000 年，尹丽川写过一首诗，名叫《深圳：街景》；2020 年，她又写了这首
《公园》。两首诗比较着读，更能感知尹丽川的白描能力、勾勒能力、蒙太奇式
的镜头能力。中间相隔 20 年，因此与飞扬跳脱的《深圳：街景》相比，《公园》
更有一番历经世事后的沉厚滋味。不变的是尹丽川轻盈敏捷地进入事物的才
华——"中年像一网兜的鱼掉出来 / 扑腾两下，又自动跳回去"。

望南溙山　　　　　　　　　　　　游若昕

在红绿灯路口

抬头望

不远处的

南溙山

看不见塔

塔被浓密的云淹了

我是塔

路上的车流淹了我

我不是塔

我看见了

南溙山上的云

把塔淹了

游若昕《望南溙山》入选理由

这是游若昕14岁时的诗作，但我们选入游若昕的诗时，并未考虑她的年龄。她
已经写得足够老到干练，不需要任何人在做任何编选时刻意考虑她的年龄。熟
悉小游的人都知道，她几乎是一个资深诗人了，6岁开始写作，至今已有9年。
所以《望南溙山》写得如此巧妙，塔与人随意切换，写出了某种都市禅意，把
南溙山写出了田纳西州那只坛子的气象，所有这些好，出自游若昕之手都不足
为奇，她只要正常发挥，就该有这样的高水平。

疫中 游若昕

昨天下午

我第一次出门

小区旁边的篮球场

空无一人

几个口罩

对着

已经没有

球筐的篮板

投篮

游若昕《疫中》入选理由

游若昕6岁写诗，因其诗感好，很快便引人注目。这种诗感，乃是天赋才华。不要说所有孩子都是诗人，在游若昕面前，人们所谓的"所有孩子"就立刻都不是诗人了——没那天赋！诗歌这一行，对天赋的要求尤其高，有人写一辈子诗，仍然没那个天赋。有人一首诗中一两句，就足以看出天赋。比如这首《疫中》：小区的篮球场空无一人（"空无一人"在这里用得好极了），只有几个口罩，在对着没有球筐的篮板投篮。这就是诗感，这就是感觉好，这就是天赋。如果有人读到这样的诗，而读不出其中的天赋，那大概就不必读诗了。

墓志铭

游子雪松

来自老家确切的消息——

故乡目前还没有发现一例冠状病毒

这让我释然，欣慰。千里之外的那片故土

是我一生都无法割舍的牵绊

那里是生养我的土地，现在

依然住着我的亲人、故旧和亲朋

瓦埠湖、古芍陂、长淮与淝水

骨头里浸润它们生生不息的方言和胎记

这首诗不长，不用公开浏览和发表

假如，在异乡我走不出这次春天的逃亡

当你打开朋友圈，就能读到这首我的

墓志铭

游子雪松《墓志铭》入选理由

这应该是 2020 年读来最令人感到疼痛和悲伤的一首诗。安徽诗人游子雪松，疫情暴发期间被困湖北，染上了新冠肺炎，写下了这首《墓志铭》，不久后便去世了。这是诗人的绝笔，天鹅的绝唱。在读到这首诗之前，我们其实并没有听说过这位诗人，而当我们读到这首诗时，他已陷入长眠。这是一首平实、诚挚、恳切的诗，饱含对人间的深切情感，充满生命的体温。最后那句是真正的绝唱，"假如，在异乡我走不出这次春天的逃亡 / 当你打开朋友圈，就能读到这首我的 / 墓志铭"。

两个套盒   宇向

上帝在他的造里

造空间的空间：大鱼肚子

造时间的时间：三天三夜

在"要有光"里说：要有忏悔

忏悔室里的人名约拿

一个逃跑被抓回的人

忏悔室有名：监狱

人不能逃脱之境名上帝

上帝是人不可逃脱之意

上帝之意是要人不逃脱

约拿在鲸鱼的胃液里

活三天

置不顺从的约拿于绝处

其必顺从于祷告

这是一颗心，无期的

这条大鱼有一颗因迷糊而忏悔的心，名约拿

这心在忏悔，"我的心在我里面迷糊的时候"

宇向《两个套盒》入选理由

非常形而上的一首诗。或者说，是形而下用形而上的方式对形而上进行反抗与
辩驳的一首诗。强大而辛辣的思辨力量，令这首诗充满了人之作为人而思考的
尊严。"人不能逃脱之境名上帝"，漂亮的一击；"上帝是人不可逃脱之意"，连
环击打；"上帝之意是要人不逃脱"，打得稳准狠，直取靶心！"置不顺从的约
拿于绝处 / 其必顺从于祷告"，可不是嘛。

用笔建归属

为人得其所

光、树木、花丛亦欣然

用家中小钱

帮助同道

互为模特

二十九岁。英俊、羞涩的巴齐耶

仅仅来得及

去拥有一场战争

另一个巴齐耶去地下室画大自然

停战。开战。一轮又一轮

计日以期

他可以活到一战

甚至"二战"

唉，高龄的巴齐耶

画也画不完的风景

偶尔：白茫茫画里痛失亲人

有一张尸体写生：爱人待葬

另一个巴齐耶走避他乡画教堂

画舞会。辗转着。画午餐

画日出。活下来。画裸体

老病时困在轮椅里

手坏掉就绑上五根画笔

画数不清的花

另一个巴齐耶哀求又怒怨

都没打动巴齐耶

子弹穿过的青年巴齐耶

倒进滚烫的泥尘

如同另一个巴齐耶

深深陷入无边的亚麻布

宇向《残酷的画》入选理由

莫奈的密友，法国印象派画家巴齐耶，1841 年出生，1870 年去世，死于普法战争，年仅 29 岁。宇向这首诗写得残酷，写得狠。但真正可贵的是，宇向并没有用一种"狠"的方式来抵达残酷，而是耐心地描述"另外几个"巴齐耶的人生，那是一个艺术家本来该有的一些人生可能。另外那些巴齐耶苦苦哀求 29 岁的巴齐耶，但仍然无法挽留。巧妙的构思和耐心的描述，令这首诗抵达了残酷、同情和惋惜，用并不狠的方式，令读者读出了命运之狠。

带刺的纪念，或葎草简史　　　　　　　　　　臧棣

只有在平原的尽头
才会呈现这样的势头，雨后的大地
就像一张飞累了的深色绿毯；
布谷鸟的高音喇叭
过滤着空气中无名的怨恨；

概率很小，但一只金蝉
的确把刚刚脱蜕的壳
像接头暗号似的，留在了
五爪龙的掌状叶上。
不仅如此，那些球果状花序

也像是要挑战你的灵视
能否经得起一场没有其他人证的实战；
而有一种自信仿佛源自
它们的味道在内行人看来
也不输顶级的啤酒花。

高潮到来时，可能性
为避免过于抽象，派一只大黑熊
在你的身体里蹲下
像跳黑灯舞；如果外形上没破绽，
你打算给今天的变形记

打多少分呢？瞧瞧它们的做派吧；

纤细的藤茎和可爱的叶柄上

布满了倒钩刺，绵密到

你有点怀疑你是不是

已对这个世界放松了原始的警惕。

臧棣《带刺的纪念，或葎草简史》入选理由

臧棣以带有雄辩气势的修辞语言，进入北方大地上一种常见的带刺野草，瞬间构成了某种张力。平原的尽头，雨后的大地，布谷鸟高唱，金蝉脱壳于掌状的叶片……臧棣的修辞语言，就像一片绿毯，铺排而来，如波浪般汹涌，而葎草在其间攀缘生长。但读到结尾，纤细的藤茎、可爱的叶柄和布满的倒钩刺，又似乎构成了某种不确定的暧昧隐喻。这虽然更像是随着语言的推进而自动生发的效果，但确实也令整首诗的修辞皆成为陷阱上的白雪，或草蛇灰线。

小盐罐简史

臧棣

也许。永恒欠你一座三角形的大海，
大海欠你一个章鱼新娘；
但既然这是摸底，
就不妨给人类的箴言再撒点盐，
从现在开始，我不欠死神任何东西。

臧棣《小盐罐简史》入选理由

"从现在开始，我不欠死神任何东西。"这首五行诗的最后一行，读来令人动容。它是愤怒的、高亢的，同时又是悲伤的、沉郁的。它既是无力的接受，更是不屈的反抗。这样的诗句，属于臧棣的生命经验，也属于我们所有人，它其实是人类共同的不甘与愤怒。诗只有五行，但笔力尖锐，寄托深广。

妈妈

昨天我到了1991年

那时候

你还是个年轻女人

刚怀上我姐姐

曾凡春还没怎么打你

你挺着肚子

开了一盒又一盒

腌鱼罐头

我走进房间

忘了要跟你说什么

你那时很不一样

原来无论什么时候

我们都无法说话

请你跟随这个奇怪的人

到这个房子的后门

她会把抵门的米缸挪开

你就趁着浓浓的夜色

马上离开吧

不要担心我

我将死去

我将活下来

活在你的

血液，骨头，牙龈，肌肉里
这才算永远在一起
你不用认识我
我是在你子宫里
把自己溺死的孩子

曾璇《妈妈你走吧》入选理由

得是多么刻骨铭心的情感，才会写出如此刻骨铭心的诗。得是多么强烈的悲伤，可以让这首诗里的悲伤如同烙在铁上。而即使在情感如此强烈的诗中，曾璇的笔法依然没有丝毫紊乱，她有一只非常稳定的握笔的手。这种稳定感，和她天生的语感、敏感细腻的心灵感知力结合在一起，就是她的诗歌天赋。

坐在河边的人们　　　　　　　　　　　　曾璇

一个卖民族风包包的女人
坐在离河水最近的台阶上
看着河水发呆
身旁散乱着她的货

一个男孩
手里捏着绿色的小渔网
和他的爸爸
坐在另一个台阶上
看着河水发呆

我不得不
走更多的路
到另外一个
没有人的台阶上
看着河水发呆

曾璇《坐在河边的人们》入选理由

这是我们经常看到的场景，也是大多数人都有过的心理活动；这是生活里转瞬
即逝的场景，也是内心转瞬即逝的一丝涟漪。诗人捕捉到了这日常中转瞬即逝
的场景和个人内心的活动，那个卖民族风包包的女人，那对父子，还有"我"，
以及"我"瞬间的内心活动，共同构成了一首诗，细腻而微妙。

童年

张伺

做作业

母亲把十五瓦的灯泡

换成四十瓦的

屋里和心里

亮堂起来

作业做完

母亲再换回来

十五瓦的灯泡

在半锅水里

像煮熟的蛋黄

张伺《童年》入选理由

中国诗人写童年，印象中已有不少杰作，山东诗人张伺又贡献了新的一首。四十瓦的灯泡，十五瓦的灯泡，来回换，这既是生活质感极高的细节，也是生活本身的重量。这里既有时代感和历史感，更有生活中涓涓细流般的情感。看似简单，内涵丰富。而最后那个比喻非常漂亮，带有色彩，带有温度。

无题

张执浩

在黑暗中穿衣服

把前胸当成了后背

窸窸窣窣

脱了又穿

穿了又脱

在黑暗中看见你

小时候着急的样子

伙伴们在窗外催促

脚步声消逝

在了浓雾里

你也一头扎了进去

直到来到太阳跟前

才发现穿反了的鞋子

已经顺应了后退的脚跟

张执浩《无题》入选理由

对于"纯诗"的定义，在诗歌史不同阶段，不同理论家各有不同说法，外延虽不同，最核心的追求却接近，都是在指一种仅仅属于诗意本身的纯粹性。那么在今天，那种不为了表达什么，不借助所表达的内容、主题和情感，只为了实现纯粹诗意的诗歌，可以被称为"纯诗"，纯粹的诗，或者说"元诗"。张执浩这首，就是一首纯诗杰作。通过高超的技术和语言能力，以及诗人对诗意的深刻认知，形成了这首诗。更可贵的是，这是一首从日常生活来的、结实的、及物的、具体的纯诗。

细节

周晋凯

鸽子飞下来

在院子里

慢慢走向靠墙斜放的水盆

盆子里昨天是水

今天是冰

鸽子

鸽子

它飞走了

周晋凯《细节》入选理由

一个细节，构成一首诗，这在当代汉语诗歌中并不鲜见，大部分都是由于细节本身就有动人的力量。但周晋凯的这首不太一样，诗中的细节并不尖锐突出，而是如同阳光淡淡照射般，是一种无言的日常，但"此中有真意"。这种细节要写好，要让"真意"（诗意）浮现出来，非常难。周晋凯完美地做到了这一点，靠的是语言。这首诗里有跟所写场景、所写细节最适配的语言。语言是有姿态的，这首诗里的语言姿态太对了。鸽子，鸽子，它飞走了。

文明倒放史   朱剑

手机写作

不再安全

把诗在电脑里

存一份

电脑被查了

就写在纸上

纸化为纸浆

就写在竹简上

竹简被烧了

就刻在

龟壳兽骨上

龟壳兽骨

炖汤了

就回到

仓颉造字现场

天雨粟

鬼夜哭

朱剑《文明倒放史》入选理由

倒着写，构成一种倒放的视角，这种写法朱剑不是第一个，虽然有意思，但谈不上独创性。但这首诗一直倒到了仓颉造字的现场，倒到了"天雨粟，鬼夜哭"，就立刻变得强烈起来，强大起来。尤其是最后"天雨粟 / 鬼夜哭" 6个字，用得太绝了，令整个倒放获得了最沉重的力量，令诗人表达的人文性和精神性释放到了极致。

快乐

宗尕降初

在然乌河谷的清晨

微风拂过稚嫩的脸庞

这是一群小学生

急匆匆赶去上学的情景

而我就在其中

手里拿着塑料袋

里面装有二十七颗鸡蛋

和一点碎干草

这是我一周的零花钱

三颗鸡蛋一元钱

卖给小卖部的汉族女老板

宗尕降初《快乐》入选理由

一首展现细节力量的好诗。这首诗里的细节好在哪里呢？好在"二十七颗鸡蛋"和"一点碎干草"，好在"三个鸡蛋一元钱"，好在"小卖部的汉族女老板"，好在这些细节之细、之具体和精确，好在细节里的质感。整首诗里有好几处细节，这些细节在一起构成了日常的诗意。

2020年度
汉语先锋
诗歌资料

诗人的演讲：观念与写作

没有任何人能借助写作而变得年轻

王小龙

1981年春天，我旅行结婚来北京，北岛说："没去过颐和园吧，陪你去逛逛。"他约了杨炼和顾城，在颐和园门口碰头。我们都到了，就等顾城，后来才知道，有位好心的大妈给他介绍工作，工读学校员工，他见校长去了，现在叫面试，结果好像没成，忘了是人家看不上他还是他看不上人家。我们等了一下午，在颐和园大门口聊天、聊诗，我们都一首一首地写，人家杨炼一本一本地写，所以神气活现。等得不耐烦了，顾城也不像会出现的样子，我们就买票进去。天已经暗了下来，人家往外走，我们往里走。回上海后，有人问我御花园好不好玩，当然好玩，什么样子的，黑咕隆咚的。那是我们聊得最多的一次，关于诗，北岛、杨炼和我，因为天黑，因

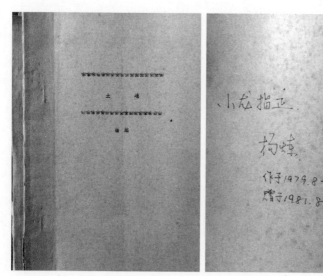

杨炼诗集

为看不清彼此面目，究竟说了些什么，事后一句都想不起来了，朦朦胧胧只记得有一个石舫，有一条长廊，好像还有一栋藏式建筑，有纠察队查夜的手电光扫射过来，北岛拽我们躲在树丛后，我蹲在黑暗处，一时想不通，好坏也是诗人吧，怎么还玩这一出？

一两年后，又来北京。我约顾城去看戏，中戏研究生的毕业大戏《俄狄浦斯王》，古希腊索福克勒斯的剧作。深秋，很冷，散场后走在京城大而无当空空如也的街头，顾城突然感叹起来，说什么艺术进步啊，看看人家两千多年前的戏，进步在哪儿呢！他是有野心的，真的。

后来，在上海，在顾城借住的小房子里，我跟他讲精神分析，他说弗洛伊德是头猪，我说精神分析不仅是学说，还是被证实的科学，他坚持说弗洛伊德是头猪。

那段时期我接受一种观念，别把诗和艺术比来比去，我说非要比出个高低不可，这是一种势利眼、一种名牌思想。不知为什么，顾城忽然急了，说："你总得承认诗有更高级的吧！"

这话也没错，境界有高有低，我们已经看得不少了，高于现实和世俗生活，高于局部的个体的暂时的天天都在发生的灾祸和荒唐，这还用多说吗，那些大诗人的作品在天上闪闪发亮。爱伦堡说，诗人走路两臂划动，他们的水平面，他们的人行道，大概是我们的二层楼那么高。可是，人家什么营养，过的什么日子，反正他们有上帝眷顾，我们装什么装。

做人也业余做做算了

那年春天
北岛来上海
我们一起吃晚饭
毅伟和我

在顾城的住处

顾城不喝酒

他提问题

写诗能过得好吗

北岛想了想

说不能

顾城又问

靠稿费能活下去吗

北岛算了算

说不能

我们没吭气

因为没办法面对

那清澈的眼睛

无辜的样子

这么白痴的问题

竟让我们无地自容

从那天起

不管练什么摊

我都很玩票

写诗不过是业余

做人也业余做做算了

就这样

很多年

想起那天的晚饭

真他妈的残忍

忘了是不是四月

1986年，经邻家小弟、复旦外文系才子李义东介绍，我给老外推荐中国当代诗歌。就这一册，据说是比较早的一个中国当代诗歌的译本，主编是约翰和安妮，很常见的美国名字，大概像叫什么小龙的中国人那么多。这对美国夫妇都写诗，还写小说，来自美国毕洛伊特学院，当年是复旦大学英美文学专业的外教。我负责推荐作品和联络作者，他们组织学生翻译和讨论，然后带回美国，和中国去的交换生继续修订，历时两年，1986年至1987年。我把译稿分别寄给作者，北岛、芒克、舒婷都来信说好，带去参加国际诗会，反响都不错。后来我才知道，他们这本诗刊，无论发表英文原作还是翻译作品，必须再三朗读，7个编委一致通过才行。这么用心，怎么会不好？诗集取名《烟》，安妮说是她的坚持，因为我一支接一支抽烟的样子给她印象太深了。我大概把外教公寓他们的套房熏得够呛。30年过去，在黄浦江游轮上的国际诗会活动中，见到旅美诗人明迪，她立刻就提起这本诗集，我没想到。

　　这册诗集里有顾城，也有谢烨。约翰和安妮问我为什么，我说顾城喜欢。对了，看《俄狄浦斯王》那次，谢烨也去了，散场后走

诗集《烟》

约翰、安妮夫妇

在景山后街，冷风刮得脸疼，她好像什么都没说……算了，我也不想说了。

我在去北京的火车上整理完那首《你以为你没被我扮演过吗》。1986年，北大首届艺术节，我有幸受邀参加。诗写长了，足足念了30分钟，一沓500格大稿纸，换页时手不好拿，就念完一页扔一页，脚边扔了一地。累得我，回到后台就坐楼梯板上了。芒克过来了，老大哥身边照例有新鲜的外国女子陪伴，我站不起来，很不礼貌地坐在地上打招呼。芒克没给我介绍洋妞，他介绍身后的海子，当时已经毕业几年了吧，我爬起来马马虎虎地跟他握了握手，我哪知道这黑乎乎的小兄弟日后会有深不可测的诗篇和劫难。跑到台下，我和北大学子们一起欣赏海子的诗歌，人家那叫朗诵，摆出几个造型，背后还有乐队，阵仗不小，动静挺大，以我南方人的趣味，觉得挺那个什么的。

"秋天一定要住北平。天堂是什么样子，我不晓得，但是从我的生活经验去判断，北平之秋便是天堂。"这话不是我说的，是前辈老舍说的，我以前还真相信过。

后来，有年轻朋友通知我，说中国摇滚的崛起宣告了当代诗歌的终结。好吧。再后来，我弟弟在饭桌上又通知我，说顾城之死宣告了你们这代诗人的退场。好吧。

长街夜行

我们不如放慢车速

体会北方的深秋

它怎样降落怎样

把漆黑的风衣给我们披上

轻得难以察觉

似乎世界本该如此

我们也本该如此

长着宽大的翅膀

我想告诉你南方的秋夜

它不是这样的

它突然从屋脊上滑了下来

急急忙忙窜进大小弄堂

天亮以后

人们总能捡到它跑丢的鞋子

现在我们经过广场

快些和慢些就成了问题

也许速度并不重要

重要的是能否记得自己是谁

当北方的冬夜把你变轻

应该继续感受

什么都别说

我问老鱼，就是江河，不是后来那个，是于友泽，我说咱们这么吃力地一行行琢磨，为什么啊？他说：这么说吧，到你60岁以后，有可能人家叫你老王，也有可能叫你王老。他险恶地一笑，说：明白了吧？明白了。这辈子就等着人家叫我王老，到现在也没等着。

很久了，我说诗只是生活的一部分。80年代喊着诗是生命是全部的家伙，后来很多都不写了。事实上能以命相搏的人极少，该受人敬仰。我做不到，能做到的就是习惯性地写几行，自己认为过得去就行。谈不上什么坚持，那太身段化了。一同走过的人有的死了，有的疯了，有的失踪了，想想我还能说诗是生活的一部分，够意思了。

江河致王小龙信件

80年代其实没他们说得那么好，我不知道一些过来人的记忆出什么问题了。比如穷，穷很令人神往吗？我知道历来都有贫困艺术，那叫不得已而为之，比不了高大上，我只能跟你比精气神了，其实巴不得不愁衣食一心写作呢。再比如有压力，谁喜欢压力了？除非他受虐成癖，说没压力就写不出好诗的那叫贱骨头。当然，能在贫困、饥饿和压力下顶住了，还拥有持续写作的力量，不容易，不过这是另一个层面的问题了。

值得一说的是，那些年读书读得真狠啊，欠得太多太久，饿疯了，见到好书眼珠子都绿。都是一流的，都是翻译过来的，我甚至认为这世界真正出色的书都在以前，翻译也是以前的可靠。读书也没那么功利，不是为了写什么，就是读，特别美。直到今天我还这么认为，读一本有意思的书比写一首诗重要得多。

布罗茨基说，一个人读诗越多，他就越难以容忍各种各样的冗长，无论是在政治或哲学话语中，还是在历史、社会学科或小说艺术中。诗读多了，也难以容忍时间的冗长，生命的冗长，这句是我加的，别误会，我由衷羡慕那几个老而不死活得滋润的家伙。

也不太敢想这辈子多写一点会怎么样。想也没用，来不及了。说为生活为工作所累是矫情，就是一直在忙，瞎忙，忙得没力气也没心情琢磨诗的事情，反正有它不多没它不少。但是也怪，有那么几首就是在最忙的时候写的，剧场后台、火车硬座甚至是编辑机房，熬到下半夜，就写在场记单的反面。我解释不了。

我在做纪录片。在苏州河边，听一个老哥说要拎清社会，做人要有经纬。他是惯偷，公共汽车上的扒手，他说现在会这门手艺的人越来越少了，还很遗憾似的。在云南德宏山里的无人村，家家户户门口钉块牌子，这家都有过谁谁谁，因为吸毒全死光了，全村没死的几个不是在医院就是在监狱。好几次，在不同场合被人追问："你是纪录片人，也是诗人，你的纪录片和你的诗有什么关系吗？"一时还真说不清楚，只能最笨最老实地回答："纪录片是我的职业，写诗是我的爱好。"想想这些年拍过的那些环境，那些人物，那些如实记录的、破烂肮脏又散发着难闻气味的、不那么赏心悦目还令人不堪面对的画面，诗意何在？说不清楚。有机会你们体会一下，这里大概就有我的诗意，"事实的诗意"。

我不太清楚那些年诗人们的动静。直到退休以后，渐渐恢复一点联系，自我限制在一个不大的范围。我发现并没错过什么，所有人都有点面熟，一切事都不觉得陌生。

中间的那位是兰色

照片中歪着脑袋的是失联多年的老友蒋华健，笔名兰色，录他一首当年的诗《中国人的背影》，以示纪念。

中国人的背影
兰色

你常常在十字路口的北面
闷闷不乐地靠在一些不引人注目的地方
注视那些匆匆远去的路人的背影
他们匆匆远去的背影
在斜阳下多么富丽堂皇
每个人都显得温柔高尚

在这样的时候

谁还会相信世界上有丑恶的东西

以往的经历似乎只是来自一出假想中的悲剧

人生就像这街头的暮色

美好得让人真想痛哭一场

回到家你总是含着泪水对我说

只有中国人的背影显得那样苍老

中国人，唉，中国人的背影

难道中国人只有背影

他们总是匆匆地离去

从不把头回过来

即使深夜，也有很多沉重的背影在你面前闪过

　　博尔赫斯引用布拉德利的话，说诗歌的一个作用就是能给我们印象。不是发现什么新东西，而是回忆起遗忘了的东西。在我们读一首好诗的时候，我们会想，这个我们也写得出，这首诗早就存在于我们脑中。

　　艺术变化到今天，早就不该是什么技艺的展示了，它应该闪耀人的智慧的光芒。智慧，有艺术智慧、哲学智慧、历史智慧，有物理学、化学和工程技术的智慧，有经济智慧，有大数据时代的计算智慧，有管理众人之事的政治智慧。诗的智慧是什么？反正不是玩弄文字的智慧，那只能说是一种技巧。我着迷于生活智慧，庆幸的是一路走来与我同行的男女老少不乏擅长于此者，让我每每按捺不住剽窃和抄袭之心。

　　怎么写是价值观的体现，而价值观并不一定是社会的、集体的，它可以是个人的坚持，你相信这么写没错，你就坚持下去，只要坚持得够久，就会找到继续下去的理由，找到专属于自己的价值观。

我知道有的诗人专门写给写诗的人看，这很好，很了不起。我写给不写诗的人看，不想让人读得一头雾水。"你身体的每个部分都以动人的子弹向我射击"，这没什么理解问题吧？

我好像很少有一气呵成一挥而就的时候，没那么自信，一个不太重要的句子都可能横七竖八写上好多遍。年轻时就给自己做规矩，比如尽量不用成语，比如一首诗里概念词不许超过3个。一直在读翻译作品，要小心一点，别操着中文说外语。

以前我在青年宫工作的时候，有机会旁观请来的导演给学生话剧队排戏，脾气大的导演会突然叫喊起来，说人话啊，会不会说人话，是人有这么说话的吗？我如果对写下的句子不满意，就质问自己，是人有这么说话的吗？

地铁站

假如能捡起谁的脚步

早晨和黄昏

在地铁站

沿着台阶上去下来

一个人的脚步

足够装满一筐

你去捡

数不尽的人

无数筐

都是好人的一路丢弃

早晨和黄昏

就算也有坏人

也是可怜兮兮的坏人

都过得不太容易

在地铁站

好人坏人

亦步亦趋

希望诗如其人，像我，踩着河边肮脏的烂泥地，就这么又疲惫又愤慨地走过来。诗不怎么样，但还算诚实，不美化和神话自己，别让人读着不知道是真人还是假人。

诗是修补自尊的机会，和其他爱好一个意思。真的，自尊心的确是一件千疮百孔的外套。面对自以为是蛮不讲理的权势，可以在心里抵抗一下，你懂诗吗，你会写诗吗？

诗是嘲弄人的虚伪、社会的道貌岸然的手段。这不用多说了，手机刷一下就知道，这是个怎样的世界。

诗就应该是冒犯的，冒犯这世道的无耻，冒犯诗的写作规则，不想冒犯就别写了，处心积虑地去讨好贱不贱？

看一首诗好不好，我的经验是看它是死的还是活的，和去市场买鱼差不多吧。一首好诗就是，让人感觉活在人间，活在街头巷尾的亲朋好友之间，而不是活在文人堆里。

我对自身的日趋腐朽和对他人散发的腐朽气息同样敏感，所以才写到现在，诗是我生命的防腐剂。防腐，防不了衰老，布罗茨基说，没有任何人能借助写作而变得年轻。以我为证，这是事实。

别端着，永远。别染上那该死的"在朝"感，永远。有一年星星画会出纪念册，严力在张罗，我问为什么是陈丹青作序，差着一口气呢，严力指指书名，就是序言的标题，说这四个字意思好：依然在野。

1985年，美国诗人唐纳德·霍尔和简·肯庸夫妇来上海，有人通知我去见他们。金斯堡来的时候住锦江西条，他们也住锦江西条。老实说，和我想象中西方的诗人差得老远，就是一对老嬉皮，不太

严力和王小龙

正经的那种。唐纳德·霍尔送我一张画，涂鸦画，又送我他俩各自的诗集，自己印的，薄薄一册，我现在都找不着了，可想而知，没当他们什么人物。2006年，唐纳德·霍尔成了美国桂冠诗人，我没留意，英美名叫唐纳德的人太多。直到3年前，2018年6月，他去世了，他和他夫人的诗在互联网时代又被传播了一遍，据说他的画也被炒得发烫。我有点后悔。不谈我的势利眼吧，当年从他那里我知道了一个事实，欧美诗人活着的时候都这样，每年或者每个阶段，自己薄薄地印一本，也就几百册，搞个朗读会，然后放在哪家熟悉的书店里慢慢卖。什么人能出版美轮美奂的精装本？那是死去的诗人。

唯死者永恒。

是时候了

唐纳德·霍尔（胡续冬译）

到昨天晚餐的时候我已经活过了我父亲的岁数，

捱过了那一年、那一月、那一天、那一时、

那一刻：在氧气罐之间，他躺在病床上，张着嘴，

鼻孔和淡青色的嘴唇停止了颤动。与我同姓的父亲，

手指修长的父亲，我记得你的黑头发，

你脸上几乎看不出皱纹。现在我已经比你

醒过了更多个草叶上带着白霜的早晨，

读过更多遍报纸，站过更长的时间，

我手握一个门把手，却未把门打开。

观念与写作——不断打破限制的自由

从容

一、写作缘起

如何谈观念和写作呢？我的大脑一片空白。我的观念一向是自然流淌在诗歌里，这似乎和我做诗剧场这类当代艺术范畴的事情不一样。开始做诗剧场的时候，我强烈地要求形式创新，要求摒弃现实主义戏剧，拒绝迎合大众文化口味，甚至用一种破坏的方式在现场堆积废物，演员们满身油彩面粉，似乎想在艺术上有意挑衅观众，故意制造某种观演关系的隔膜和紧张感，但这反而刺激了观众，他们聚集在现场，像观看爆破一样，感受到了超越现实生活的、既紧张又陌生、既快乐又自由的宣泄与领悟。

但在诗歌写作当中，我的观念反而很难讲清楚，我只能说观念和我的经历有关，是我本人在写下一首诗的时候抱有的立场，是我对爱情、对个体、对当下和未来的写作态度，是我从小到大逐渐形成的思维方式，让我在不经意中写出某一类诗，并成为了今天这样一个诗人。也许先让我们一起认识我这个人，才能更容易感受我的写作真相。

听母亲说，我生下来就很漂亮，护士们排着队来看我。她每次说这话时，都难掩做母亲的骄傲和得意。但我生下来很久都不会笑，或许我已经预感到这个世界的不容易。母亲说：在那个摧毁美的时代，20世纪70年代，长得好看是一件被人嫉妒和指责的事。同学嘲讽我涂口红、打胭脂，使我从小就觉得好看是一件坏事，它只是一个人的表面，为什么人们这么在乎表面？我私下以为五官太标准就是没有个性的表现，这导致我找的第一个男朋友就比较丑。那时候"星星画派"在民间正如日中天，其中一个画家来到成都，到我父母家拜访，他另类的长相和才华，与我在电影大院看到的标致小生完全不同。少女时的我也许把他当成了精英文化的代表，崇拜他的离经叛道，他的那些所谓秘密活动，总让我想到十二月党人。那个时候我满脑子都是贝多芬和约瑟芬、老柴和梅克夫人，因而和他书信往来了几年之久。

在我童年的印象里，老人都很慈祥，父亲很温暖，母亲则非常严厉，吃饭要收拢两个胳膊肘，走路的姿态要纠正，扫地的姿势也要纠正。我现在意识到她是在用训练孩子成为旧式淑女的方式来对抗那个灰黑色的时代。她和父亲都不喜欢我把小伙伴带回家，不希望我和外人太亲密，家里人说话都要先关上门。童年的经历，使我对生活在眼前的人反而惧怕，文学更容易让我产生亲近之感。我是回汉两个民族的结晶。幼年的我在3种环境之间跳跃，奶奶是穆斯林，外公是基督徒，父母是无神论者。每到周末，我的生活就会很奇特：早上在奶奶家，一个热气腾腾的阿拉伯式的家庭；下午在充满西化色彩的苏打饼干与牛奶的外公家；晚上是无神论者的电影之家。这一切的戏剧性和神秘感，也许最后导致我成为一名热爱灵性的人。

这一生，我主要生活在4座城市：长春、成都、上海、深圳。父母因为职业的关系，从长影调到峨影，动荡的童年、少年与青年记忆构成了我诗歌的戏剧性和空间感。我徘徊在四座城市间，却不属于任何一个地方。我羡慕我的姥姥姥爷，他们是有故乡的人，虽然他们没有回到湖南老家，但他们和我母亲都用乡音对话。

我的父亲和母亲，他们朗诵诗歌，热爱莎士比亚、普希金与惠特曼，受他们影响，我很小就开始写诗和剧本。我对母亲既尊敬又惧怕，很多年我都处理不好和她的关系。这也许就是我害怕和女性建立密切关系，无法处理好友谊和爱情的原因。

姥爷是我的保护神，我幼年时他就为我读杜甫的诗，唱诵红楼梦里的诗词，教我英文。他总是咕哝着一句话：可怜的孩子。他也许担心这个天性害羞的小孩，很难面对未来世界不可避免的悲剧性。

他得知我母亲在我大二体验生活时安排我去妇产科观看女人生孩子和流产，他非常不认同，背着手摇着头叹息："你们怎么能让她去那种地方，她还这么小。"这个残酷的观看记忆，让我很多年不愿意生孩子。姥爷把所有能传达给我的关于这个世界的文明、进步、谦逊，倾其所有都给了我。

奶奶给了我幼年时最美好的记忆。她乐善好施，在最艰苦的年代，会把好东西送给客人，或是给我。她会摸摸我的头说：摸摸毛，吓不着。她一直在用一种宗教的力量祝福我，让我接近灵性；让我懂得苦难是上天爱人的方式，但你要用好它。

我的亲人用坚韧、慈悲、神性抚育了我。2016年3月，我在关山月美术馆做了一个以"爱"为主题的诗歌与肢体互动的跨界表演。最后我用"当众剃发"的行为艺术，为自己完成了再一次回到童年的愿望，以及在尘世出家的愿望。那是"从头再来"的一次出发，这样的行为也许源于我过于敏感的童年，是人到中年对爱的一次追问，也是用剃度的态度来抗议现实。行为艺术就是用身体去呈现生命的自由无拘，是一种非语言的观念表达。

有一位诗人说，诗人同孩子一样，是一直在追问这个世界和自我的人，是充满好奇心的人，而诗人如果失去了希望和好奇，也许会选择死亡。

童年的过往使我极度孤独，这正是我写诗的原因。记得我的孩子出生后，我又和女儿共同度过了一次童年。她还没有出生，我就为她买了摆满一面墙的娃娃。她对一切未知的发问，似乎也是我第一次的发问，我对她的溺爱，是对童年缺乏母爱的自己的溺爱。

不断地回望童年，那是我诗歌的富矿、爱的富矿。姥姥的童年、父母的童年也在影响着我。我的童年时代是叠加起来的，父辈的、更早的祖辈的童年，都是我童年的一部分。

他们始终在陪我生长。通过诗歌，我让他们超越了肉体的局限，始终活在这个世界上。

二、起心动念无不是罪

谈到观念与写作，我脑子里冒出来这句话：凡夫，起心动念无不是罪。

这是佛经里面的一句话。每一天我们都有无数种念头在脑子里打转，好的念头坏的念头像胶片一样来了又去，不停地塞满我们的大脑。有些念头是社会的声音，别人的声音，是几十年积累形成的声音，在耳边回响。大脑没有一刻是空的，没有一刻主动停止思考。

我问自己，我们在生活里是否一直充当着运动员和裁判员？

我们是否一边生活着，一边在你目光所及的任何景物里评判着周围的人和事？在地铁上、在超市里、在校园里、在大街上、在餐厅和电梯里、在办公室和家里，甚至在网络里，我们都自然而然不可遏制地产生判断和情绪。这件事让我愤怒或开心，那个人让我悲伤，我们是否时刻被周边人的情绪和画面牵制着，自以为是地在千万个碎片的念头里生活着？

当我们看到路有冻死骨，是否会同情、关心除自己以外别人的命运？

诗歌能帮助我们做到这一切吗？每一首诗歌都能寻找到心灵深处的声音吗？诗人的念头有价值吗？如果说个人的就是世界的，我们的念头是一堆沙砾里的金子吗？我们的念头是摒除杂念之后的诗的声音？我为这个世界贡献了珍宝还是一堆杂念呢？

杜甫遇见贫富差距，产生悲伤、批判和愤慨，写下"朱门酒肉臭，路有冻死骨"；通过遇见外部世界，诗人看到了自己的悲伤，通过日常生活和写作来看清本来面目的自己，"荣枯咫尺异，惆怅难再述"，诗人看到那个软弱的、无法济世救苦的自己。所以，诗人通过笔下的事物，来叩问心灵，修炼心性，把一个本不如意的事情，变成了一件对外部世界有意义的事情；诗人通过对一个事物的写作，又在改变着外部世界，让人们看到了更深刻的一个世界。

很多年我都在等待红帆[1]和英雄好汉的到来，几乎把头发都等白了。我第一次做"春梦"——如果那也叫春梦的话——就是梦见一位陌生男人站在山顶旁的栅栏边，对我说："我一直在等你。"那时候我已经40多岁了。也许因为这份有点不合时宜的深情，我从20世纪90年代就开始写作了大量的情诗。写出了《种满米兰的街角》《隐秘的莲花》《纪念一个寓言》。我写下来，才发现这也许就是自己断除了各种杂念之后，重建的一个外部世界。

纪念一个寓言

我是一个不肯长大的女人
一生都在寻找外公
在遇见你之前
我的眼睛被蒙上灰布撞得乱云飞渡
只是名字叫从容

今晚将和你坐在摇椅上
成为你白头发的新娘
你写了云一样多的两个字
他们就给了我们天涯
我做了你的妈妈你的小姐姐

而你将为我一个人烧锅炉
在一座石头房子里

1　"红帆"的意象出自苏联作家亚历山大·格林的中篇小说《红帆》，在这里指传奇浪漫的爱情。

紫砂壶刻着从容，她和茶水
一起沸腾

有一天，我们都离开了这个世界
那只摇椅
被陌生人推动着
偶尔摇晃

2008年

诗歌，就是把我们的起心动念写进诗里，然后像挑出金子一样，捡出自己那颗真心。对我来说，爱情不就是一种起心动念吗？这种起心动念本来就是私心，但我发现，通过把一件事物转成文字后，我超越了私心，用真实的情感创造了一个世界，用真实的事物营造了又一个现实。诗歌像一个主观镜头，聚焦在一个点上，把真实本身放大得更加细致。那是因为我们把镜头从远景推到了近景和特写，我们没有做什么，只是离事物更近了一点。

写作最早之于我，就是把生命的欲望转化成诗，似乎欲望转移进了文字，就离开了我的身体，通过文字我获得了精神上的自足。那虽然不是人间真实的爱，也无法在现实里拥有，但起心动念已经为我造就了一个新现实。

我真心爱过一个人，叫：

你好吗？
还在吃面条吗？
我已在世界上的一个岛屿降落

你突然从背后喊我的名字

你出现了

在任何一条大街上

背着背包，出示你的车票

那是一张通向空中的车票，

我是检票员。

你犹豫着说，"跟我走吗？"

像一只大象愚蠢又顽固

想起曾对你说：不要把我弄丢了。

你点燃若有若无的香

遮住了微笑

你能解释吗？

你举起一面镜子

包上头巾说：留心当下，一切完美又完整

我说：你很安静

还要闷在浴室镜子背后多少年

在鸭川长途客车上

写下这首诗

我想给你做一百种面条

　　这个真心，随着镜头的推进，剥离了嫉妒；显微镜之下，烦恼已经不是烦恼，而是烦和恼这两个字大卸八块之后的偏旁部首，它已经超越了烦恼本身，超越了欲望本身。每写成一首诗，都是对自我的一次重塑。也许是对爱的追问，使我一度成为伊沙所说的"最好的女性爱情抒情诗人"。

由于这份追问，混乱了理想和现实，我曾经对爱的要求达到常人不可理解的状态。

　　我一直在寻找不像人类的人：他异于常人，比我完美博学，能够宽恕我的一切；他充满吸引力，充满希望和悲悯，却不强制我像他一样，但又在引导我像他一样；他在我忧伤的时候安抚我，用他透视一切的手掌；他在我热烈爱着的时候保持静默，像一位通晓万物的哲人，原谅我用自己的方式获得"觉悟"；他从不背弃我，即使我任性、无知、发疯，他都一如既往地爱我；当我需要他的时候，他永远负责给我安宁，给我温暖；他在我偶尔失明的时候，给我最真实的爱；他让我的灵魂接近天堂。

　　现在回想起来，这是在痴人说梦，世界上有这样的爱人吗？连我自己都不能做到，怎么能要求别人做到？这么一个简单的道理，我想了很多年。我寻找了很多年，最终在佛陀的经典中找到了答案。

　　原来那个充满神性的人不是别人，那个充满悲悯情怀的人，那个原谅我的人，让我的灵魂具有智慧力量的人，他是存在的，只不过他们统统都是我从容自己啊！

　　也许少年时受罗曼·罗兰、普希金、托尔斯泰、陀思妥耶夫斯基、契诃夫的影响太深，我一直生活得有些不现实，这出爱情戏剧自编自导自演，每一个起心动念都是自私自利的心，都是索取。我想找到梦想中的爱人，想让自己获得满足，也许小说也是一种爱情毒药，我期盼文学般爱情的甜蜜，但谁又知道勃朗宁夫人是不是把最美好的生活都留给了诗歌呢？

　　也许遗憾就是一种诗意，失意（不如意）正是一种诗意。在历史描述和自我描述的勃朗宁的这份爱里，有多少是被她筛选过的？历史都是被筛选过的，正如诗歌大都是被生活过滤出来的一样。

　　在我的爱情世界里，曾经有神权的影子，对英雄和神圣男人的渴望，这源于在我小时候父亲总是出差，造就了我那颗没有安全感的心。我又问自己，我在爱情之中做到了无私地付出吗？我有没有对我的伴侣无私无悔地奉献呢？在我对自己情感生活的描述里，总是强调自己是多么正确、多么委屈，我习惯了一切以自我需要为中心，习惯了伴侣的迁就。我先生曾说过"从容的事情再小都是大事，我的事再大都是小事"。而我，因为他抽烟，因为无法适应他常年不好的生活习惯和脾气，就对他失望透顶，就宣布不爱他了。多么自私的女人啊！爱应该是无条件的，就像我们对子女，他们成功也好、

失败也好，我都会像对待眼珠子一般地对他们。不会因为子女老了有皱纹了，没有才华没有能力了，父母就不爱他们了。爱是不附加任何条件的；爱情的情——情是你来我往的，所以我们称之为"人情"。在那么多年的学习经典的过程中，我只学会了忍耐和忍受，并没有学会爱人。忍受——没有爱，只有无情的宽容，忍受里面更多的是无奈。而"情"是你情我愿，我给了你一份情，你也要回报一份情，不索取的就不叫情了，那叫爱。情，是年轻的心，它是可以变化的，可能是一个月的爱情，也可能是一年的爱情；但爱是宇宙源头的那颗心，你看繁体的"愛"这个字，它上面为你遮风挡雨，下面又为你提供友谊，还永远把心捧在最最中心的位置交给你。

在得到和失去的杠杆上，我一直像一个商人，斤斤计较，一个人懂得了像太阳一样去照耀和爱每一个人的时候，怎么会在与大地、山川、小溪的相处中有计较呢？那一刻我顿悟，我发现自己一直活在任性的状态里，任性妄为的状态怎么会有喜悦呢？任性只会带来快速的刹那的欢乐。一个人总是活在"我觉得你不对，我认为我对"的自以为是的状态里，没有理解他人的心，怎么会有真正的悲悯呢？点灯、烧香、磕头、拜佛，不如给你身边的人和仇人点灯、烧香、磕头、拜忏，不如祝福每一个人。

随着生命宽度和深度的增加，我诗歌的宽度和厚度无形中也在扩大。

三、我的诗歌中永远只有一个故事，那就是我的故事

2000年后，父亲、姥姥、妹妹相继去世，对我的震撼很大。那时我开始走向宗教，也开始写出大量的亲情诗歌。有一天我和女儿说到我的体会：你最爱什么，上天就用这个法宝来折磨你，让你成长。

你相信爱情，他就用爱情来折腾你，催促你在爱的迷宫里奔跑，精疲力竭之后，你会得到某种启示，找到出口逃离迷宫。你最爱父母，他就给你的父母病痛，让你痛心。我见过身边的很多人，爱什么事物就在什么事物上中招。你最爱钱、爱浪漫，他就找来女人，把你的钱、你的房子、你的财富和生存空间全部取走。比如我认识的一位知名的媒体人，他离开爱人，找了一个经商的女人，最后女人把他的一切都拿走了，他孤苦地死在出租屋里。纠结的人生可以产生诗歌，但对身心健康无益。诗歌应该是超越痛苦的一条康庄大道。

年轻的时候，我们都想换一个身边人，但最后我的体会是，那个爱你始终如一的人，不是最有激情的那个人，不是最缠绵的那个人，却是最合适你的人，这个人是来打磨你、成就你的，是来让你看到自己身上致命弱点的。你不是有一颗自私索取的心吗？他用陪伴、用他的给予教会你，给予才会带来喜悦；他的使命是把你从贝壳里的沙砾变成珍珠。这才是我生命中的贵人啊！没有他，我可能不会有这么多追问，是他和母亲的严格，是我自己从对抗到和他们的融合，成就了今天的从容。他们不来帮助我，我怎么能变成珍珠呢？他们是我生命中最好的老师。

当我可以打通自己的精神和身体之后，我不再向外索取。当我达到自足欢喜，不再需要依靠外界和爱情来刺激我、触发我去追问灵魂的时候，我已经是自己宇宙的中心，这时候写作才进入了真实的自由之境。我更喜欢泰戈尔的生命状态，在那样的生命底色里发出的声音，也许更加踏实、可信。

我们都希望在创作中发出独特的、有洞察力的声音，怎么才能做到？还是要透过生活这位老师，做回那个大道至简的自己，听到自己心无杂念的声音。

我想到我的奶奶，一双小脚，头发盘得一丝不乱，保持着自己的生活节奏，活得非常独特。每天天不亮就起床，刷牙之后，会用一小片牛骨或是羊骨清理舌苔。她养鸡，和她养的鸡说话。现在的老太太反而都是一个模样，都是广场舞大婶，都是韩国模样的老太太。我还想到我的中学同学，脖子上有一小块白癜风，用丝巾遮住，一个17岁的少女，挺拔美丽，那么忧郁而善良。每一个人都如此不同，恰恰是这些不同才能构成独特的风貌，摒弃了相互模仿的杂念，才生出独特的模样。对于我的诗歌写作，观念在前，就是杂念。而也许我活得独特，在一个不自由的体系里横冲直撞，保持天真，活出自己的个性，写出的诗才会有我的白光。这道白光经过内心一道又一道过滤，形成了7种颜色。你活成什么样，你的诗歌就是什么样子的。

也许是在和奶奶、姥姥、姥爷、爸爸、妈妈的相处中，我不自觉地发现了写作的奥秘：父母相处中的一硬一软，父亲的宽容，母亲的激情；该老实的时候，要诚意满满；该发狠的时候，必须把拳头撞击到位；该温柔的时候，就要温柔到最低处；该严谨的时候，要像数学家一般理性，一句话能说明白的事，绝不画蛇添足第二行。

当然，一个人的美学趣味没有对错之分。喜欢传统文人画的和喜欢毕加索的，喜欢农民剪纸艺术的和喜欢先锋实验方式的，都是在找自己的风格、样式和表达。我写诗没有以观念作为指导，哪种语言贴合我创作的表达，我就怎么写。很多人都有一个标签，我很感谢最早给我贴上"当代女性禅诗写作首创者"的评论家。那一个时期我写了很多有宗教意味的诗歌，比如《北京哭了》《知果法师》。当时这个标签，促使我去思考，给了我很大的压力，你都是当下禅诗首创者了，哈哈，境界还那么低，怎么对得起这个称呼呢？你该写得更好。我动了这个自我束缚的念头，企图配得上这个标签。

当然，随着写作年份的增长，很难再用标签去划分我的诗歌派别。因为它更加复杂，更加没法定义。放下定义之后，我和诗歌的关系也不同了，不会再给诗歌加上某种目的性。我又回到自由表达的初心，因为人是复杂的、多面的，我是快乐的也是忧伤的，我是一本正经的也是放荡不羁的。见诗如见人，别人看我的诗，就是在看我这个人，我希望自己是透明的、赤诚的，像孩子一样无拘无束。反观这么多年的写作，我似乎在写一部自己的诗剧，我的诗歌写作，更多是用身体想象和生命感受得来的。我不是学者，也不善于从故纸堆里得来观念。我一直在讲述一个故事，关于从容的故事，每一个时期都是一个叫从容的人物的进展：20岁的从容，30岁的从容，40岁的从容，50岁的从容。有些是幻想的从容。所有人生碎片形成了一个叫从容的故事。

　　在我的故事里，有人物，有情景，它们构成了我的历史，时刻在映射我自己，从一切发生的事情上面，我看到自己。目的最初只有一个：用诗歌让自己回到天真。回望整个人生的创作，是一层层拨开自己的过程，自己是自己的精神分析师，是那个真心的我。人的陪伴有时是一种伤害，但文字是不会背叛你的。

　　这个自我映射和疗愈的写作过程，是一条照见自我的路。这种照见，是通过内部看到外界，通过外界看到自己。它是一个双向入口。比如这首《知果法师》。

知果法师

她从大悲殿迈出来
身后跟着一只猫
穿过光影深长的回廊

她坐在阳光下

隔着寺庙的木桌
回答一位香客的问题

我和猫在偷看她
手机响了
她拿起，
锁屏上写着四个字：

"爱人有罪"

　　我有时是透过自己写下的人物，看到我在诗歌中塑造的我，他们是我的一部分。通过他们我看到人世无常，看到生老病死，看到烦恼是怎么变成菩提的。

　　随着创作的深入和灵性生活的介入，我的心开始慢慢静下来，它似乎在召唤我，不仅要回到童年，还要回到最初的世界，进入最初的生命境界，去看到和自然万物一体的自己。当我们开始感受到"我是鸟，鸟就是我，我就是你，你就是我"的时候，感受到我的生死和你的苦乐是一体的时候，我们的写作深度也开始向知行合一前行了。我的诗就是我这个人，我希望像我的诗歌一样活着。

　　我每天睡觉前会做一些观想：我的身体无边无际，光芒四射；观想用我的身体去滋养自己和万事万物。这个观想的过程对我的帮助很大，我的身体变好了，气脉打通了，心结也渐渐打开，放下了过去不如意的事情。我站在深圳，站在地球之上，会有一种感动，每个人都是那么弱小，如同一只鸟，它在你的阳台或者在你衣服一角拉了一坨屎，你会和它计较吗？你不会计较。我过去只爱我喜欢的人，现在我也能理解和爱我不喜欢的人。东方文化特有的精神生活方式，给我们取之不尽、用之不竭的能量，把我们引向普遍的、广大的爱，而不是走向狭隘的爱。

写作也是这样一个过程，你只修命，就如同只修语言，不修性是不行的，必须性命双修。性就是可以展开的翅膀，就是解决了自己的心理阴影之后，与自然万物和谐飞翔的状态。心性的修习，才能让我们回到天真的模样。你只看到我们这一生的血缘关系，殊不知上一辈子你也曾经做过我的兄弟姐妹、父母家人呢。在我看来，诗歌就是一个性命双修的过程，只有这样才会让我的生命包容你的生命，我才能通过诗走向完整。

也因此透过修性，我对生活的深度理解开始出现更多的入口，我不再自以为是。随着观看视角的不一样，我从自己的痛里看到了别人的痛，我的诗歌也在向更宽更深处开掘。如果这种挖掘不能造福自己的心，如果这种挖掘只能产生仇恨，止于仇恨，那么就是挖错了方向。如果不化解掉内心的仇恨，即使你死了，仇恨还在不在呢？在的，仇恨不会消失。

四、诗剧场和诗

我一直想做一个充满诗歌氛围的剧场，但如何实现它没有想过。因为深圳没有话剧团，我们要走一条没有经费、没有专业团队，却又要培养一支队伍的道路，听起来是难上加难。

1999年，时机来了，恰逢深圳市成立20周年，要举办一台以诗歌为主要形式的纪念晚会。为了体现出深圳特色，深圳广播电台找到我，希望深圳市戏剧家协会来承办这台晚会，由我做艺术总监。当时他们已经去上海找来了桂兴华——写邓小平组诗的诗人。但我希望能够做出一点新意，尤其在诗歌文本上，要表现深圳众生的群像，要口语化，要有鲜活的人物，要巧妙地与戏剧形式进行对接。我把诗歌的结构先拿出来，把每一篇的人物和内容确定下来，再组织一批更年轻的诗人，他们各自选择自己喜欢的人物去写。我邀请了国家话剧院的王晓鹰博士担任导演。我们希望区别于国内现有的诗歌晚会，做一种有一定的戏剧情节、有人物贯穿其中的诗歌朗诵，每一篇都以人物为轴心：有工程师、拍卖师、孕妇、农民工……为节省道具花销，我说动深圳雕塑院的院长孙振华博士贡献了"深圳人的一天"人物群雕。那是铜制的复制品，很重，拉到深圳大剧院的舞台上，很壮观也很独特。我们的建设者、打工者、教师等人物角色在雕塑中穿行，给观众带来有趣的现场感。

就是这次无意识的创作革新，开启了我向大众推广诗歌、进行多元化艺术美学探索的努力。

经过长时间的思考和准备，在诗论家吴思敬老师的鼓励下，2012年我们开始策划做"第一朗读者"。这个名字是好友江非帮我想出来的。"第一朗读者"的定位是诗歌的普及推广，因此咖啡馆、书城、广场、美术馆、剧场都成了我们的舞台，我们力图在这样一种开放式的场所中让公众能够因朗读听见诗歌、因戏剧而看见诗歌、因音乐而感受诗歌、因点评而领悟诗歌，最终达到让人们热爱诗歌的目的。通过演出者、诗人、批评家的唱诗、演诗、读诗、评诗等环节，拓展当代诗歌的先锋化、开放型的立体呈现方式，强化诗歌视听的艺术性、实验性，以诗歌现场的行为艺术等跨界方式延伸当代诗歌的传播空间，让公众在场体验、在场感受、在场参与，全方位领略当代诗人以及诗歌中的审美妙义。

"第一朗读者"已经走过了10年。它包容、接纳各种类型的诗和诗人，在这里没有派别之争。我们用行为艺术、音乐、表演、声音把诗歌带出了纸张，让诗歌可视化。这个可视化是我们的几十位导演和近百位演员在读完诗歌之后，投入情感，用其他媒介和身体创造的新的诗歌。有时我问自己，它到底削弱了诗歌的想象力，还是增加了诗歌的想象性？回答当然是后者。

反思这么多年的做诗剧场和"第一朗读者"的经验，我一直在给诗人的诗歌造梦。导演以他理解的方式，用诗歌中有趣的场景和他认为重要的意象，给自己搭建了一个造梦场域。我们用诗歌创造了一个城市的新现实空间，一个让读者参与其间的、与现实边界模糊的空间。诗剧场本身就是一个梦，这个场域如同一座工业城市里突然冒出来的一个远离快节奏生活压力和物质化追求的柔软的发着光的泡泡，是这座城市的人们随时可以走进去做个梦的透明空间。我们在探索的过程中想实现行走的诗歌、行走的剧场。我们定义的诗剧场是把诗歌还原到戏剧中，把戏剧还原到身体中，把身体还原到生命的场域中。我们创造了一个文字与读者、诗人与演员之间新的观演关系。有时观众可以走上舞台，有时诗人可以踩着演员的身体行走，比如日本诗人水田宗子以80岁高龄，脱下鞋走在一位现代舞演员的脊背上，她说，人生从来没有这样有意思的体验。

这也让我反思自己的创作。

本来我的诗歌已经有了戏剧性和音乐性，这和我的职业有关，是自然产生的一种比较适合朗读的诗歌。

我在做诗剧场的过程当中，虽然接触了各种各样的诗人和诗歌作品，但由于我是艺术总监，我站在一个评判和重新解释作品的位置，似乎掌握着某种权力，如同拥有了摄影师用照相机拍摄某个场景的权力，我可以选取我想要的呈现角度和方式，我要什么画面、要怎么讲故事，都来去自由。我似乎在诗人的诗歌中，又跳出了他们的诗歌本身。我把更多的精力花在了如何用演员的身体再现诗歌上面，反而很少从诗歌文本中汲取经验。有趣的是，在做诗剧场的时候，那种强烈的口语诗，反而更能震撼到我，因为口语诗很像行为艺术，意外、残酷、直接地击中人心。所以，我也写出了一些接近口语的诗歌。女儿对我说，"'第一朗读者'曾经是你的脸面，但是你好像从来没有想过诗歌写作是你的脸面"。是啊，我好像不会被诗歌风格束缚，一直是怎么舒服怎么写。我的诗，只跟我个人有关，从我的视角缩小光圈，看到更大的世界。

现在离开了艺术总监这个身份，我只是观众，只是一个诗人。

本以为离开诗剧场之后，净土一般的美好生活就拉开了序幕，但没想到迎接我的是疫情大暴发，而且滞留在疫情最严重的美国。每天我接收到的负面信息堆积如山，我在没有读者的地方，面对社会震荡，反而潜意识里没有了任何写作的禁锢，似乎也不祈求任何人和我在情感上产生共鸣。我没有选择刻意不去看糟糕的现实新闻，我变成了一个反应体，时刻接受着毁灭性的信息，我的身体被外界环境刺激着，我愤怒、忧伤、绝望、多重性地思考着。这就是我写出那些"洛杉矶日记"的过程。也许我的写作正是需要这样一种激烈的碰撞：现实与虚拟，麻木与残酷，过去、当下和未来交织成充满张力的空间，我穿梭其中，它造就了另一个从容，一个多样化写作的从容。从此故事又进入了新的场次、新的篇章。

关于诗人之神秘

盛兴

"作为一个人，再有限的词汇，再贫乏的知识，也足以表达一切切身感受，没有什么受限于语言而不能表达。"基于此谈两个问题：语言的价值被高估及诗人之神秘。

当前，语言价值就是诗歌价值之"天花板"，今天的诗歌止步于两种形态，"产物语言"和"语言产物"。

"产物语言"核心理论是韩东提出的"诗到语言为止"。这一诗学观点的重要价值在于，它为权力工具论诗歌和情感臆想论诗歌画上了一个休止符。"止"这个字针对"泛滥"来说，真的是响当当的痛快。当前，"产物语言"的最大实践主体就是语言纯诗，其本质是取消语言的现实意义而赋予其一种独立的"语言世界"的意义，从而使语言成为一种宗教。

"语言产物"泛指过去和当前一切以语言文本为价值追求、以遣词造句为隐匿手段、以语言张力为诗意内核、以情感命名为现实意图的诗歌。同时，相当一部分用口语写就的诗，甚至是叙述现实事件的诗仍然属于"语言产物"的范畴。一方面，我认为口语和书面语在诗意构筑当中并无质的区别，口语同样无法避免遣词造句；另一方面，在对一个现实事件的复述中，有一个事关诗歌文体的根本问题：诗性无限趋向于真实，新闻无限趋向于客观，除非我们认为新闻和诗歌是一码事，否则客观无论如何成不了诗歌的追求，而当真实成为一种追求，只有通过语言的途径方可实现。

"诗到语言为止"并没有在中国当代诗歌大行其道，在于一个基本事实：语言终究是一门学科，诗歌作为一类艺术，无法终止在一门学科上。作为一个诗人，谁也不甘心自己的诗歌仅仅停留在语言范畴，每个诗人都要本能地追寻"诗人价值"。

今天的诗歌，对作为一种工具的语言极其不理智，陷入沉醉；而对诗意美学又过于理智；再到对诗人之神秘，则生硬无感。把诗意美学寄托在语言上，形成了当前中国诗歌语言最大的问题，也形成了诗意最大的问题，到此为止，绝口不提诗人个体。"语言、诗意、诗人三者天然合一"，这是一种浑沌的认知和无力的表述。语言、诗意和诗人内在是一种生命的逻辑关联、灵魂的有序机理、存在的深入递进，是有迹可循之物。以语言为追求的诗歌，最终价值是文本；以诗意为追求的诗歌，最终价值是美学；以诗人为追求的诗歌，才是最终的抵达，诗人是诗歌的终极价值体——一个天生的诗人。

"有用"和"没用"作为艺术工具论的一条划分界线，好像唯有"透过艺术作品看到艺术家本人"不是一种用处，这个看起来不是目的的目的是唯一不可撼动、不容置疑的目的，除此之外，皆为艺术工具论。要在一首诗中看到一个真实的诗人本人，镜像、描摹当然不足一谈，而是要靠语言之外的信息瞥见诗人也无法得见的自己。

先从一些和人无关的事情说起。

20世纪60年代，克里斯汀·尼盖德教授进一步发展了Simula编程语言，这使软件系统的设计和编程发生了基本改变，可循环使用的、可靠的、可升级的软件也因此得以面世。这是人通过语言介质对计算机进行驱动控制的一次极大飞跃，计算机通过语言更高效地替人工作，实现人想达到的目标。

用最平常的话说，"诗歌是一门语言的艺术"，在这样的命题下，不管我们如何发展语言，也只能是像尼盖德教授一样，让这种介质的效能一次次地提升、飞跃，那么诗歌依然只是作为一部语言机器而存在，诗意依然是机器屏幕上一种具有普遍意义的美学，谁也看不到机器背后的那个诗人个体。正如，一个剑客之所以厉害，不在于他的剑厉害，不在于他的剑术登峰造极，不在于他的师父是谁，最终在于"他"是谁。同样，当你知道一首好诗的主人在诗歌史上如何重要，这首诗如何好就已经不重要了。有一个现实但也许有些偏颇的问题：假如我们不知道一首好诗的作者是谁，我们如何有信心认为它是一首好诗？如何不去怀疑它的作者只是偶然为之？在这一点上，可以就市面上的诗歌功利形势据实指出，当前就是"认人不认诗"的。我由此要强调：

诗意是超语言，如果不能携带诗人的真实信息，就是"伪诗意"，这就是诗人之神秘的一个边界。

若视诗歌语言为二维，诗意便是语言张力构成的三维空间，是一个想象空间，四维即诗人个性，也可说是诗人灵魂，是一个感知空间。既然有四维的存在，那么所有的语言张力就是一种未抵达，而未抵达就是无效。

在一个诗人独立人格缺失或不具有诗人神秘信息的诗歌世界中，我设想了未来三种不堪的局面。

一是诗歌没有好坏之分。诗歌没有好坏之分不是缺失价值标准，而恰恰是因为存在价值标准。诗歌完全地处于某一种价值匡扶和参照中，就是说"好"和"坏"由各种语言美学规范和权威评判来体现，在海量的文本中，根本无法打捞出一首为所有人称道的诗。诗歌的先锋性成了一个底线式的借口，也正因此，另一件可怕的事情正在发生，先于先锋诗歌，先锋导向和标准业已形成并正在运行，简陋正与先锋趋同，在"泛自由氛围中的泛价值评判"下，多重导向使诗歌"没有好坏之分"的卑陋日益彰显，无论你怎么写总能进入某种价值观念的预设之中。美学全覆盖，价值无盲区，你只要写诗，就是个诗人。

二是汉语诗歌将与西方诗歌进入隔绝状态。由于汉语的象形、会意、双关、通感等一系列特殊属性、特殊内涵使然，西方诗歌的语言经验似乎都无法根本地解决汉语诗歌的问题，所以汉语新诗以来，但凡有所借鉴，就立刻显形并被准确地指认是学的西方的哪一门、哪一派。本质上，西语中的意象绝然不同于汉语中的意象，"湿漉漉的黑色枝条上的朵朵花瓣"不同于"一树梨花压海棠"。汉语诗人历来似乎习惯了用汉语的张力思维去理解西方诗人的诗句，用文本层面的主义、流派、潮流、风尚等去评判西方诗人，所以才出现了对西方诗人生命个体的忽视和误解：沉湎于"清风一样的逻辑"的艾略特，而不是内心像盾牌一样坚硬的艾略特；折服于"吻吃你的姐子"的波德莱尔，而不是把上帝视为唯一救赎的波德莱尔；崇拜"摘取贫民窟桂冠"的布考斯基，而不是饱食绝望、充满人生厌倦的布考斯基……长此以往，由于缺少诗人灵魂和艺术家价值之间的对撞，汉语诗歌可能会因为诗人个体的面目模糊、人格平庸，而无法在世界领域内实现联通、交流和滋养，只能一直艰难运行在一截封闭而干涸的河床上。

三是"诗将不诗"，或者诗成为可有可无之物。主要表现为脱离诗人本体后的形式边界跨越和功能异变。大多数诗歌将成为一种释放悲悯情怀、炮制情感模型、树立道德样板的"无头尸体"，这类诗歌保有强劲的蔓延势头，短时间内不会被戳穿，并且有可能进入诗歌史、文学史。剩下的，一类将成为民间工匠的语言技艺，通过语感拿捏追求炉火纯青，通过语言想象追求无限可能；一类将成为一种纯语言学术，用于实现现实功利；一类将在一个类似于疯子的群体中以密码的形态传播，底线全无；一类将成为脱口秀或分行的短视频剧本；一类将成为洋气体面的价值宣言，成功人士俱乐部的语言风尚，楼盘海报或午夜心灵鸡汤。

关于诗人的神秘个体，在一个有限的可认知和可操作领域，我想用在场感、爱和灵魂这三点来谈论，并且尽量尝试使用落在地上的语言，而使其具有超越语言逻辑的现实意义。

"在场"就是诗中有"真我"。有个现象，即使是处于同一层次、同一门类、同一立场、同一观念的诗人，其诗歌文本之间总能体现出差异性，高蹈的学院诗写者坠落的轨迹、下沉的口语诗写者刁钻的口气，粗枝大叶的初学者和信口开河的从众者亦有差别。这是一个奇迹："诗"能够本能地携带诗人个体信息，一个诗人自然地在场于自己的诗中。然而这又仅仅是个假象，一种诗人个体的语言气质，也就是语感，对于一首诗歌价值的确立毫无作用，一首有价值的诗歌首先要在这个普遍现象中上升出来，有一个"真我"在场。有"真我"在场时，**一切诗歌透露出来的都是"善意"或者"道德"，无论你如何在语言中穷尽其恶，到头来，在你诗中看到的依然是善意和道德。写诗这件事本身是诗人，也就是"我"的在场行为，"在场"就是诗人最大的道德。**由此，"真我"是道德本身的我，而不是道德判断的我，是一个不带道德判断的我、亲历的我，而带道德判断的我就是旁观者、"冒牌我""假我"。另外，有一个经验是，在诗歌中的那个"真我"往往是没有写"我"而写其他时体现出来的那个"我"，真正的在场是一种神秘的"他在"，"真我"总是不那么习惯用第一人称。就像唐欣，总是喜欢用"他"，而最终你会发现，这个"他"比"我"更为自然。

诗人个体是一种爱的存在。爱用语言呈现出来，最终都不可避免地成为爱的箴言。关于爱，即使特立独行的、疯狂尖锐的、生偏冷僻的表达，只要落实到语言上都一定会成为箴言。箴言不是诗，诗也不是箴言。由此我看到了语言对"爱"的消解和解构。语言本能地遮蔽和同化了诗人的"爱"，并将其凝结成一种人群中有普遍感受的"情感"。爱不同于情感，爱是一种超越语言和语言无关的原生信息，类似于"初心"，是生命源头，更是生命个体。情感是一种语言规范，与语言相对应，语言无法表达的情感就是不存在的情感。举个例子，性是所有男人和所有女人的普遍关系，但爱却是有个体针对性的，你爱一个女人，把爱给了这个女人，但爱却还是留在了这里，因为爱就是你自己。性就是语言，爱就是诗人个体。读到一首诗，我们本能地追寻语言背后的意义，这说明我们对语言是不尽相信的，这种本能体现的是对神秘空灵之物的追求，就是平时说的"理解"，而与理解所对应的只能是诗人这个个体，"理解"就是对诗人之爱的体会。爱无法操作，也不会被遮蔽，它是诗人和这个世界之间的关系，没有爱，诗人就无法呈现自己。

诗人在自己的诗歌中获得永生。现在我来说这样一段话，来证明在灵魂层面，语言和诗人将结束争执："一个诗人的灵魂是一首诗的灵魂，一首诗的灵魂却无力成为一个诗人的灵魂，一个诗人的灵魂共同存在于其所有的诗中，其所有的诗却构成不了一个诗人的灵魂。"这是一个解决灵魂问题的语言逻辑极限方案，但最终依然无法证明灵魂的存在，灵魂自此飞离语言此岸。从某个层面来说，在今天，我认为诗人的灵魂代表的就是诗歌的现代性，因为：一方面，越是趋向于绝对的个体性越能释放灵魂信息；另一方面，在这个身体性超越精神性的时代，我认为灵魂是一种未来之物，灵魂之神秘不是来自过往的追忆和生命经验，而是未来的预见与昭示，在诗歌中灵魂代表了一种生命的可能性，一条活着的未来之路，一种对旧生活的救赎，一种牵引和召唤。"绝对个体"和"生命可能性"就是诗人的灵魂，诗人的灵魂就是诗歌的现代性，诗歌的现代性代表了诗人的"不死"。

维特根斯坦说："一切都处于语言的逻辑世界，神秘之物不可言说，只能显现。"我想说，在今天，汉语的张力早已在世界范围内大行其道。也就是说，在第一个阶段，汉语的张力就足以包容维特根斯坦的语言逻辑密码；到了第二个阶段，"神秘之物不可言说"亦早已成为汉语世界认识论中的常识和本能，汉语诗歌对此亦多有定论。在所有艺术家中，唯有诗人赤手空拳地处于一个现实的、生活的庸常之境，所以，诗人即是神秘本身，而汉语诗人，尤其应该是神秘本身。

"至今我仍不知诗歌为何物，而我的灵魂越来越现实，越来越有趣"，这就是我，作为一个诗人所谈论的诗人之神秘，关于"我"的神秘。

匈鸡拜年，在额济纳的一个书面演讲
侯马

> 列车经停戈壁小站
>
> 人间唯见一盏白炽灯
>
> 夜空唯见一颗白炽星
>
> ——《夜镇》

关于写作，我听到的最多的问题是"你还写吗？"。无论我如何回答似乎都能引起善意提问者的赞同，还写就是真不容易，要是不写了那就对了。人的成长或者社会化的过程似乎就是一个理所当然不得不放弃诗意的过程。

我也自问，我这样的情况有那么特殊吗？我关注中国古代诗人，一个更深的探究是，他们是否把诗歌视为一门独立的艺术，是否有内在的艺术创新的需求，并由此独立而非补偿地、更非功利地赋予他们的人生以意义。答案是肯定的，但远非那么明显，甚或不那么自觉。我关注基于政治立场的创作，也想窥探其真正的信仰是否有个人化的表达，其阶段性的认知是否与永恒的价值一脉相承，有无反思精神，有无超越情怀。所以每次我在呼和浩特满都海公园散步时，都感到诗歌墙上戚继光的这句"一年三百六十日，都是横戈马上行"是那么夺目，而自忖必死的陈毅在诀别心态下写的"此去泉台招旧部，旌旗十万斩阎罗"，诚如评论所言，是革命不要命，写诗也不要命。

既然不写顺顺当当，那么要写就必须写非写不可的东西，就必须写不一样的东西，就必须最大限度地去除遮蔽，追求真实。

首先我要写出美。我能忆起童年时初次见到的事物在我心中唤起的那种美，即使它已被磨损或覆盖了，我必须在一种更复杂的状态或者更抽象的秩序中再次发现它，那似乎是人作为生命的一种本能。我还要写出我的平庸和局限，比如我经常忆起我们在东单体育场踢球，每次被北京的球痞蹂躏后沮丧的心情。诗歌要警惕美化自我的倾向，诗人形象不是虚构美化的形象，不是你全部的形象，但必须是你真实的部分形象，否则就是自欺欺人。尽管这个问题仍有讨论的空间，但我愿意把它作为一个简单而重要的原则。

不是全部的形象，那么未呈现的部分是什么？应该全部呈现，历史也终究会把你呈现的部分作为你全部的呈现。能不能真正认清自己、悟透时代，使作品具有穿越时间的永恒价值，当然关系到格局、才华、勇气。每个时代都有本时代的认知盲区和道德边界，每个诗人生存的时空也有其现实的利害考量，其中的冲突也构成创作的前沿。

我必须写出一代人。尤其是这一代人的独特性增加了我的自觉。我写我经历的"文革"，尽管我只有几岁，却正可以为关于这段历史的写作贡献童年视角。"二战"对当代世界的塑造是无与伦比的，而我们吸取历史教训之后正在建设的世界，也必将深刻地改变人类的命运。我意识到我童年时经历的生活，保留了后来迅速消失的、可能是人类度过了上千年的生活，而今天我们所面对的变化又比人类有史以来每一次重大的变化都更深刻、更巨大。因此，每个诗人承担了自己的命运，也就承担了写作的命运。

在雨声中醒来

不敢问夏尔
听没听见过雨声
从房顶瓦片上汇集成流
又在屋檐尽头凌空落下
一滴追逐一滴

次第绽放的雨声

我怕一问

他会感到人生

原来还有残缺

或者听到答案后

我会认为古中国

超越空虚的那点意义

台阶下已接不到了

2017年

当年我提出"为'新世纪诗典'写作"更多的是出自骄傲或虚荣，而10年后我说"新世纪诗典"是我搭上的自救之舟，则更能表达"新世纪诗典"于我的意义和我对伊沙的感谢之情，我也视"新世纪诗典"为志同道合者共同的命运。回顾10年来的心路历程，对这一点我有深切体会。我们不是功利主义者，不是机会主义者，不是实用主义者，不是没有信仰理想的一代，人类共同的价值逐一被擦拭，而一点一滴的重建就在这日复一日中。

我为"新世纪诗典"写作的10年，贡献了磨铁读诗会出版的"中国桂冠诗丛·第三辑"中《夜行列车》那本诗集里的绝大部分诗作。如果不是这10年的创作，我自视甚高的前20年写作，几乎留不下多少有分量的作品。尽管我的诗歌有一以贯之的一些品质，但我更珍视脱胎换骨的变化。这种变化内在地巩固了终生写作的可能性和严肃性，使中年写作不仅呈现出马拉松式的耐力，更爆发出多轮百米冲刺的青春之力，而这些均是在更谦卑的对自我的检视下与更真挚的对真理的信仰中推进的。尤其是从21世纪第三个10年开始，世界变局加剧，现代汉语诗歌空前成熟，庞大虚假的作品很难再唬住人，而以往可能石破天惊的作品今天比比皆是，艺术的幽微、深邃、细腻、高妙在一代诗人不懈地创作中以诚实的形象呈现。情况就是这样变化着，远比我们想象的更关键，更具有决定性的意义。

在一连串引发我内心惊涛骇浪的事件之后，我十分庆幸来到了内蒙古工作和生活。踞此边隅，我强烈地感受到了一种贯穿国家、民族、文化、语言等方方面面的界线意识，强烈地感受到了一种生生不息的交往交汇的融合状态。因为总是出关进关，我体会到长城之所以美，是由于我可以自由地从两侧看它，而不再视其为代表着敌意和陌生的阻碍，是因为它依附的每座山的曲线都美。我在"新世纪诗典""稳稳地拿走半月冠军"的那首《雪灯》，写国与国的关系，甚至类似人与人之间的爱情关系。当然我也试图表达一种纯粹的中国人的精神，以及从唐朝就孕育成熟又在邻居那里发育生长的东方之美：一盏自带屋檐的灯。

雪灯

城市一条内河

河畔林中空地

我看到一盏

自带屋檐的灯

是邻国的友好城市

送给本城的礼物

——已破旧了

深爱过

又伤害过

已经和好了

还怎么再和好呢

2021年

当年出版的韩东作为主编的"年代诗丛"，将我的《精神病院的花园》作为其中一个分册。交稿后我很久都没有写诗，傻等着名扬天下。而《夜行列车》在今年出版后，我已经能够做到以此为激励加速写作，用更新的作品把所谓的代表作挤出去，或者在再版时响当当地加厚它。《夜行列车》之后的新诗集我已经交稿了，名字就叫《匈鸡拜年》，就是前几天被某人认为降低了发表门槛的那首《匈鸡拜年》。这首诗也因为读完就能令人印象极其深刻、被迅速记住而被磨铁读诗会评进"汉语先锋·2020年度汉语最佳诗歌100首"。

匈鸡拜年

大年三十

同事帮我挂一幅油画

临行我送他北京年糕

他坚辞不受

除非我接受他的匈鸡

我问他什么匈鸡

他回答就是当地匈鸡

我说雄鸡是不是就是公鸡

他说就是匈鸡

我说是不是凶鸡

也叫野鸡

他说不是

内蒙匈鸡

我实在好奇

跟他去看了小车后备厢

原来是内蒙古熏鸡

2020年

这首诗固然写的是真实发生的事情，但真正触发我创作冲动的是给xiong这个音找到了"匈"这个字。匈，一个常用字，本意是胸膛的胸，但今天的汉语已经不在这个意义上使用它，基本上专用于中国古代北方少数民族匈奴以及跟匈奴或许有点渊源的匈牙利。找到这个字就找到了阴山南北内蒙古文化的一个源头，正是这个民族前后纵横草原数百年，在与中原民族的交流交往中影响了中华民族的民族心理的形成。"匈鸡"是发音的巧合，也是具有历史内涵的创造性命名。这个发音属于晋语，汉语方言的一种，不仅分布在除了汾河下游谷地以外的山西广大地区，也分布在内蒙古中西部地区，以及河北、河南、陕西三省邻接山西、内蒙古二地的地区。晋语分为8支，其中五台片包括内蒙古中部，大包片包括内蒙古的包头，张呼片包括呼和浩特、乌兰察布。在我来内蒙古工作以前，确实很少想到它的方言是什么，当然其中还不包括内蒙古东部和西部的情况。方言这强大的文化基因，这具有生命的文化遗址，也只有现代诗无所不包的胃才能消化吸收。而某种意义上，作为这苍茫大地上最新一代移民，我不能不追思走西口、闯关东的前人，他们在这里有机地融合着农耕与游牧文化，创造着一种近代以来新的农牧文化。也不能不想到昭君——中华民族历史上最早的移民、中国的美神与和平之神，现当代以来的历史正有力地冲刷着在相当长的一段历史里这个角色的悲苦色彩，我也愿意把这个历史事件视为一个爱情故事：王昭君与呼韩邪单于大漠纵马，含情脉脉，呼韩邪单于头顶纯金王冠上的雄鹰随着马蹄奔驰，作势欲飞。与草原民族看待鹰一样，中原民族自古认为鸡是勇的象征，视"斗死不怯""毅不知死"的鸡为神鸟。而经过长期饲养和文明的驯化，我们早已心安理得地把盘中美餐与文化象征区分开了。草原上本来不吃鸡，以烤全羊、手把肉闻名，而现在据说从张家口传来的这个熏鸡，已成为为数不多能在这里立脚的名吃品牌。

一首诗就是一个世界。要想呈现这个世界，诗人心里要有这个世界。我在这首诗里还想描述的一个主题是关于腐败。"新世纪诗典"创办于2011年，当时的社会风气人们记忆犹新，我纪念恩师任洪渊的一首诗《小腐败》中写到，我把收的一些小礼品送给了任老师，其实不只是关心孝敬他老人家，也是在试图缓解我的道德不洁感。现在多好，越来越好，一块北京年糕，或者一只内蒙古熏鸡，甚至什么都不需要。

最后，尽管几无可能去参加演讲，我却也不想放弃表达对"磨铁读诗会"和沈浩波、里所的感谢，不想放弃与前辈王小龙、韩东同台的机会。我想告诉杨黎，他面对死亡和疾病的诗作已赋予他全部诗作巨大的说服力。还想祝贺黄平子获奖，并感谢他为《囟鸡拜年》辩护。祝从容、西娃、方闲海、盛兴演讲精彩。

我处在国内目前唯一的高风险地区，无比美丽却无人欣赏的额济纳。正在从事的工作，是把"守住底线"与"做到最好"艰难地组合在一起，并且这也是我们全部的工作。

2021.10

诗歌就是身体
沈浩波

2018年，在遥远的拉丁美洲的秘鲁首都利马，秘鲁诗人、翻译家莫沫，带我去利马的老火车站，那里现在被改成了一个"文学之家"。里面有一个以诺贝尔奖得主略萨命名的文学书店，还有一个诗歌展览馆。在诗歌展览馆二楼的一个展厅，迎面的墙上有一行如同标语口号般醒目的西班牙语——"诗歌就是身体"！莫沫惊喜地对我说："沈浩波，这句话简直就是对你说的。"是的，至少在那一瞬间，这句话就是对我说的。或者说，这其实就是我身体里的一句话，以这样一种方式，让我遭遇它，唤醒它，重新思考它。

我到现在也不知道，利马诗歌展览馆墙上的这句"诗歌就是身体"，是谁说的，是在什么背景下说的，为什么会把这句话像个大标题一样写在墙上。莫沫也不知道，现场没有关于这句话的任何背景资料；就那么没头没尾地出现在我眼前，仿佛在等我，仿佛知道我要来。

21年前，时间过得真快，已经21年过去了。那年我24岁，和一群同样年轻的朋友发起了"下半身诗歌运动"，如同洪水猛兽一般，在互联网时代的诗歌现场横冲直撞，我们制造了话题和现象，也引发了无数的争议和攻击。今天参加这场演讲活动的好几位诗人都是这场诗歌运动的全程见证者。盛兴是下半身的同人之一，当年背负天才之名加入了这场运动；在"下半身"这个名字还未曾公布时，我们曾经跟侯马一起在酒桌上讨论这个命名，侯马以一个兄长的身份苦口婆心地劝我们换个名字，遭到了我们的一致反对；当时还从未谋面的杨黎和何小竹联名在"诗江湖"论坛发表公开信，称"下半身"的这群年轻诗人是"一群天才突然冲上街头"（大意如此）；伊沙发来文章，说"我寻求加入"；方闲海当时叫"口猪"，在诗江湖论坛上，是下半身坚定的战友；劳淑珍在诗人于坚的推荐下，因为"下半身诗歌运动"，将我、尹丽川和盛兴邀请到丹麦参加诗歌交流……

大家看到了"下半身"的冲击力，看到了一些新的声音在崛起，看到了它的破坏性，看到了它泥沙俱下的肆虐……但到底什么才是下半身呢？其实很简单，下，是"向下"，身是"身体"，这两个字很清楚。但连起来呢？"下半身"呢？是什么意思？我也说不清楚，但肯定有它的意思，虽然说不清楚，但连起来就有冲击力了，挑衅意味就更强了，就摆了个pose了，就构成姿态和行为了，就不仅仅是一种美学而更是一场运动了，它就像是骂了个娘，就像公牛闯进瓷器店！

到2004年的时候，随着《下半身》杂志的停刊，作为一个诗歌流派的"下半身"也告一段落。下半身的同人们，包括我在内，很长一段时间也都不再提及"下半身"这3个字，大家离开了群体，回到个人创作，各有各的骄傲，各打各的天下，好汉不提当年勇，也不想再沾一个群体或者一场运动的光。我不知道别人是怎么想的，反正我就是这么想的。甚至一度，我想摆脱这3个字，我不想成为一个被贴上标签和符号的诗人。我仍然习惯性地在"向下"和"身体"这两个向度上写作，但又时不时地想反抗，想逃逸，我不想成为某种固化的美学习惯的奴隶。我一直左冲右突，拒绝形成稳定和成熟的声音，我不断尝试新的写法，拼命寻找自己的声音。

忘了是哪一年，也许是2015年，也许是2016年，我忘了，我总是记不清楚很多时间，应该是我使用微信的第一年或者第二年。我问自己，我到底想写什么样的诗歌？什么样的诗歌是我最想写出的，独属于我的，又是符合我对理想中的诗歌的想象的？我不知道，我说不清楚，但朦胧中又有所感知。正好那时我在整理过去的诗歌，我写过那么多诗，有好的有坏的，有广为流传的所谓名作，也有在圈里被叫好的所谓好诗，但又有几首是我自己特别喜欢的呢？我说的喜欢，不是说它有多好，就是喜欢。这时我才重新"看"到了

《文楼村记事》组诗里的第一首《事实上的马鹤玲》，还有《玛丽的爱情》。我发现我太喜欢这两首诗了，它们就是我苦苦寻觅的，想写出来的那种理想中的诗。哦，原来我已经写出了想象中的诗篇。但真的是这样吗？下一首呢？我如何才能再次写出这种我自己喜欢的，我想象中的理想诗歌呢？这到底是一种什么样的诗歌呢？大概就是从那个时候起，我又开始频繁地提及"下半身"，提及"身体"一词。如果说"下半身"时期，我的写作理念更多源自一种身体的本能冲动，源自一种荷尔蒙勃发的侵略性、挑衅性、反抗性的话，在那本能的感知中，其实也包含着我的天性，包含着我天生就想写某一种诗的初心，它可能还只是一个轮廓、一个模糊的方向，但那就是我的，它需要重新生长，生长出更清晰的样子。

"诗歌就是身体"，到了2018年，当这句话在利马的老火车站，迎面向我扑来时，它已经是住在我内心里的声音了。诗歌就是身体，至少对于我来说，就是这样的。这句话包含了我想表达的全部。虽然我早已明白，从根本上来说，这种观念只可意会不可言传，其中包含着丰富的、无法一一辨识的、各种对于诗歌的理解和认知。试图说清楚，只会陷入阐释的陷阱，只会缩小其内涵，窄化其幅宽。但既然今天演讲的主题是"观念与写作"，那我就尽量试着简单和笨拙地说出其中一部分：

1.身体在哪里，诗就在哪里，写一种"置身其中"的诗。
2.写出一种"切肤的真实"。
3.人是生命现场最大的自然，写"生而为人"的诗。
4.诗是身体与世界碰撞时发出的声音。
5.追求一种有身体感的语言。
6.诗人应该有自己的身体。

我所理解的"诗歌就是身体"，其最表层的含义，首先是要写一种"置身其中的诗"，我的身体就在我的诗歌发生的现场，身体在哪里，诗就写到哪里。只有身体到达，才会有真正的心灵到达。我所要写的，是一种身体真切感知到的诗歌，我要写出一种"切肤"的真实。

"切肤的真实"，既是在强调诗歌的身体感，也在强调诗歌的"真实"。对"真实"的强调，是我个人的诗歌观念另一个极其重要的部分。我一直认为，诗就是诗人不断追求真实的过程。"身体"与"真实"密不可分，我要写的是我真正感知到的、可以被触摸到的真切的东西，而不是想象出来的、虚构出来的东西。我要写的是真实的身体感，而不是夸张的、矫饰的或者浪漫主义抒情化的身体感。

诗绝不是象牙塔里的文学、文化和艺术。诗更应该是自然。我心目中的自然，不是把人排除在外的那种自然，恰恰相反，我认为人才是生命现场最大的自然。诗歌更应该是生命现场的自然，人是呼吸的生命，是自然的身体，是身体的自然，那么好吧，我想写的，正是这样一种真实的属于人的诗。

很多人都会说，诗人要有自己的语言，这话当然对。但更准确地说，是诗人应该有自己的身体。我们写诗写到最后，最终塑造的是一个诗人。我们所写出的所有诗歌，都是我们的血肉和心跳，它们共同生长为一个诗人。它们不是在塑造一个诗人的形象，而是在形成一个诗人的身体。有些诗人，写作一生，成了一尊塑料的假人或者泥捏的偶像，这也是身体。他们的身体是假身体。他们以为这就是所谓的诗人形象，其实他们的形象是一具假身体。这不是我想要的，我想要一具真正的身体——它就是我，真实的我，赤裸的我。

对于我来说，诗是身体与世界碰撞时发出的声音。我们的身体每时每刻都在与这个世界发生碰撞，但我们并不总能听到碰撞的声音，而当我们听到时，诗就出现了。更多时候，它不像是撞击，更像是触摸，是触摸的声音，是沙沙沙的，这是一种温柔的和解，慢慢地融入；有时候又只是摩擦，是摩擦的声音，嚓嚓嚓的，这是一种沉默的抵抗，或者无奈的妥协。我当然会写沙沙沙的诗，会写嚓嚓嚓的诗，大部分时候，我只能写这样的诗。但我自己最想写的，是一种嘭嘭嘭的诗，是身体与世界的撞击，是啪啪啪的，是咣咣咣的，是嘭嘭嘭的，是强烈而紧张的，我想用血肉之躯，摇撼一些什么，那里能发出个人意志的不屈从的声音。

我想写出有身体感的诗，就需要一种有身体感的诗歌语言。在我写作之初，还没有形成如此清晰的身体诗观时，我本能使用的就是这样一种语言。我在20年前写的一些诗歌，至今仍然饱受责难和诟病，因为从诗的表面看，它们显得很不"正确"。我实在懒得为这些诗的正确性做任何辩护性阐释，爱咋咋地。但它们之所以至今还在遭遇规模汹涌的批判，一个很重要的原因是，那些诗的语言是一种充满身体感的语言，富有攻击性和侵略感，这会放大读者的感受。我从一开始就本能地使用着这样的语言，它是从我的身体里长出来的语言，是我的天性赋予我的。而今天，在已经建立了高度的写作自觉之后，我仍然在追求这种语言。

当代汉语诗歌中，有很多诗人的写作身体感都很强。每个诗人所体现出来的身体感各不一样，只属于他／她自己。有的敏感而幽微，有的紧绷而富有张力，有的粗糙而结实……而我本人更想要的，是那种有血有肉的、生动具体的、有奔跑或者弹跳感的、有冲击力的语言，富有我自己的生命节奏。

我希望我的诗歌语言能够激发出读者的身体感觉，不仅仅有心灵感应，还要有身体感应。这其实很难实现，需要我的生命状态和语言状态同时到位，我不可能经常写出我自己最喜欢的这种诗，大部分时候，我都只能写忠实于当时生命状态的那种诗。那么怎么办？等待吗？等待诗神的垂顾？这也太被动了；不顾一切地去追求吗？这就太刻意了，一刻意就不真实，会沦为亢奋和激进。那怎么办？我的答案是：在两者之间。我需要保持甚至锻炼内心的强健和敏感，让身体充满感知的欲望，随时为这样的诗歌出现做好准备。每年能写出几首这样的诗，我就心满意足了。

如果有一天我老了呢？躺在病床上呢？物理意义上的身体衰朽枯竭了呢？还能写出富有强健身体感的诗歌吗？至少今天的我更愿

意相信，物理意义的身体和诗歌的身体并不是同一具身体，人无法抵抗生老病死，但即使我垂垂老矣，依然应该写出鲜活强健的诗篇——那才是我真正的身体，比物理意义上的身体更接近生命真实的身体。就像90岁的毕加索，依然在不断画出结实强壮的、富有身体感的作品。

诗歌就是身体。我与我的诗歌是一种互相塑造的关系。我的诗歌在塑造我的内心，我的内心又在塑造我在诗歌中的身体——那就是我的身体，那就是我。

今天演讲的主题是"观念与写作"，我也差不多做了一个完全对应的回答。观念非常重要，重要的诗人必然是拥有自己深刻诗歌观念的诗人。诗歌观念和生命意志，决定了一个诗人最终会成为一个什么样的诗人，当然还有才华，这就不必强调了。对于一个诗人来说，观念甚至是他的根基，他将由此而生长。但我最后还想补充一点，那就是，我们也别成为观念的奴隶，别搞成主义和真理，我们写诗，又不是搞宗教。观念是一种探索，它不断生长和变化。我形成了我的观念，但我并不为观念而写作。我愿意随时写出观念之外的诗。

神秘和死亡以及事物复活

方闲海

尼采在《悲剧的诞生》的序言里说:"艺术是人类的最高使命,是真正的形而上学活动。"我以为这艺术也包含了我们通常所谈起的诗歌。尼采也曾谈道:"作为对真实世界和存在的否定,虚无主义也许是一种神圣的思考方式。"

通过多年的诗歌写作,我意识到,通过诗歌语言勾连的形而上学活动,以及在信仰层面的虚无主义,都跟我自己的写作密切相关。

至少在我看来,诗歌关乎消逝的事物在人类记忆中的复活。而这种特殊的复活仪式需要一个包裹着诗意的最坚实最灵巧的语言装置来实现,唯有诗歌。诗歌的内在编码或许是非线性叙事里最复杂的一种。我经常阅读到一些好诗,也常常联想,一首诗10行左右的诗句,是如何从各类诗人如同液态的情绪里像喷泉一样被塑造起来的?诗歌的感性,如何从我们生活层面那如影随形的理性中被剥离出来并凝聚起来?

我想通过几个小故事来编织诗歌最擅长的主题:神秘和死亡。我想试着说清楚事物的复活跟一个诗人的关系。尽管我知道想要说清楚几乎是不可能的,但这几段碎片之间的空白处,或许能让大家帮我填充上某些未知的一点点感性。这一点点感性,在有经验的诗人或读者看来,可能就是诗歌最宝贵的神秘胚芽。

我很迷恋在诗歌中处理死亡题材,因为这往往是虚无主义在我心里最为活跃的时刻,它刺激我,让我保持对现实的某种警醒。我有一首诗叫《第一次谈话》,是关于我跟我妈在墓地的第一次谈话。我知道,这也是一种关于死亡的神秘体验,而我已迫不及待地想让墓地的此时此刻,在自己的内心永远留存,于是诗歌出现了。容我读一下这一首诗。

第一次谈话

那是一个好日子
我陪妈
坐车到半山腰
又沿小路
徒步到更高处

来到刚买的
她崭新的墓地

邻居众多
往下看
一只青绿色水库
在艳阳下眨眼

我说妈
停水了
你可以下去打水
洗衣可不行

从墓地远眺
一片
安静的大海
一个盘踞的
小海岛

那是我出生之地

我说太好了
能看见老家

妈似乎还不太满意
墓地太高
爬上来累
爸也已放话
死后不愿跟她住一起
以免延续一辈子的争争吵吵
我沉默

只能沉默

但我依然跟她表达
我很喜欢这
植物葱茏的山坡
静谧漂亮的水库
能看见最爱的海岛
听了她心情好了点

那是
妈第一次带我来到她的墓地

妈在自己的墓地

第一次和我谈话

（写于2018年4月5日傍晚 星期四 清明节）

今天，我想跟大家分享的，主要是关于我诗歌写作中存在的某些失败，关于通过写诗如何让事物复活而遭遇的一种无能为力。

1

前两年，我通过网络认识了一位年轻的诗人，叫金燕，微博名叫：一头大蒜17。疫情期间，她刚大学毕业。她会说朝鲜语，老家离朝鲜边境不远，现生活在黔西。黔西，贵州西部，多年前我去过，经过的高速公路被当年的贪官啃吃掉了一半，这条本该宽一倍的高速公路如按计划修建，事故率至少能降低一半。这跟我们诗人所认知的诗歌经验刚好相反，一首诗若被砍掉一半往往会变成一首好诗。我很喜欢一头大蒜17的诗歌，因为今年为《橡皮先锋文学》约稿的关系，我看到了这位年轻的女诗人在简介里简简单单地介绍了自己：UFO见证者。

这个简介犹如一道电光，让我寻味至今。这不仅仅是耍酷那么简单，而是年轻的诗人想努力揭示一种容易被忽略的现实：在生活中，总会出现不同寻常的见证者。作为UFO见证者，从世界观的角度，她如同已见证了诗歌的核心，也意味着她认可某种超越人类生存的关于想象力的心理机制。在李白那里是成仙，在兰波那里是通灵。我觉得，现代诗人该做的一项重要工作，便是通过不断的见证，化腐朽为神奇，把神秘的感知储存到自己的内心，并通过想象力传递给诗歌读者。对我来说，最好的诗人应该是最不同寻常的见证者，也是最危险的想象力发明家。诗人不单单是诗意的传播者，更重要的，诗人也是让一切事物复活的神秘论倡导者，对未来抱有毁灭和重生的双重欲望。

2

　　我最神秘的人生阶段是童年，但我似乎一直还未有意识地去开采这个金矿。海明威认为一个作家最好的早期训练是"拥有一个不愉快的童年"。而我却似乎拥有一个愉快的童年，看来我已错过了最好的早期训练。也许诗人的感官接收器更像是一个自动的生存过滤器，它会过滤掉很多日常生活的残渣，让那些最有质感的生活细节朝诗歌的形式凝聚。前一阵子，我写了一首诗，大意是我在童年还储存着100首诗，但都还没有取出来。其中至少有10首诗，会跟我爷爷有关。

　　童年时，我跟爷爷睡一起，他经常给我讲各种评书，但他不识字。我爷爷是20世纪50年代入党的，是一个舟山老渔民，也是一个在渔村里享有威望的老船长。小时候，我曾跟着他几次出海打鱼，至今我还记得他掌舵时的坚定眼神。他瞭望着蓝幽幽的一根海平线，脑子里装着一张洋流地图，以判断哪里有鱼群并可以出网。在一个炎热的夏天，那时我已经上小学了，他坐在家门口抽着大前门香烟，递给了我一根崭新的钢笔，说是去市里开会时发的。他膝下还有几个儿孙，却独独赠送给了我。他嘱咐我要好好念书，他说自己吃的亏就是没文化。我后来理解，若有文化，凭他的党龄应早有一官半职了；或者，他捕鱼早就跟上了时代的技术发展。我那时根本不懂得去珍惜那一根钢笔，早弄丢了。当我后来开始用钢笔在本子上写诗，经常想起我爷爷和他送我的那一根钢笔，而他从没听说过我的任何一首诗就离世了。

　　后来，我写了关于我爷爷的诗。从题材的角度，其实我是在写一个死去的老渔民。而诗歌复活事物的形式，如同海浪不断地修复着一望无际的海面，总是在分行、分行。诗歌中的细节尽管不会像浪花的泡沫那么丰富，但若要提取必要的细节，那一定有着致命的质感。这种质感，在死亡题材中尤为扎心。死亡也是每一个人必将经历的、唯一的、最神秘的遗忘自己人生的大事件。诗人们都懂得给亡者写诗，从情感的模式上，就像写一封对方永远收不到的情书。因此，诗人必须借助神秘的感知和力量。

很遗憾，关于爷爷的一生，哪怕一个片刻，至今我都还没有写出让自己满意的一首诗。这意味着我没能够让某种事物复活，在诗歌的表达路径上，要怪年少无知的我一定在记忆中错过了什么，至少是某种具备生命质感的细节。我需要重新走回童年，细细寻觅，但得依靠某一种机缘。我并不想从诗歌不朽的意义上来谈论关于事物的复活，而是从诗歌的品质上来评判，就像希腊人所重视的一种揭示真理的方式——使事物从隐蔽状态进入存在状态。

3

很多年前的一个傍晚，我妈给我打了个长途电话，说下午整个渔村的女人都跑到后山上去看一条出事的货船了。那时，我们渔村里的渔船都已出海了。那是个冬天，刮风，天很冷，海面上惊涛骇浪，那一条货船因没把握好航行路线，触礁了。船上的人使劲朝海岸挥舞着手，而山坡上的人越来越多，包括小孩，大家都聚集在悬崖边上，但谁也听不清楚下面船员的呼救声。那个年代，还没有直升机救援。围观死亡的人啊，默默地流着迅速被风干的眼泪，眼睁睁地看着那一条货船沉了下去……有人开始哭泣。

第二天涨潮时，遇难船员的尸体开始被冲上了海滩。有一个因病没出海的男人捞起了其中一个遇难者。又过了大半年，岛上开始浮现一个谣传。人们都在背后议论，有迹象表明，那个男人侵吞了遇难者身上带的很多很多钱。我认识那个男人，一个跟你碰面时永远笑眯眯的大叔。

　　这个故事听起来似乎可以写成一个短篇小说。但是我想，这条时间线里肯定隐藏着诗歌的某种线索，作为一个诗人，我如何在这个现实事件里去打捞出一首诗歌，即那个货真价实的、如同英国诗人拉金所说的有效的语言装置，对我来说，这就变成了一个不得不发生的、如何让事物复活的个人写作事件。在此，我必须绕过这个让人心情沉重的海难而顺利抵达诗歌语言的神秘地带，事物才能为我敞开一个显示存在状态的幽暗空间。而这个来自诗歌的空间，必须是一种源于现实的想象力的产物，它不仅不需要关于死亡的新闻效应，甚至也不需要千篇一律的人文关怀。若站在虚无主义的立场重新去理解我并没有目睹的那次海难，显然，尽管我了解这个故事，但我并不是一个真正的"UFO见证者"，而毫无现实感受基础的想象力若投射在虚无主义的屏幕上，那一定是苍白无力的。作为诗人，写诗时，面对死亡天天上演的现实，我并不以虚构为荣，并且也需要跟某些大而无当的人道主义情怀划出一道写作意义上的界限，写诗首要是个人自由。

4

　　在我童年的某一天，渔村里欢天喜地地迎来了一位戴高度近视眼镜的新娘。那年代近视的人可不太常见。小孩子们挤在歪歪扭扭的弄堂看热闹，大人们都说她会识字、有文化。她成了我们家的邻居，论辈分，我叫她姐。后来，她生了一个胖乎乎的男孩，男孩一天天地长大。夏天，我经常能从自家院子看到她给赤裸的男孩冲澡，男孩尖叫着满院子飞。等到男孩开始上学，居然遗传了近视眼并戴上了一副可爱的黑框眼镜。我妈夸他很会念书。男孩跟所有海边的孩子们一样，也学会了在海里游泳。一个暑假的某一天，厄运突然降临，渔村的小码头上人声喧闹。男孩在游泳时被一艘渔船的螺旋桨削去了一条胳膊。真是不幸。埋葬孩子之后，那一对年轻的夫妻默默地继续生活。每次男人出海后，整个院子显得空空荡荡的。后来，夫妻俩搬到一个热闹一点的小镇去生活了。从此，我家边上就出现了一幢墙体逐年剥落的空房。当我每次经过，仿佛还能看见他们一家三口在院子里的身影，甚至还能依稀听到男孩的尖叫……

以上所讲的两个海岛小故事，现在还一直留在我的脑海里，我一直想写成诗，却一直没能写成。我一直找不到让诗歌进入事物的节奏。诗歌写作的困境有时候便奇妙地体现在这里。每个诗人所遭遇的生活，也许可以切片成无数诱人的材料；但只要神秘的感知没有从诗歌语言的深处闪现，即便是让人刻骨铭心的死亡，诗人也难以获得有效的表现形式并使已经消逝的事物复活。我想，若在线性的故事里突然找到了如荷尔德林所说"一切都开始在神吟诵的唇边颤动"的诗歌节奏，那就是天才写作。对于我个人的写诗体验来讲，这是写诗的最高境界。

5

我去年写过一首诗，叫《白色的脑浆》，那首诗跟死亡没有直接关系。我在少年时曾见过白色的脑浆，在一起自行车跟汽车相撞的交通事故中，白色的脑浆从扭曲的自行车钢圈上慢慢地滴落下来，来自一位面目不清的少女的脑袋。于是，白色的脑浆成为长年盘旋于我内心的一个意象，事物和死亡彼此缠绕，对于我来说，白色的脑浆也成为一种神秘的存在，甚至滋生了我对初恋的想象。在此，容我读一下这一首只有9行的短诗——

白色的脑浆

一段消亡的爱终于被我表达出来了

用流动的词

黏稠的状语

以及头骨般碎裂的句号

直到今天我才懂得

我应该如何爱

那时的你

风在森林吹响黄昏

而少年们不该留下谜一样的空白

前几天，当我重读自己的这首诗，不免想起了新批评派教父之一理查兹对词语的观点："词语有多重含义，其意义在很大程度上取决于语境。"我突然意识到，最后一个诗句里"谜一样的空白"可能就是"白色的脑浆"，而我早忘了写下它时的初衷。对自己的诗产生误读，这是诗歌里经常发生的现象，因为神秘的感知在词语的表层之下犹如根茎盘结。

我在此还想提起另一件跟我有关的事。

从2001年开始，我一直在上海外滩拍照片，每个月去拍各种游客的背影以及建筑的生长，连续拍了15年。那个时期，我对外滩非常熟悉。在外滩也能见识到一个时代里中国人各种脸的喜怒哀乐。记得我最后一次拍摄，是初秋的一个星期天中午。那天阴沉沉的，黄浦江的水如同咖啡，水流很急。我拍了一会儿照片，有点累，于是也靠在江边的护墙眺望对面的东方明珠。突然，一个身影像大鹏展翅，擦着我的身子一头扎进了黄浦江。我想，这肯定是一个厉害的冬泳爱好者。他在我的脚边留下了一双红拖鞋。跳水者很快浮出了头。于是我端起我的莱卡M6相机开始抓拍。一开始我还能看清楚，那是一个长发年轻小伙子，瘦瘦的脸。他随着波涛往另一边漂去，我也赶紧去另一边跟拍。密密麻麻的游客中，也有人开始注意到他，并拿手机拍他。也就两三分钟时间，他的头开始被浪涛吞没，两条胳膊像两根枯枝从水里冒出来。原来他在拼命挣扎。于是，几乎所有人都看出来了，要出事，无数的目光从对岸的陆家嘴开始回撤。有人报了警。我目睹了他从江面消失的整个过程。先后来了两艘警船，不断地寻觅和打捞，但毫无所获，最后便离开了。我又回到原地，看见那两只红拖鞋一横一竖，还在。几个拍游客照的摊主正在议论，说这个外地来的小伙子在外滩已流浪几个月了，患有抑郁症。

我后来洗出了几张照片。回顾这个自杀事件，令我印象最深的，居然是小伙子起跳时掠过我脖子根的一股冷风，甚至不是他那大鹏展翅的身影。那一股冷风是死亡吹奏的神秘哀乐，但我完全听不见，只能用裸露的皮肤感受到。

自从美学诞生以来，诗歌的技术手段（包括分行）越来越被挪入功能性的结构里。尽管诗歌的形式和原创性密不可分，形式也常常拥有不可被复制的魅力，甚至成为诗歌被传播的媒介本身。但当我们讨论一首诗歌的原创性问题时，技术手段往往成为评判的首要因素，形式的视觉性也经常占据主导，这也是现代主义以来的部分先锋诗歌为读者所诟病之处。

那脖子根的一股冷风在故事里提醒了我，发现事物存在的隐蔽性、偶发性，才是真正考验一个诗人的感受力，并且也是诗歌获得原创力的起点。在大小事件层出不穷的现实生活里，如何避免人云亦云，如何用诗歌语言去描述事物稍纵即逝的轮廓，借用事物的痕迹和还魂让读者真切地感受到一首诗歌除了外在功能性的结构，还存在着精神性的抽象结构，或许就是一首诗歌真正成型的本质，使写诗成为真正的形而上学活动。

6

说起上海外滩，还有一个人令我难忘。是一个上海老头，喜欢戴帽子，天凉时老穿着一身暖灰色西装，嘴角带一点傲气。他是一个无证导游，打游击战。根据我的判断，他应该是整个外滩最好的导游。我毕竟也在外滩混了十来年，旁听过一些专业导游的解说。他的导游方式很特别，他先走到自由行的游客前，然后举起小喇叭开始了自言自语，一一介绍外滩那一排建筑的来历，以吸引游客围观。如果有人愿意雇用他，他就接下活。我曾尾随着偷听，也偷偷给他拍过照。他的讲解非常流畅，内容中有很多惊人的历史细节，作为一个老上海，他真的把每一幢建筑讲得活生生的。有一年的某一段时间，他没有出现，因有关部门正在打击无证导游。当他重新在外滩出现时，却又神采奕奕，如同漫步在自家的后花园。我觉得自己跟他像是同一类人，都在黄浦江边的豪华景观里无聊地逛来逛去，穿过一群又一群的陌生人。后来，他又消失了大半年。我猜测他是不是生活出了什么问题。冬天里的一个周末午后，在阳光下，他熟悉的声音在我耳畔响起……我像看见老朋友突然出现，感到温暖。我发现他瘦了很多，面容疲倦。我感觉他生病了。如此又过了一年左右，我依旧在外滩拍照，他却终于消失了……后来再也没有出现过。十多年来，我们从未说过一句话。

当堪比最好的纪录片的一段生活在我脑海里放映完毕，如同一个钟锤在钟声的回响里渐渐地恢复了静止。当我回想起他解说上海外滩建筑时从一幢移动到另一幢，如同体验美妙诗歌自由而精确的分行。从那位导游老先生的身上，我察觉到了隐蔽在平凡生活之中跟一切诗性所连接的神秘和死亡。我问自己，为什么会经常想起他？

当我再次想起他，譬如现在，在我心里，他就是一个数年来坚持不懈让事物复活的不写诗的诗人，只不过，诗人的命运被赋予了还活着的我。我写诗，但我经常感到一种无能为力。至今，我还没有真正写出过一首能证明他存在的诗。

太多太多的事物还处在隐蔽状态。

谢谢大家！

有主题变奏

伊沙

这个题目出得好，出得很专业，出得很内行。

在我看来，诗就是各种观念的集中营、马蜂窝。

评论诗人，我会首先说他／她先不先锋、前不前卫、现不现代；论小说家，我更在意的是他／她手艺如何，真功夫硬不硬。

艾略特说过："不存在任何方法，除非你才华横溢。"

他所谓的"方法"不包含观念吧？不应该包含。不过，一个天才在其天才时光里都喜欢说大话。

想想最初，我在小学四年级刚接触新诗，是在上海的舅舅每月寄我一本的《上海文学》上，第一首叫我有感的新诗是归来的艾青的一首新作，叫《天涯海角》。我觉得它与小说、散文最大的不同在于它的精练，但又不是艳词丽句，而是话里有话，意在言外，叫人心有所动。

与所有中国孩子一样，我肯定是先接触古诗后接触新诗，在对《天涯海角》有感之前我已经读过《悯农》，读过《静夜思》，甚至读过《兵车行》，但是无感。我第一首读来有感的古诗是王维的《送元二使安西》——在这个深秋的午后，请大家随我一起重温当年那美好的感受："渭城朝雨浥轻尘，客舍青青柳色新。劝君更尽一杯酒，西出阳关无故人。"渭城就是现在的咸阳，离西安很近，所以我们这些长安的孩子读起这首诗来特有亲切感。这时候已到了初中一年级，已是在我读过艾青的《天涯海角》之后，谢天谢地！我没有以古废今，或用高级盖住低级，我觉得它们是一样的东西，叫人心中为之一动的东西，而且都不是艳词丽句。那时候，我有一个专抄艳词丽句的小本，准备写作文时朝里面塞，这两首新旧体诗并没有被摘抄进去。

谢天谢地！打一开始，我对诗的观念就不是"艳词丽句"——那是多少孩子、多少诗人终生掉入的巨大陷阱。

　　那什么是"写诗"和"诗人"呢？

　　我小学五年级的时候，小学生人皆订阅的《中国少年报》发起了一项征诗活动——是联合国教科文组织举办的世界儿童诗歌比赛中国赛区的比赛，一于姓同学——厂长之子、本校学霸，自信满满，意气风发，想要参加，跑来拉我，把我吓坏了。在我看来，写诗那得是多难的事啊，便打了退堂鼓。后来，我们在《中国少年报》上读到了中国赛区前六名优胜者的作品，其中最引人注目的是田晓菲，再后来，其中的刘倩倩一举摘得了世界儿童诗歌比赛的金质奖章，上了中央电视台。这时候，"诗人"在我的观念中等于"神童"。解铃还须系铃人，我大概是在初一时写了第一首诗，并且赠给了这位于同学，我应该赠给他——拉我写诗的是他、让我知道莎士比亚的是他，让我第一次读到油印杂志《今天》的也是他。六年以后，他考上了北大，多年以后，一直暗恋他的一位中学女同学在微信同学群展示了我当年那首诗，成为我最早写诗的证据。一定是当年他转给了她。

　　初中时代，我在报纸和青年杂志上读到：有两种人易犯男女关系错误——青年导演和青年诗人，令我心向往之蠢蠢欲动。到了高中，我读到了朦胧诗，自己也开始发表诗，"诗人"的观念在我心中似有发展：我居西安，周围的"作家"往往都是乡土作家，是从三秦大地的村庄杀进西安城里的；"诗人"却不同，他们是洋气的，是城里人，是穿米黄色风衣的时尚青年。到了大学，我在文学讲座和文学社的交流活动中见到的诗人也佐证了我的想象和印象。而围绕诗的各种观念的冲击来得更加集中、密集，比方说我发现有些人只是为了发表而写诗，发表又是为了毕业时留校或留京，后来他们的写诗生涯也正是到目的达成便戛然而止。与他们相比，早就有发表史的我只是一心急于写好，真正地写好，于是烦恼、彷徨、痛苦便来了：到了大二，我再也不想写得像校园诗人了，模仿朦胧诗又把我模仿糊涂了，写出来也不知其好歹，一气之下我就搁笔不写了，有那么一年时间。日后当我下笔如有神时，能写多就不写少时，有人说三道四，我理都不会理，因为我经历过无诗可写的一年，那是最痛苦最无助的一段时光。诗是有灵的，不是想写就能写出来的。

与其说是我找到了"口语"，不如说是我在顿悟之后回到了自己的语言——我日常用于说话的语言。

20世纪80年代中后期到90年代初期，理论界的"后现代热"对我诗歌创作的影响是显而易见的，我那一阶段的作品甚至被评论界指认为这个热潮在诗歌界的投影，但具有讽刺意味的是，当年还相互争霸的两三个"后主"，如今或成平庸不堪的教授，或成极其反动的棍子。由此可见，时髦洋理论的搬运工也只是搬运工，而创作必须是创造性的，业界印象更深的是我的作品在这一阶段的横空出世、耳目一新，而对我自己来说，后现代主义思潮对我最重要的影响是它对以往所有主义的怀疑、反思、颠覆、再造、重写，这些观念对我有深远的影响。后来，我开始提出、思考并探索"后现代之后"这个命题。再后来，我也开始为业界输出观念："身体写作""后口语诗""有话要说""诗的及物性""诗是活出来的""事实的诗意""先锋即先写"……

大学时代，我由于厌倦而弃写的那一年让我刻骨铭心，在我看来，与自己无关与生命无关的写作，实无坚持的必要，写作必须与写作主体的人生经验发生关联。好在后来的我一直比较自私，一直比较注重写作的自主性、自足性，怎么舒服怎么来，写作的淫乐是极乐，我是一个快乐的写作者。于是沉重的命题又来了，诗与人到底是什么关系？是爱好吗？肯定是，但这似乎只是一开始。是职业吗？肯定不是，诗无法养活人。是事业吗？应该是，不过这真是一项事业感颇低的事业。是信仰吗？有神论者不答应，诗怎么能成信仰呢？好吧，信仰一词本来就是从宗教信仰中脱胎出来的，解释权在有神论者手中，我也不想让诗屈尊下驾为这样的信仰。

哦，对了，也不能光拣好听的词儿说，诗，还可能是烧脑，是词穷，是焦虑，是惹是，是生非，是致祸，是招灾，是入魔，是自杀，是死亡，是一语成谶，是遗臭万年……

真是无法定义，那就不下定义。

但是换个角度想一想，便茅塞顿开，试想，如果将诗从我目前的生活中、从我的生命中连根拔掉，铲除干净，那不是等于要了我的命吗？所以对我来说，诗就是命。假如人能转世，还有另外一生可活，一开始就不遇到诗，或许可活，但是这辈子已经不可以了。

大疫之年，也是我的多事之秋，上个月，我送走了老父亲。老实说，我曾预想过父亲的死亡，设想过父亲的遗嘱。众所周知，我在大学里教书，2001年晋升为副教授，在那之后，大约十年的时间，父亲时不时便叮嘱我：早点拿下正教授！所以，在那十年间，当父亲遇到心梗初发等要命的时刻，我真怕他临死前拉着我的手，最后一句话是：一定要评上正教授！那我还得舍弃三五年宝贵的写作时间，去干一些极其无聊的事情，来完成死者的遗愿。但是近十年，他从逐渐减少到终于不说了。最终，他走得很快，没有遗嘱，也没有事先在纸上留下任何遗言。我在想，究竟是什么让他越来越不替我惦记这个"正教授"了？近10年，正是我做"新世纪诗典"的10年；近6年，正是手机智能化的6年；近4年，正是父亲成为我微信朋友圈中的一位朋友的4年：我想一定是父亲看我整日忙于诗，并未浪费生命，并未躺平，而我的诗人身份似乎还比一般的正教授风光一点，于是便由我去吧，终于再也不提。哦，诗原来还有这个作用，让亲人走得心安，让我自己活得理得。谁说它无用？它是无用之用！

也许，诗只是我们生命中的一项奢侈、昂贵、纯粹的精神游戏，玩上了就有瘾，想戒也戒不掉，那就玩下去吧，玩到死！

听说诗人很少得老年痴呆症，又听说到老了得换项目才不得老年痴呆症，那就保留诗，把其他项目都换了。

总之，有诗相伴的人生，已经足够幸福，再往后只是力求完美。

感谢各位的聆听！

诗歌的"读不懂"与专业化

杨黎

高科技带来新问题，只能证明我笨，不能证明高科技有问题。是不是这个意思？我的发言你们能听得见吗？如果你们听不见或没有反应，我的发言会受到严重的影响。我会觉得是我一个人叽里呱啦在对着空气说话，因为我也听不见我说了什么。哎呀，我看见你们了，很好。

我今天的发言简单一点，就讲一个问题——"读不懂"。"读不懂"是新诗以来，准确地讲是朦胧诗以后才出现的问题。在此以前，没有人敢说诗他读不懂的。特别是在漫长的古代，哪怕读不懂，也要装作读得懂。我们有一句最装的话，叫"只可意会，不可言传"。如果你跟一个人说（这首诗）他没有读懂，他会说："No No No，我是读懂了的。"你说："那你读懂了什么呢？"他会告诉你只能意会不能言传。所以在古代，没有人会说他读不懂某一首诗。他如果说出这样的话，会贻笑大方，会成为一个最最可笑的人。因为在古代，就那么千把人懂诗，就那么一千多个人有文化，诗人的身份和地位极高。没有一个人敢说自己不懂诗，不懂诗太严重了。所以每个人都会诗，都懂诗，不管是真的懂，还是假的懂。

事情发展到后面，从朦胧诗开始，人们就开始说自己不懂了。开始还有点羞羞怯怯的，还有点美学自尊，还有些"明白"和"朦胧"的争论，还有现代和传统的争论。到了后面，一个人说自己不懂诗时，变得理直气壮。我不知道为什么一个人敢理直气壮地说自己不懂诗，并以此标榜自己的高深。他会觉得你的诗出了问题，而不是他出了问题。

为什么会这样呢？实际上这是一个意识形态的问题。我考虑了很久，觉得它主要源自《在延安文艺座谈会上的讲话》。讲话中说，文艺是为人民大众服务的，既然你是为人民大众服务的，人民大众就有理由，而且能够理直气壮地提出：我们读不懂、听不懂你的诗。在这种情况下，读不懂就成了最合理的理由，理由就是你的服务没有到位。我们的写作变成了一种工具。我们的服务没有到位，让你读不懂，你就可以很有道理地说我的写作不合格。

但我们反过来想，为什么你一定要读懂？你有什么理由读懂一首诗？这才是我们应该讨论的。在以前，四万万中国人大都不懂诗，因为他们绝大多数连文化都没有，连字都不认识，他们有什么理由因为自己不懂诗而指责诗歌？没有。所以他们一直保持沉默，他们没有资格提出问题。现在，很多人仿佛都认识字了，比以前更有文化了，也有一定的所谓文学基础、文学见解了。他们站在很简单的文学立场上，开始发出一种声音，这个声音叫作"我读不懂"。他说你这个诗写得跟唐诗不一样。实际上唐诗他也是读不懂的，教他半天他也读不懂。但他会说，"你这个诗写得跟什么什么不一样"，现在他可以理直气壮，因为读不懂成为一种绝对的理由。

这让我们真正的写作者茫然失措，不知道该怎么办。而这样的结果，我得出来一个结论，它让我们的诗歌变得不专业了，永远不专业了，因为我们要满足一大批不专业的读者的需求，我们的写作就变得非常之不专业了。

最近我发现有的人在搞一些关于什么是诗的讨论，很多诗人洋洋洒洒写了很多。我可以坦率地说，基本上都是不专业的。他们有很多道理，而且这些道理扬扬得意，但实际上他们的每一句话都和诗歌没有关系，都和诗歌要做的事情没有关系，这就是我们写作者已经沦落到的不专业的状况。在这样的环境下，我们的诗歌和写作，感觉上是轰轰烈烈的、吵吵闹闹的，但实际上都在各说各是、各说各话。你指着我说看不懂，说我是混乱的、不清晰的；我说我写得很清楚，你看不懂是你的错，但实际上我也是混乱的。因为我本身也基于一种不专业。

我看了很多关于"诗歌是什么""为什么要写诗"等的回答，他们关心的无非是生命啊、情感啊、身体啊等等很多问题，但就是没有诗歌的问题。现在的情况就是这样，我们的诗歌完全不专业。我觉得一个简单的类比是，从来没有一个读者，敢扬扬得意地说相对论他看不懂，相对论我看不懂，看不懂就看不懂，微积分我也不懂，不懂就不懂，又不是我的问题。为什么对诗歌就不一样，诗歌也是一门学问啊，它也非常非常深刻。为什么我们每个普通人面对这样的学问，会扬扬得意地说"我读不懂"，"我读不懂是你们的错"。这对写作者来说无疑是一种巨大的冲击。一个研究量子力学的人，如果被人指着说看不懂你的研究，而他的看不懂成为一个巨大的理由，让你放弃研究，让你的研究成为错的研究，你会怎么办？

实际上我们现在就是这样。我们的诗歌写作，比如我认为我自己的写作是很深入的，很有价值、很有意义、很有追求的，但来了一个人、两个人、一群人，说看不懂。然后面对这样的评价，我得给予回答。回头我还会反思，到底是我错了还是他（们）错了。明明就只有他（们）错了，不可能是我错了。

诗歌并不是每一个人都必须看懂的。你不懂诗就是不懂，不是说你读了七句八句的诗，读了几句顺口溜，你就知道诗歌是什么了。诗歌对很多人来说是一门很大、很艰深的学问，不是每个人都能懂的，不是每个人都有必要懂的，不是每个人都可以把这个东西拿来作为一种游戏的。诗歌作为游戏，是在很早很早以前我们没有游戏的时候。现在你就打你的电子游戏嘛，玩你的英雄联盟嘛，你跑来拿诗歌当游戏干什么呢？诗歌不承担这样的用处，永远都不承担！

它不是一碗饭，不是刚需；也不是生儿育女，不是刚需。他们没有诗歌一样活得很好。而如果我们没有诗歌，或者世界没有诗歌，没有我们这样去追求诗歌、开拓诗歌、发展诗歌，世界就会有所丧失，有所欠缺。到底欠缺了什么，我现在不知道。但我相信最终这个大窟窿是会显现出来的。如果有很多人最后掉进这个大窟窿里，世界就一片茫然了。所以诗歌是重要的。

我认为诗歌必须专业化，必须成为一门学问，成为诗人自己的一门学问，而不是和读者共商的学问。这个世界上有很多天文爱好者，但不是每个天文爱好者都懂天文，也不是每个天文爱好者都可以站出来指出天文学家的错误，那真的就贻笑大方了。天文爱好者就是天文爱好者，我们也会有很多诗歌爱好者，他们应该对诗歌怀着一种虔诚，而不是像现在一样，说诗人在玩诗歌啊，诗歌应该是什么什么样的。想想梨花体，想想乌青他们最近遇到的所有事情，人们对诗歌的抨击、指责、嘲笑、谩骂，简直是不可思议的，我只能用这四个字：不可思议。原因就是我们丧失了诗歌的专业化、诗人化。诗歌是诗人自己的事，永远不是他人的事。

我的发言到此为止。不知道你们听见没有。

活出更好的自己，萃取诗歌
西娃

　　我现在在这里谈的这些诗歌观念，除了一些已经在我心中形成的恒定的东西，其他的我很快就不认了。原因很简单，我在不停地成长，3年前和3年后你们看到的我是不一样的。我的诗歌观念也在不停成长。所以我今天讲的很多东西也不算数，因为回去我还会继续修改。

　　我要讲的主题是"活出更好的自己，萃取诗歌"。

　　众所周知，我现在是一名芳疗师，近6年的时间，我一直在做精油，它成了我吃饭的行当。来自大自然的植物精华也疗愈着、帮助着我的身心灵，我的生命要跟它们分开是不可能的。我就用一个芳疗师在其中体悟到的一些东西来开启我的演讲。

　　高品质精油有3个重要的条件：产地、萃取方式和纯度。

　　在这里我稍微科普一下如何鉴别精油，把你们买的精油淋到纸上，如果它很快就挥发了，一点油脂都没有，这就是纯精油。它如果留下很大一片油脂，就绝对是掺假了。

　　产地就像诗人的出生地和生活环境，我们几乎没有办法选择。

　　萃取方式有一种是溶剂萃取法，会加入很多的人工合成成分，让植物大量出油，这种精油几乎都用在了香水、化妆品、美容院中，这种萃取方式是为了降低成本来获得最大的利益，这就很像把写作当工具，去获取世俗利益的泛写作者们。

　　而高品质的、对自己有要求的诗人的写作像冷压法、蒸馏法和二氧化碳临界萃取法，这里面含不得假，不能加任何额外的添加剂，植物是怎样就是怎样，萃取出的是最纯粹的精油。这种方法出油率低，但是品质好，很多可以口服，对身心灵没有伤害。类比到诗歌上，这就如同一个成熟的多年写作者，有真正的技艺与技巧，这样的写作者对自身也有高标准的要求。

纯度呢，就是要看精油里面是否掺假。比如天竺葵的重要芳香分子是香茅醇和香叶醇，这和大部分玫瑰的精油化学成分相同，但玫瑰的价值是天竺葵的数十倍，于是有人就用天竺葵假充玫瑰，从而欺骗不懂行的人，甚至把很多半专业人士都骗了过去。类比到诗歌写作上，这像有些写作者本身没有什么真东西，却用花里胡哨、似是而非的诗歌语言，在作品里搞得貌似有真东西一样，甚至让许多写了几年的诗人都觉得是好诗。真正的专家看得出来这都是假把式。而真诗人会拿出真与纯，会拿出真诚、真实的心，去写出纯粹的诗、真诗。

打开精油的钥匙有3把：植物科属、精油化学、个体使用的感受与经验。前两把钥匙就像我们了解一首诗歌的基本构成，而个人使用的感受和经验同样很重要。诗歌也一样，每个人的个体经历都非常独特。外来的一切物质进入我们的身体，都需要我们去感受、去经验，并由此了解我们身体的变化，观测我们情绪的变化，感悟我们身心灵的反应，从而获得跟自己阶段性生命相契合的一手材料，写成的诗歌就具有很高的原创性。原创性就像使用精油的个体感受，是非常重要的。

精油是从大自然中提纯的精华，对我们的身心灵都有疗愈作用，它们是活性物和灵性物。即使科学家把芳香分子完全地分离提取出来，多年来人类也造不出一株植物。这就是事物的神秘。我们感受到它们的神秘，却无法用植物科属、化学分子把它们分清、重构，但它们仍然存在。感受这些，会增加我们生命的神秘性，给生命与诗歌带来异样的质感。正如方闲海刚才讲到的那些被遮蔽的东西，我觉得这也是诗人需要挖掘的东西。毕竟我们通过受想行识能接触到的事物只占5%，那不可见的95%是什么，仍然值得思考。

来自不同国家和地区的植物、水土、地气会给你带来什么？我经常通过精油感觉到世界上的47个国家和地区都汇合到我的屋子里，带来不同的地气、水土、人情，就看我怎么打开自己去体会它们。

吸嗅不同的精油时，就像我们到不同的地方去旅行，只要具有身体的灵感、直觉、悟性，就会开启一场芳香之旅。同时我们也是在进行采气，见识和能量随之而来。一种精油跟另一种精油搭配，会产生怎样的效果，正如我们在写作一首诗歌时要选择怎样的材料、语言和叙述方式，才能更好地为诗核服务。要做到没有互相排斥、一加一大于二的效果，是对诗人功力的考核。

精油里面有无穷奥妙，我上面只说了其中一些常识性的东西在如何与我的写作发生关系。另一方面我也是在诉苦。之前里所采访我时问了一个问题："你是怎么打通精油与诗歌之间的关系的？"当时我正披头散发地忙我的工作与生存，因为每个月底我都要把精油打包邮寄出去。看到这些问题我压力很大，你知道里所又是个认真的"葵罡之人"，她为了策划好这个活动，一直追问，我一边打包一边想起问题还没回答，又马上去回答。这就是我的生活现状。

所以以上的内容一方面是对里所这个问题的延伸回答，另一方面我也想告诉大家，我们每个人活着真的不容易，如果问我要不要再活一次，我真的不活了。我经常问自己，我为什么转世成人，来受这样的苦？但因为我们要生存，所以我用每天的生存、用我不得不去做的事情，跟我的生命和诗歌产生一种联系。因为我觉得在写诗方面我是有天赋的，我还想写点好诗，所以我生硬地、带着漏洞地、不得不和诗歌产生联系。

精油是植物的精华，我认为诗歌就是诗人从自身萃取出的精华，萃取者是诗人自己，所以要做怎样的人、要写出怎样的诗歌，是要靠我们自己活出来的。苦难也好，不苦难也好，都只能去活。

我讲我披头散发地打包，就是想说我是个普通人，只是写了一些诗歌而已。但另一方面我又不是个普通人，原因很简单，我对世俗的洞见、对不同偏见的超越，我的好奇心、探索欲、敏感度，又把我从世俗人中分离出来。每个诗人进入写作时的悟性、洞察力，很像高僧的禅定状态，所以诗人也不是普通人。

如果我们这一生真的没办法打开自己，那么保持原始的美好品性，比如本真、质朴、诚实等，对我们也很重要，也是我们要去做的。很多人在社会里厮混一圈，污迹斑斑，最初的真诚就失去了。保持好原始的本性需要功力，在这个过程中也能写出不少好的诗歌。

同时，我们需要生命的进阶，人最怕活着活着就活死了。我是指肉体还在人间，意识和观念却被屏蔽了，不进化自己。为什么那么多人认为古诗、20世纪80年代的诗歌才是诗，现在的诗不是诗，因为他们的意识死在了那个地方。所以我们一定要打开意识。

我尊敬的诗人伊沙，每天写大量的诗歌，他在采访中说，他的每个毛孔里都是诗歌。为什么他见什么都能写，写那么多好诗，原因是他诗歌的意识打开的广度比我大。我为什么没能把看到的都写成诗歌，说明我的诗歌意识一定有问题，观念没打开。除了才华，诗歌观念的打开非常重要。

超越意识非常重要。所以必须不停地碰撞，不停地学习。

打开意识、扩展意识是让身心灵充满活力的手段，也是让我们的诗核不停变化的手段。为什么很多人写了很多年都没有变化，就是因为他的诗核没有变化。

熟悉我的人都知道，我有五六年时间突然不在了，有一阵去学佛，又去学玄学，这阵子又去学精油。我不是因为要写诗歌才去折腾这些，是因为我自身有很多问题没有解决，我生命中有很多的好奇心和纠结。折腾让我的身心发生变化，也就让我的诗歌发生了变化。

我每天的功课之一是观察自己的起心动念，比如这一瞬间我在对你们演讲，我反观自己的起心动念，会想，"我在卖弄自己吗？"我没有卖弄，我只是讲述我自己的生活。我时时刻刻处在冷静的自我观测中，有不好的东西我马上就把它纠正，因为我想成为一个非常好的人。

我在跟自己或跟别人相处时，也会观察自己的起心动念，这让我发现了很多不认识的自己。这些年我做精油，接触到很多方方面面的人。之前我在书斋生活中，接触的都是我这个频道的人，悟性非常高，一说什么马上明白。但现在面对方方面面的人，给他们讲精油的时候，我也会挣扎、委屈，要一次一次地给他们讲，一个生姜精油我得讲七八次，我会有厌烦心吗？会有。这时候我会沿着这个念头去挖根，弄清它来自哪里。比如我碰到宇向，给她讲精油，我会观察自己的起心动念，我是为了帮助她，还是要获得很多的利益。我如果发现自己是为了获得很多利益，就会马上纠正这个念头，我不能这么贪婪。不停地观察起心动念，就是要不停地修正自己的念头。我想做很好的人，但不是世俗意义上的烂好人，我认为烂好人不是个好东西。

在这个过程中我遇见很多陌生的自己，很多坏的自己。我想到在利益面前的那种自己，令人恶心，太不堪了，于是马上及时退回来，把自己抚平。

我跟着佛学老师修行的五六年，他真的一次次打碎了我的自尊。他第一次见我时我还那么骄傲，因为我当时写诗，又写小说。他说："你有什么呀，闯社会你也得多有几件衣服。你有自尊就是因为你会写几个字？你是个女人，你生活中能做什么？做妻子，你付出不了那么多；做情人你又觉得委屈。那你还能干什么呢？还是好好修行，让自己充实一点。"当时他把我的自尊打碎得一塌糊涂。我当时在一首叫《爱上科恩》的诗歌里写道："我在深夜撞墙／身上掉下的灰／多过墙上掉下的……"真是煎熬过来的。

沈浩波在授奖词中说："西娃有一颗敢于袒露、敢于直面自我和生命的真实心灵。"也有不少人问过我："你写得那么赤裸，你的亲人怎么看你？你的女儿怎么看你？熟悉的人怎么看你？"我一律回答："我不活在给别人看的过程中。"我的生活、生命经历以及经验，给予了我那么多，我觉得上天都确定我是一个诗人。我必须回避和回击世俗目光对我形成的干扰。一个生命进入世间，有这么多体悟，不把它们写出来，反而因为世俗的眼光把它们屏蔽掉，这是糟践生命。当然，这需要内在力量，而内在的力量需要去积蓄，通过各种手段，比如灵性修为，比如学佛，比如诗人身上都有的洞见和觉悟心，这都可以让我们境界更高，进入更高的生命层面。

各种生命经验的积累，让我们获得只属于自己的一手资料，想把它们变成诗歌，需要不断去写。于是写也成了活的一部分。

记得在江油召开"李白诗歌奖"颁奖典礼的时候，我问过韩东一句话："每天写也看不到什么变化，为什么还要每天写？"他说："铁匠每天打铁，铁肯定在变化，铁匠知道，被打的铁也知道。"这句话我琢磨了很长时间。

我一直不是个日常的写作者。每个诗人的写作习惯各不相同，我做过一个实验，每天睡觉前告诉自己，明天必须7:40醒来，然后就真的醒来了，连续一个星期就形成了惯性。有段时间我也每天都写，但写作的惯性给我带来很多弊病，比如拿到什么题材都写。所以我会停一段时间，让诗歌变得陌生，我也因此写出了很多像小学生写出的东西。不要让陌生感阻挡自己，因为诗歌是创造，不是在惯性中不停地写作。我们都体验过写出一首超越平常的诗时的快乐和满足感。

当然，诗歌写作到最后，是一个生命多方面修养的集中体现，我说出的，仅仅是很少的一部分。

以上，都只针对这一段落的生命，只要我们活着，只要还在进步，每天观念都在变化，只要还想创造，就要丢弃以前的东西，因为旧的观念也在阻挡我们。只要不断体悟、不断打开意识空间，生命就会进阶，诗歌也会跟着进阶。

诗人要创造自己的宇宙
韩东里所对谈

里所 前期沟通的时候，韩东说这种演讲他从来都没有做过，觉得不是特别适合他。所以我们商量的结果是，我直接提出问题，他现场做回答。而且他也不知道我等一下要问什么，他的回答会是非常即兴的。韩东可以先跟大家说两句。

韩东 我们节约时间，前面的话我少说点。我有几个原则吧，一个是从来不题字，原因是我的字写得很难看。第二是我从来不演讲，原因是我不知道大家想听什么，而我本人没有任何东西想要主动地输出，或者去告诉大家我发现什么真理。但是我特别愿意和大家交流。有什么问题，通过这种即兴式的回答，我会尽自己所能，会很真诚、真实地，把我此刻的想法说给大家。

里所 那我们就正式开始。今天整场下来，你也听了前面九位诗人的演讲，有没有哪位的演讲给你留下了更深的印象？

韩东 当然，首先是都不相同，我觉得每个诗人的这种不同，在诗歌上没有统一的想法、统一的真理，这太棒了。而且每个人都很相信他自己所说的，都有自己的一套逻辑。比如我特别喜欢浩波的演讲，我印象最深，逻辑性很完整，思考得很认真，很符合他的整个写作，表达也非常好。当然，我对浩波的诗歌有我自己的想法。他说诗歌就是身体，他找到了身体，这能激励他写作。我觉得浩波是70后里面最有价值的两个男诗人的其中之一。我觉得浩波有一种特别的、独一无二的价值，还不在于他说的身体。我觉得他的诗歌是真正对周遭的现实有责任心的，这实际上是承接了从老朦胧诗人北岛这一辈以来的一个传统。但实际上，在诗歌经历了平民化以后，一直到今天诗歌有了各种流派，这个传统已经没有了。所以我理解的浩波的诗歌，除了有我特别喜欢的力量感，还有他与众不同、独此一家的东西，就是他一直保持着诗人对于社会的强大责任心，当然他不是现实主义的，也不能完全说是批判现实主义的，但他的诗歌是非常必要又独此一家的，包括他诗歌当中的身体性、幽默感、从小处着眼、从身体出发，都是独特的。我认为身体性在浩波这里是作为一个武器，是反诘性的、挑衅性的。

里所 "诗到语言为止"是你在20世纪80年代提出的诗歌观念，我记得你在另外一个采访中说到当时这只是一个即兴的说法，不是说一定要把它理论化。但是因为其他的诗人和研究者会不断地重提这个观念，反而好像让它成了你的一个理论标签。80年代你比较有代表性的诗歌，《有关大雁塔》《你见过大海》等，都带着比较鲜明的观念性。这些观念性的说法，还有引导了80年代诗歌观念的这些诗歌，在当时和此后都产生了很大的影响，你怎么看待你早期的诗歌观念和你的创作之间的关系？

韩东 "诗到语言为止"和《有关大雁塔》，被重复了很多次，就很麻烦，但也因此别人认你，就很好认，你就是那个在观念上说"诗到语言为止"的诗人。我一再解释，说这句话有当时的语境，当时都是主题先行，大家都不太考虑语言，不考虑怎么写，对形式都很淡漠，都是想着这个主题我怎么写。在这样的语境下，我说"诗到语言为止"，说得很决绝，实际上是强调语言这个元素在诗歌中至关重要的位置，如果你连语言这关都过不了，怎么可能写的是诗呢？是在大家都不谈语言的情况下，我说了这句话。

里所 那你当时的一批诗歌，是在这样的观念的引导之下写的，还是说其实也没有考虑自己提出的观念，它们只是随机地发生了关联？

韩东　我们对形式的重视和我们的发源是有关系的。新时期文学以来，诗歌扮演了先知的角色，所以我一直认为，北岛这批诗人意义重大。重大到什么程度呢？不是说我们亦步亦趋地在他们开创的道路上行走。其实没过几年，他们就成了我们艺术上的对手、敌人，或者用流行的方式解释，我们有一种弑父的原则。我们的诗歌变得与朦胧诗的美学追求如此不同，跟这个是有很大关系的，我们要开辟自己的路径。他们很隐晦的、意象性的写法，其实深深地启迪过我们，给我们打开了一个新世界，但我们写了几年之后，觉得不能这么干。后来不管是平民化，还是反英雄主义，都是评论家的总结。但就艺术和诗歌本身，我觉得我们是以北岛为目标的。我当时说过很过分的话，说"pass北岛"，我也骂过北岛，但实际上我也和北岛说过，长兄为父，骂北岛是北岛的光荣。因为当时除了北岛之外，中国大地上也有各种各样的期刊、诗人，但我们不屑于去谈，我们心里就只有这么一种美学方式，只有这么一伙人。

里所　诗人对表达出原创的、自己的东西，有一种极端的追求。所以任何一种美学、诗学，被过于熟练地使用之后就会成为我们想去挑衅的一些东西。其实你刚刚相当于已经回复了我即将要提的第三个问题。因为我们知道当时的第三代诗歌运动冲击了朦胧诗这一代的观念和美学，让诗歌回到了人性和日常，不再是集体的声音、崇高的声音，我的第三个问题原本是你如何看待第三代和朦胧诗之间的碰撞，你刚刚都给出了答案。下一个问题还是与第三代诗歌有关。就像你刚刚提到的，第三代诗歌运动提出了很多标杆性的理论，包括于坚的"拒绝隐喻"（不过刚刚方闲海也提到，到今天他还是觉得诗歌就是要隐喻），包括非非的"反崇高，反文化，反价值"，包括被安到你身上的标签"诗到语言为止"，这些口号都有很鲜明的观念性，如果我们今天回过去看，作为第三代诗歌运动的领袖人物，你觉得当时第三代诗歌运动中的各种观念，对诗歌的发展有什么特别的价值和意义吗？

韩东　实际上这40多年的中国诗歌，在这一辈手里达到了一个高峰，这有赖于语言的成熟，也有赖于这么多诗人的工作，这些工作是各个方向上的工作。你可以说以前我们没有传统可依，我们能追溯的传统就是北岛，北岛之前有很多年的中断，再往前就是白话文刚起来的时候，所以要看新诗的传统，这40多年非常重要，它使后来的写作者有传统可依，这个传统和古诗的传统不是一个概念，我们讲的是新诗。这个传统的丰富性、冲突，各种理论、各种说法的互相对立，太重要了。这不是一个谁一统天下的理论。我们这一代人都求真，包括杨黎，我们都在思索诗歌问题。你为了自己思索，一点问题都没有，但大家当时都在辨别谁是真谁是伪，谁是正确的谁是不正确的。到了今天我认为这不重要，重要的是丰富性，每个人有他的独一无二性，诗歌理论不以正确为评判标准。实际上我们早年都多少想证明自己是正确的其他人是错误的，暗地里想统一江湖，证明别人都是傻子只有我厉害。随着对整件事有了制高点的瞭望，就知道这40多年诗歌发展的价值不是因为一两个诗歌流派达到了什么程度，占据了什么制高点，而正是它们的丰富性和它们之间的冲突、矛盾特别有意义。文学艺术不是宗教，宗教追求绝对的神，艺术恰恰不是这样。在大的文学与艺术的景观上看，没有丰富性、奇异性，没有互相的冲突矛盾，一点意思都没有，那样干吗还要做文学和艺术？

里所　这种丰富性也基于每个人都要回到他的自我，回到个体，提出自己的想法，可能这也是创作的一个基准。下一个问题是，过去40多年的创作过程，你的诗歌观念有没有发生过哪些阶段性的变化？重新回看时，你有没有在哪个阶段更强调哪些观念？你如今怎么看待语言和诗歌的关系？

韩东　肯定是有变化的。年轻的时候攻击性比较强，处于自我确立的阶段，强调为自己辩护，比较排他。渐渐地，局限在这些事情上就不行了。我们学习的过程也一样，很多东西都是一个宇宙，拿小说家打比方，你读海明威，读进去了，它就是一个宇宙，它的逻辑是自洽的，你认为小说就应该这样写，你沉浸其中。哪怕是读卡夫卡，你可能觉得这不是小说，但你进入卡夫卡，也会觉得这个宇宙是圆满的，不需要外求什么。再比如中医和西医，都有自己的理论和治疗的结果，当然它们系统不同，中医并不需要西医，西医也不需要中医，但非要两个系统互掐，我觉得没有意义。因为你要真的深入一个宇宙的中心时，就知道它有多么完满，不需要外援。我们有雄心的诗人要创造自己的宇宙，在学习的过程中要能进出不同的宇宙，要能感觉到它们的基础。

里所　也就是说，观念就如宇宙的变化和循环一样，即使发生了某些变化，也是有一定秩序的。刚刚的问题里还有第二部分，今天你对语言和诗歌关系的看法？

韩东　我比较赞同拉金和吉尔伯特的想法，诗歌就是一种装置，一种语言装置。他们大概就是这个意思，或者说我赞同这个意思。诗歌的材料和呈现都是语言性的，OK没有问题，但要做成这个装置，需要捕获另外的东西。或者简单地说，语言以诗歌为目的。那么诗是什么，它是语言的装置，这有点像车轱辘话，但大概就是这个意思。我觉得语言特别特别重要，但我不觉得语言是目的。

里所　刚刚的问题都比较大，下面回到一个小一点的问题，这两年你在诗歌写作方面，包括你的主题和发现，思考最多的是哪些东西？

韩东　可能思考最多的还是"写什么"吧。一路写下来，我们都比较即兴、任性，浩波、方闲海都谈到了，到一定阶段肯定要考虑这个问题。不管你前面写的是什么，还是要想清楚到底你最喜欢、最想写的是什么。的确，我是一个没根的人，没有什么故乡的观念。我在南京出生，8岁就被下放到一个农村，我对南京没有那么高的认同感，我生活居住在那儿，但要说它作为故乡带给我什么深厚传统，好像也未必，在下放的地方，我在生产队待过几年。总体的感觉是，如果说我精神上的发轫、发源在什么地方，我从什么当中汲取灵感、汲取力量、汲取必要性，跟刚才方闲海讲的差不多，就是从虚无之中，在哲学概念上可能就是空无。的确如此，我写的主要是不那么实在的东西，比如死者、死亡、离去的人，就像我最新的诗集《奇迹》里面有很多悼亡的诗，也写到很多动物，动物不会回答你、回应你。这些年，比较虚的东西才是我的精神家园，但其实它们是比实还要实的东西，我越来越确信这一点。因为只有真的写这些东西的时候，就像浩波所说，才比较有力量，有自然的感觉。

里所 还有一个问题，在这届磨铁诗歌奖的授奖词中，沈浩波说你是当代汉语诗歌中最具经典性的诗人，谈及何谓经典，他说至少包含了以下几点：一是对人类永恒的情感价值和精神价值的坚守和确证；二是在现代与传统之间达到了最精确的平衡，用现代意识对传统价值重新进行诠释和确认；三是精湛的诗歌技艺和炉火纯青的语言艺术。他又说，韩东的经典性是一种不断追寻、不断锻造、不断生长的经典性。我的问题是，80年代以来，你给人的印象都是开拓性的、开风气之先的、更加先锋的诗人形象，到了今天，在你写作这么多年之后，又达成了一个经典性的诗人形象，这个过程里你对诗歌本身的理解、对诗人身份的理解，是不是也发生了一些观念上的变化？

韩东 首先，最近几年我老提到的一个词是"作品主义"，我越来越是一个"作品主义者"。我觉得写诗就像做作品一样，诗人就是艺术家。作品主义包含的东西比较多。比如这次把最大的奖颁给从容，我觉得特别好。我们这一代人，包括现在的很多诗人，即兴的、立等可取的、写了很多就放在那不管的写作方式特别流行。我认为这是反作品性的，我认为做一个东西，不在多，但必须把它做好。不能只依靠才能、运气。我之前有个说法叫"等待"，就是清空自己去等待好事的降临。现在我不这么认为。后来我去拍电影、搞话剧，我发现大家的工作方式跟诗人甚至跟中国的小说家都不一样。中国的诗人就是有了灵感就哗哗地写，大家基本是相信灵感，相信一时的东西。去拍电影，除了它有集体性之外，它那个工作是有中期、有后期的，是要整体性地把一件东西做好。这个晓舟肯定是明白的。仅靠灵感闭着眼睛哗哗一天写那么多，是我近几年特别警惕的，我不要求别人，只要求自己。我和毛焰也在反复讨论，作品不在于大，而在于要有足够的时间、足够的反复，把你的生命力灌注进去，灌注不是说哗地就流进去了，而是你不知道要采取什么样的方式，你一点一点地、反复地灌注，要看最后你为之花了多少时间，多少焦虑，总而言之，它是作品。所以我很喜欢宇向的诗，她写得少，虽然有些东西我不赞成，但她整个工作的作品感是符合我这几年的想法的。

里所　以一个作品或一个结果去论述诗歌，那我们是不是可以理解为，你在动手写一首诗之前，其实你已经大概有了一个它会写成什么样的、成形的影子？会有一个结果已经存在于你脑海当中了吗？是不是可以理解为你在写之前就有了一种理想诗歌的形态？

韩东　其实不是的。我讲的作品性，意思是前面可能有一个动机，但这个动机不可能等于现成品。设计性地去做产品，只是一种方式。比如拍电影有不同的方式，一种是动笔前我想好每一个戏步，也有边拍边想的方式。总之要看最后结果，你不到达最后想要的那份重量感，那份力量，你就坚决不放过自己。你的时间、精力、力量可能会一次性地、不负责任地分布到一百首诗，也可以用一百首诗的力量来完成一首诗，说OK这就是我最后要写的诗。所以像浩波刚才说的那两首诗，除了他注重的身体性，我认为还有分量感在其中，那两首诗都是很有分量的，能够让他自己满意的。

里所 像他说的嘭嘭嘭的诗。

韩东 对。

里所 其实我延伸这个问题，就是想说，你写了那么多年了，对于怎么样抵达一首好作品，你心里肯定是有判断的。只不过一首诗如何一行一行、一节一节抵达自己内心理想的样子，创作的过程还是会充满变数、偶然性和巧合吧？

韩东 所有的折磨，就在这个地方。我永远不会相信有一招能一劳永逸地解决这个问题。实际上我每写完一首真正满意的诗，让我再如法炮制一首，我做不到，炮制了也达不到那个标准。我真的经常面临完全不会写诗的状况。虽然写出来的还是我的味道，在判断上、要求上我也知道它应该是个什么样的东西，但具体的操作方式仍然未知。而且我特别愿意写很生的东西，如果写出了以前没写过的东西，哪怕是某一个词居然能用进去，带给我的愉快是很多的。写字也一样，写字写得好的人，他每一个字都像第一次落在纸上。

里所 我觉得这就是写诗这件事最有意义的地方，永远是未知的，永远是新的。延伸刚刚那个经典和先锋的讨论，我还想问最后一个问题，你今天如何看待经典性和先锋性二者的关系？

韩东 我们把以往的经典归纳出若干特点，老说托尔斯泰怎么写，陀思妥耶夫斯基怎么写，老是说我们没有大师，我觉得有点扯。所谓经典性不是由前人来规定的，不是我们按照他那样写就是经典。真正能定义经典性的是后人。如果30年、40年、50年以后，后来者读你的诗还能受到启发，你诗中的某些元素还能在他的写作中复活，在他看来你就是经典。你只要认真地、尽其所能地去写，不用去总结，不用去非要写个经典，不用关心这些事儿。后来人说你是经典你就是，说你不是那你就不是。并不是倒过来的，我认为倒过来是有点投机的。

里所　所以经典是一个朝向未来的概念，看它能不能穿透时间，到达未来。

韩东　是的。

2020年度"磨铁诗歌月报"·导言汇编

均由沈浩波执笔

"磨铁诗歌月报" 2020年第一期导言
因为丰富，更有活力

本期最佳女诗人：劳淑珍

本期最佳男诗人：侯马

非常抱歉，"磨铁诗歌月报"经历了长达半年的休眠。原因很简单，我那种一个人从浩如烟海的诗歌中披沙拣金的编选方式太理想主义，精力消耗过于巨大，难以为继。但无论如何，磨铁诗歌月报必须继续。

虽然我没有办法再返身去重新打捞每个月的好诗——太不现实了——但好在我日常有读到好诗就随手保存的习惯，因此我决定，就将这些随手保存的诗编成一期，构成2020年"磨铁诗歌月报"第一期。

这也形成了一个新的编选结果，很多以前在"磨铁诗歌月报"经常出现的老面孔这次没有出现（很抱歉，我未能再去逐一择取），而更多新面孔诗人为我们注入了新意。比如用中文写作的丹麦诗人劳淑珍，以及香港诗人阮文略、艺术家毋毋类等。

劳淑珍是一位汉学家、翻译家，是我2004年在丹麦认识的老朋友，这两年又重新恢复了联系。此前我没有读到过她写的诗，也不知道她有没有写过诗，我们在Messenger上聊天时，我觉得她的对话语言充满了诗歌的张力和活力，就对她说，"你是一个诗人"。结果她就真的写了一批诗发给我。我很喜欢她的这批诗，充满身体感，是我最喜欢的那种用身体撞击现实的诗，能发出砰砰的心灵之音——摇滚的声音。就像奥地利诗人维马丁、秘鲁诗人莫沫一样，劳淑珍也直接用中文写诗，带着不一样的思维和节奏，为汉语注入新的活力和可能。

这一期还选入了台湾诗人陈克华和香港诗人阮文略的诗。陈克华与我一直有交流，算是熟悉的诗人，我很喜欢他的诗。疫情期间，有一次他忽然给我留言，向我索要我写的疫情诗汇编，说"写得太好了"，他要收藏！那么就是彼此互相欣赏了，对于写作者来说，没有比这更棒的事。我认识了香港诗人阮文略之后，观其诗文，印象深刻，而此前我对他竟一无所知，可见虽同文同种，内地与香港诗界，竟隔膜殊深。很高兴读到了他的这首《审判》——"上帝的眼睛，是没有时序的"！

　　我尤其想推荐曾璇、里所、张小波、叶明新、毋毋类等诗人的作品，这些风格迥异的诗歌，构成了丰富的活力。当然还有本期最佳男诗人侯马的炉火纯青之作。

　　本期诗歌，我没有选入任何一首疫情诗，因为此前磨铁读诗会已经做过几期专刊，有的一发布就被屏蔽了。希望以后我们还能再推出一期更丰富的疫情诗特刊。

　　这是完全由我本人挨首选编的最后一期。从下一期开始，"磨铁诗歌月报"将采用编委会模式。事实上，编委们已经将他们所选的下期作品发过来了。

2020.05.16

"磨铁诗歌月报" 2020年第二期导言
身体与世界的撞击

本期最佳女诗人：从容

本期最佳男诗人：欧阳昱

滞留美国的从容正在写作其诗歌生涯的华章——大型组诗《洛杉矶日记》。从3月到6月，已经写了80多首，还在继续。这很有可能是2020年最重要的中文诗歌。是中国诗人写出的，最能与这个混乱、惊惶、茫然、疯狂并且预示着更不可知的未来的灾变之年匹配的诗歌作品。中国女诗人，因滞留洛杉矶而被迫获得了横跨中美的双重视角。这样的双重视角在《洛杉矶日记》中被从容发挥得淋漓尽致。整组诗既充满了日常感、生活感、个人感、身体感，又获得了现场感、时代感、历史感、批判感和心灵感。从容用她的身体撞击着横跨东西、覆盖中美的2020年。从大瘟疫到大游行，从容正处在魔幻现实的实景现场。她没有辜负自己的经历，全情投入，调集了全身心的感受，以一种推土机般的坚定让自己的《洛杉矶日记》稳步前行。她正在写作一部浓墨重彩的史诗。

出生于60年代的从容和出生于50年代的欧阳昱，随着年龄的增长，展示着越来越旺盛的生命力和创造力！诗歌令生命丰饶，而丰饶的生命将构成永不停息的创造！欧阳昱的诗是我从他给《中国先锋诗歌年鉴》2019卷的投稿中选出的。一边选读，一边赞叹老欧阳的生命力和创造力，这是诗神对其先锋精神的褒奖。欧阳昱的诗，尽显丰富多彩、摇曳多变之姿。时而纯静优美，时而肆意妄为，都能尽得风流，因心灵之自由生动而轻松自如。欧阳昱是当代最具先锋精神的诗人之一，最具实验精神的诗人之一，最具自由精神的诗人之一，最具当代艺术精神的诗人（这个好像不用说之一）。

本期月报，远远不只是欧阳昱和从容整体惊艳的表现，很多诗人都为我们带来了漂亮极了的单首杰作。更令我兴奋的是，这一期的很多杰作都具备强烈的身体感。我喜欢这种用身体撞击世界所爆发出的诗，我喜欢这种不屈的撞击感。在我自己践行最多的诗学中，诗歌就是身体与世界的撞击。

本期，除了从容的《洛杉矶日记》小辑，其他疫情诗我仍然没有选登，佳作太多，且容此后再推特刊，集中展示。

本期"磨铁诗歌月报"第一次不再由我一人编选，从这期开始，我们引进了"采诗官"制度，除磨铁读诗会的日常编选外，我们邀请了王林燕、释然、莐欢、轩辕轼轲、起子、南人、三个A、云瓦、刘傲夫、西毒何殇、李锋、路雅婷、黑瞳、廖兵坤等诗人担任采诗官，为我们选拔推荐诗歌。本期的诗歌质量如此之高，内容如此丰富，正是得益于他们无私的付出。在此表示诚挚的谢意。日后诗人们向"磨铁诗歌月报"的投稿，也可以直接投给我们的采诗官们。

2020.06.10

"磨铁诗歌月报"2020年第三期导言
该打仗了吗？

本期最佳女诗人：劳淑珍
本期最佳男诗人：（空缺）

本期最佳女诗人又是丹麦人劳淑珍。一个汉语说得还不太好的丹麦人，纯欧洲人，用中文写诗，今年已经两次成为"磨铁诗歌月报"的最佳女诗人。连我自己都觉得惊讶。

其中的原因，除了她在诗歌中体现出强烈的"身体写作"特征，跟我自己的诗歌美学高度契合外，我想更重要的是，当她脱离了母语躲进中文的时候，她就获得了某种逃离的自由。在中文里，她可以肆无忌惮，她可以想怎么写就怎么写，不需要担心在熟悉的丹麦社会日常中其他人的看法，固有的社会生活再也无法束缚住她的灵魂。所以呈现在汉语中的劳淑珍，是逃脱了束缚的劳淑珍、解放了的劳淑珍、自由的劳淑珍。心灵自由的"身体写作"，才能获得真正自由的身体。

我想提醒大家关注温州女诗人黑瞳本期的3首诗，尤其是第一首《清洁》，我觉得这首诗甚至展现出了当代汉语诗歌的一种新的美学可能——一种从心灵出发的"静物写作"感。伟大的油画家会令静物拥有心灵，黑瞳这首诗虽然不完全由静物构成，却有一种静物感，是主观与客观的水乳交融。更重要的是，黑瞳的这种静物感，并不是自然诗人面对大自然时的那种外在于生命的静物感，而就是最普通最庸常的，植根于我们日常生活的那种静物感。

如果不是我一口气选了劳淑珍6首诗的话，本期的最佳女诗人大概就归黑瞳了。黑瞳的诗逐步形成个人风格。如果说劳淑珍的诗歌如同大海上的风暴的话，黑瞳的诗歌则如同平静的海面，但大海深处却酝酿着不为人知的风暴，构成了内在的强烈与紧张。

本期最佳男诗人空缺——都没有被选到3首。但我想提醒大家关注天津诗人李伟近期的写作。上一期"磨铁诗歌月报"发表了他的一首绝妙短诗《夜深人静》，这一期他的两首诗《该打仗了吗》和《天津水上公园启事》也很精彩，有很现代的那种幽默感。

90后年轻诗人的创作越来越蔚为壮观。本期15位90后和00后诗人入选，其中好几位都是全新的面孔。我个人尤其推荐于行、蒋彩云、宗尕降初、曾璇、廖兵坤、李昕的那几首。宗尕降初正在成为一位非常重要的当代藏族诗人，他的诗歌有真正的现代性。

最后，再次致谢磨铁读诗会的采诗官们。本期的大部分诗作都来自他们的辛苦采摘。

2020.08.08

"磨铁诗歌月报" 2020年第四期导言
每一行都是心跳

本期最佳女诗人：唐果
本期最佳男诗人：苏不归

非常振奋的选诗过程。一方面是因为两三个月的诗歌累积起来后再选，好诗量爆发式大增。另一方面当然更是因为汉语诗歌充满活力，几代诗人均体现出蓬勃的创作力，名家杰作纷呈，新人不断涌现，令我暗自惊叹。

选出来的好诗太多。我们最终决定分成两到三期连续推出。本期先推出其中风格各异的50首。其中不乏大杰作、新经典，有的出自名家，有的出自新人，读者不妨细细品察辨识。

这一期的选诗过程中，我脑海一直回荡着两个词——深刻与复杂。本期的很多诗歌都抵达了此境，真正优秀的诗人，也应该抵达此境。诗人的心灵，应该是深刻的心灵；诗歌的声音，应该包蕴难名的复杂。这也正是诗歌的某种重大意义之所在。

和深刻与复杂相对立的，不是单纯与透明，而是无聊与乏味，是心灵的简陋与诗意的肤浅。

诗人苏不归以3首战争题材的诗歌，荣膺本期最佳男诗人。发生在阿塞拜疆和亚美尼亚之间的战争，在一个中国诗人的笔下，被写出了切肤之痛。战争发生地纳卡，因为有诗人苏不归的朋友季马生活在那里，而使得这场血腥的战争与汉语诗歌发生了血肉相连的关系。苏不归抵达了这场战争，呈现了一个诗人深刻的、基于人性与文明的关照。选出的这3首诗写得都好，热切的好在热切，冷峻的好在冷峻。

本期最佳女诗人唐果，5首诗，每一句都是人生，每一行都是心跳。我认为这样的唐果，2020年的唐果，正在显露出一种顶级女诗人的样子。她的诗中有活出来的深刻，有难以言说却又被她充分表达出的复杂。

2020.10.24

"磨铁诗歌月报"2020年第五期导言
百舸争流，正当其时

本期最佳女诗人：里所

本期最佳男诗人：空缺

    上一期月报选入50首诗，这一期选入66首。两期的内容，其实是同一次选出来的，太多了，故分两期发布。在此再次感谢采诗官们的工作，也谢谢给我们投稿的诗人和读者。

    汉语诗歌，正值鼎盛年华，如此大规模的好诗产出量，想想也不足为奇，未来只会更盛大。我只是好奇，在这个地球上，还有其他什么地方、什么语种的诗歌场域，能有如此胜景吗？我不知道，因此也不敢沾沾自喜。

    入选的好诗多了，竞争自然也就激烈。哪一个代际的诗人，敢说自己这一代已经水落石出？百舸争流，正当其时。

    年青一代诗人入选的规模越来越大，从上一期到这一期，加起来已经有10多位我从未耳闻的诗人入选，其中很多都是90后和00后。本期第一辑和第二辑，整整两辑，近20位诗人，都是90后、00后或者陌生的不知来处的新诗人，他们的占比越来越大。入选诗作与诗人的风格和个性也越来越多样，越来越丰富。

    一方面是新的年轻诗人不断涌现，另一方面是过去几年入选次数较多的部分年轻诗人今年鲜有入选。无论如何，这就是竞争，这就是诗歌的现场，一不小心，你就被超越了，再一不小心，你就从先头部队中走散了，再一不小心，你就失去心气儿了！怎么办？耐心咬住，死死咬住，只要你始终在队伍中，诗心就不会溃散。诗歌终究不是争一朝一夕，而是用一生来完成。但什么是一生呢？一生正是只争朝夕啊！

本期最佳女诗人是里所。上一期加这一期，里所贡献了4首好诗。本期女诗人中，只有她一位入选了3首，那最佳女诗人就是她。里所的写作，已经越来越稳定在某个高度，她已经稳住了，现在该向成为一名更重要的诗人而迈进。里所是离我最亲近的诗人，一起工作的同事，毫无保留的朋友，所以我在日常中，对她的写作往往最为严苛。"2019年度十佳汉语诗人"的评选中，里所其实完全有资格当选，她也是3首诗歌满额入选了"年度最佳汉语诗歌100首"，而且那3首相当强。但正因为她是"磨铁读诗会"的主编，被我毫不犹豫地"举贤避亲"了，我不觉得对不起她本人，但我总觉得有点儿对不起她那3首杰作。

2020.10.30

"磨铁诗歌月报"2020年第六期导言
哀悼之年的诗歌

本期最佳女诗人：黑瞳
本期最佳男诗人：刘傲夫

　　本期的选诗范围涵盖了2020年10月、11月和12月积累下来的选稿。如同上一次选稿一样，一期装不下，另一部分诗歌下期发表。

　　选出来的诗，都是我认为的好诗。集中在一起，一首首读，就像挨个打开了每一位诗人的心灵。最好的阅读，不仅仅是阅读，而是在和这些心灵对话。

　　诗人都是普通人，不可能是完美的人，有些在生活中甚至人厌鬼憎。但他们写出的那些最好的诗，却往往意味着个人心灵中最动人的一面。所以我曾感慨：每一首好诗都是诗人身体里蕴藏的一种美德，当我们读到一首好诗，其实就是看到了"人的美德"。

　　阅读是一种对话，写作也是一种对话。好的诗歌，不仅仅是诗人与自己心灵的对话，更是一种与人类普遍心灵的对话。从这个角度来看，诗人既要倾听自己的心灵，也应该倾听阅读者的心灵，而创作便在这种无声的交流与对话中发生。

　　本期最佳女诗人是黑瞳，这是黑瞳第二次成为当期最佳。一转眼，黑瞳也已经写了4年。她有可贵的写作精神，充满耐心的坚韧，和始终面对个人内心的真挚。这使她的诗歌有一种沉默的、静水深流的力量。我目睹着她每年都比上一年在整体上写得好一点，不是那种大幅跨越的进步，没有突然惊艳的瞬间，但就是在坚定地向前推进，越写越细腻而又厚实，其中又埋藏着尖锐。这是一种让人信任的写作，拥有时间给予她的力量。

　　本期最佳男诗人是刘傲夫。《一生》是其又一首杰作，《走亲戚》

是其又一首出奇之作,《酒》是其又一首令人动容的走心之作。上次与刘傲夫见面,我笑他在朋友圈里的各种表现,急于向世界证明自己已经是位名诗人。这种状况从《陪领导尿尿》走红就开始了。从表面看似乎有些浮躁,但我觉得未必是坏事。刘傲夫确实做到了以此为契机,试图推动自己知名度的同时,实实在在地推进了自己的写作能力,那就是把握住了良机。

另外,特别想提醒大家关注本期的3位诗人:北京诗人蓝石、南京诗人孟秋、云南诗人四马。这3位其实都是60后一代的诗歌老炮儿,但对"磨铁读诗会"的读者来说,又算是新鲜面孔。他们都是在时间中沉淀下来的诗人。蓝石大概算是北京著名的"啤酒主义"文学群体中的一员,甚至可能是并不显山露水的边缘成员,我多年前就认识他。近年来,老啤酒主义们越来越不见文学新作,而蓝石却开始在诗路上狂奔,诗心诚挚,越写越好。或许,这才是时间中真正的水落石出。孟秋我不了解,不知何许人也,无意中读到其诗,功力不俗,写作量很大,创造力旺盛,有点儿废话派的意思,但内里又多了一层结实的生命感,在某公众号看到对他的介绍,亦是多年沉潜、训练有素的文学老炮儿。四马是我8年前在云南蒙自认识的诗人,八年后才集中读到其诗,没想到竟然不是官方诗歌那一类落后抒情体,而是个先锋派。无论如何,时间永远在赏赐真挚的灵魂。

从某种程度来说,本期也算是对2020年进行告别的一期。一个巧合是,第一辑收入的11首诗中,竟有3首与死亡有关:蓝石的《悲恸》、陈克华的《死在路上》和莫沫的Greg。2020年是哀悼之年,诗人们亦在反复悼念。因此我把盛兴的《生命中的某一天》放在最前面,希望用这首诗里的那种生命之光、生活之光温暖我们的心。祝大家都有一个好的2021。

2021.01.11

"磨铁诗歌月报" 2020年第七期导言
诗歌可以振聋发聩

本期最佳男诗人：王小龙

本期最佳女诗人：劳淑珍

　　通常，"磨铁诗歌月报"会将当期最佳诗人的荣誉给予有3首诗歌入选的诗人。但本期是一个强大的例外。王小龙写出了一首非常重要，可以说振聋发聩的杰作，一首小长诗，名为《博罗曼》。博罗曼是上海动物园里的一头大猩猩，1973年出生于喀麦隆，整个家族被捕猎者屠杀，1994年来到上海，2017年去世。王小龙曾经多次去看这头大猩猩，2018年动手写这首诗，2020年定稿。这是一首悲愤交加，荡气回肠的诗歌。一气呵成，却又千回百转，笔力遒劲强硬，却又细腻幽深。王小龙在写一头大猩猩的命运，却又完整地将诗人自身代入。这既是一首关于普世价值和宏大主题的文明之诗，又被王小龙写出了切肤之痛，写出了最大程度的共情，写出了完全的个人体验、完整的个人身体感，甚至写出了一种动人心弦的私密情感。一个诗人和一头大猩猩，隔笼相望，一种深刻的情感在上海动物园里真切地蔓延。当代汉语诗歌中，如此气象的诗歌，如此站在人类情感最高贵和深刻处的诗歌，在我的记忆中，好像还没有第二例。这是王小龙对汉语诗歌的又一次重大贡献。他为当代诗歌如何面对普世文明价值下的人类共同主题提供了范例。诗歌可以如此振聋发聩。

　　而劳淑珍本期又有3首诗歌入选。这对疯狂写诗、每个月至少给我发来几百首诗作的劳淑珍来说，已经是常态。本期和她一样有3首入选的还有2020年状态神勇的黑瞳和正漫游四方的李柳杨。选择劳淑珍成为本期最佳，很大的原因是她写出了一首同样振聋发聩的诗。

太强硬了，太酷了！虽然劳淑珍并不认为自己是女权主义者，甚至对女权主义多有保留意见，但她的很多诗歌，构成了一种女权运动在当代文学中的坚定回音。

任何事关文明的重要事件和历史进程，必然会在文学和诗歌中形成回音和混响。我注意到，当代汉语中，女性诗人的声音正在激烈地对此进行着回应。以"性"为主题的诗歌，早已屡见不鲜，很多女诗人均有此类创作。但更强烈的自我态度，对身体更自由主动的把握，对男权更激烈的反击，对性爱更自然放松的沉浸，很显然都是这个时代的声音。与此类似的还有本期莘欢的《殖民地》、曾璇的《我们为什么要做爱》、严小妖的《这是我的第一次》，包括上一期月报中严小妖的《在早晨》等众多佳作，均属此列。女性诗人的性题材诗歌，正在发生既自然而又深刻的变化。

本期入选3首的，还有江西诗人黄平子。如果不是迎面遇到王小龙，那黄平子就是本期最佳男诗人。他对80年代中国民间生活生动精细的描述，构成了一种文学记忆。

2021.01.25

图书在版编目（CIP）数据

向平庸宣战 : 汉语先锋. 第二辑 / 沈浩波主编. —
呼和浩特 : 内蒙古人民出版社, 2023.2
ISBN 978-7-204-17345-7

Ⅰ. ①向… Ⅱ. ①沈… Ⅲ. ①诗集－中国－当代
Ⅳ. ①I227

中国版本图书馆CIP数据核字(2022)第248247号

向平庸宣战：汉语先锋·第二辑

主　　编	沈浩波	
责任编辑	张桂梅	
书籍设计	周伟伟	
出版发行	内蒙古人民出版社	
地　　址	呼和浩特市新城区中山东路8号波士名人国际B座5楼	
网　　址	http://www.impph.cn	
印　　刷	河北鹏润印刷有限公司	
开　　本	787mm × 1092mm　1/32	
印　　张	14.75	
字　　数	400千	
版　　次	2023年2月第1版	
印　　次	2023年2月第1次印刷	
书　　号	ISBN 978-7-204-17345-7	
定　　价	52.00元	

如发现印装问题，请与我社联系。联系电话：（0471）3946120 3946173

汉语先锋

磨 铁 读 诗 会